A notre viel et cher Ami, Pepe Segundo,
en Souvenir du VA Hospital, de San Felipe,
de Montevideo -- Presqu'un tiers de siècle
des fondateurs de la neuro Physiolog̃ie Moderne-
   Avec une Estime + Mon Affection
       en très Amical Hommage

LE CHÂTEAU
DES SONGES

2/10 92

DU MÊME AUTEUR

Le sommeil et le rêve
Editions Odile Jacob, Paris, 1992

MICHEL JOUVET

LE CHÂTEAU DES SONGES

EDITIONS
ODILE JACOB

ISBN 2-7381-0153-4

A Béatrix Monthieu et Hugues la Scève

in memoriam

Avant-propos

J'habite, à quelques dizaines de kilomètres de Lyon, une maison située au flanc d'une petite vallée où coule la Sereine, un ruisseau qui draine les étangs de la Dombes vers le Rhône. C'est pourquoi, en octobre ou novembre, même par temps sec, la Sereine peut s'enfler brusquement de l'eau argileuse des étangs que l'on vide. J'aime la Dombes et préfère monter me promener sur son plateau ensoleillé plutôt que de descendre vers la plaine du Rhône souvent couverte de brouillard.

Un dimanche matin d'octobre 1982, je suis monté à Villars-les-Dombes pour visiter la foire à la Brocante de l'Automne. J'y repérai, au milieu des horloges et des armoires bressanes et d'anciens objets de pêche, un vieux coffre comme j'en cherchais depuis longtemps. Celui-ci était volumineux, recouvert de cuivre. Il portait, inscrites au fer, les initiales HLS et une date à moitié effacée : 178... Il était fermé par une grosse serrure sans clef. Sa forme et son volume me plaisaient et je le voyais bien dans l'entrée de ma maison ! Comme il sied dans ce genre d'affaires, je commençai par m'intéresser à une horloge bressane dont le mouvement était détraqué, puis je fis semblant de remarquer le coffre. D'où venait-il ? Le marchand ne le savait pas. Il l'avait racheté, deux ans auparavant, à Trévoux, avec un lot de vieilleries appartenant à un couvent. Il me dit qu'il l'avait ouvert, mais que la serrure, lorsqu'il avait refermé le coffre, s'était bloquée. Il ne contenait rien d'intéressant : quelques livres de comptes délavés, qu'il aurait jetés s'il avait pu l'ouvrir à nouveau. Finalement, après avoir marchandé par jeu, j'emportai chez moi la malle, qui était fort lourde.

J'essayai en vain d'ouvrir le coffre avec de vieilles clefs, puis remis à plus tard son ouverture. Un jour, à l'occasion des innombrables réparations de ma vieille maison, un artisan m'assura que ce serait un jeu pour lui que d'ouvrir ce coffre ! Il revint le lendemain matin avec une trousse contenant une quantité assez considérable de clefs et d'objets de serrurerie de toutes sortes. Il lui fallut plus d'une heure pour ouvrir la malle.

Elle était remplie de papiers, ficelés en liasses, recouverts d'une écriture fine dont l'encre, devenue pâle, était encore lisible. La première liasse, poussiéreuse, me livra une grande quantité de calculs qui paraissaient être la description d'un ouvrage en chêne et en cuivre. Les dimensions de chaque pièce (en toises ou en pieds) et leur prix respectif (en livres ou en écus) étaient alignés sur de nombreux feuillets. Je pensai que ces documents devaient avoir appartenu à quelque artisan ou même architecte... Peut-être pourraient-ils intéresser quelques historiens ? Je rangeai les feuillets après avoir secoué la poussière de leur papier gris et fus alors surpris de lire : *Mesures et prix du pèse-songes (1776)*... Pèse-songes ? Qui pouvait avoir été assez fou pour peser des songes ? A moins que ce mot ne signifiât autre chose au XVIIIe siècle ?

Subitement intéressé, je classai alors les liasses de feuillets jaunis aussi soigneusement que possible. Cela m'était rendu facile par les dates inscrites sur la première page, en grandes lettres, soit en chiffres romains soit, plus tard, en chiffres arabes. Je commençai à lire les feuillets vers midi et lorsque je m'arrêtai au petit matin, je n'en avais lu que la moitié. C'était toute l'épopée, inconnue, de la découverte de l'histoire naturelle des rêves qui était restée enfouie pendant deux cents ans dans cette malle. Hugues la Scève (dont je savais le nom maintenant) avait amassé environ cinq mille souvenirs de ses propres rêves pendant vingt années traversées de guerres et de voyages. Hugues la Scève avait ensuite, dans son journal, essayé de trouver quelques lois dans l'enchaînement de ses souvenirs de rêve. Il s'était ensuite attaché à l'observation du sommeil et il ne faisait pas de doute qu'il avait découvert, avec beaucoup d'avance sur la neurophysiologie moderne, les signes objectifs de l'activité onirique de l'homme et des animaux, ainsi que l'histoire naturelle des rêves. Il me sembla qu'ensuite Hugues la Scève avait entrepris de faire des expériences sur des lapins, à la recherche des causes des rêves, avec la collaboration de chimistes et de physiciens. Je notai enfin, glissée sur le côté, dans un étui en peau de phoque, une lettre du comte de Lesseps datée du 1er novembre 1788. Cette lettre accompagnait des feuillets en mauvais état, sans doute la dernière lettre d'Hugues la Scève.

Comme il n'y avait aucun document postérieur à 1788, je compris que ce n'était pas Hugues la Scève lui-même mais quelqu'un d'autre, sans doute une certaine Béatrix, qui avait enfermé tous ces documents que je fais revivre aujourd'hui.

Je décidai de ne pas publier les innombrables souvenirs de rêve, qui feront l'objet d'une étude dans une revue spécialisée. Je supprimai également, par discrétion, quelques lettres de ses liaisons féminines, ainsi que certaines pages techniques (comme les devis de construction du pèse-songes, du déambulatoire à sauvagines, du four à belvédère et des cornues, des berceaux en cuivre pour oniron et orgasmon). Enfin, à quelques occasions, il m'a fallu déguiser certains noms de personnes, citées par Hugues la Scève, car leurs descendants vivent actuellement soit dans la région de la Dombes, soit à Lyon ou à Paris.

J'ai classé, par ordre chronologique, la presque totalité de ce manuscrit et des lettres qui l'accompagnaient en une trentaine de chapitres.

Bien que je ne sois pas historien, l'intérêt de ces documents m'a amené à préciser, par des notes, certains détails historiques qui pourraient être utiles au lecteur.

Enfin, en guise de commentaire, j'ai jugé utile de rappeler, à l'occasion des découvertes d'Hugues la Scève au XVIIIᵉ siècle, la date et les circonstances des « redécouvertes » similaires qui ne furent publiées que dans la deuxième moitié du XXᵉ siècle.

CHAPITRE I

Le début
du journal des songes

DIX JANVIER 1765... Voici les trois songes que j'ai faits cette nuit. Je les note au petit matin, surpris de la lucidité de leur souvenir. Auparavant, je n'accordais aucune attention à mes songes, que j'oubliais presque tous. Pourquoi ce matin sont-ils si vivants ? Comme s'ils m'apportaient un message que je ne comprends point.

Songe n° 1... A côté de l'emplacement de départ des diligences, vers la place de Louis-le-Grand, j'aperçois un grand bassin en verre rempli d'eau. Il est haut de plus de dix pieds, long de trente à quarante pieds, et brille au soleil. A l'intérieur, nagent des petits poissons. Un plus gros poisson, sans doute un brochet, va et vient sur le ventre blanc du cadavre d'un autre poisson. Puis, il est mangé par un poisson plus gros. Celui-ci est presque immédiatement happé par un gros serpent d'eau, qui traverse la paroi de verre vers moi. Je m'aperçois alors qu'il ne s'agit pas d'un serpent mais d'une loutre ! Tout à coup, je me retrouve à l'intérieur du bassin et je demande à la loutre combien de temps elle peut rester sous l'eau... Elle me répond que, si elle veut, elle peut rester presque indéfiniment en plongée mais qu'après

quatre ou cinq minutes, elle remonte volontiers à la surface
de l'eau pour respirer...

Songe n° 2... Dans les Flandres, un officier de cavalerie me
donne un billet de logement : les noms du village et du
château y sont inscrits en flamand. Je m'y rends à cheval et
arrive dans ce village. Sur les murs, il y a des enseignes avec
une silhouette de fille nue au nom de Sainte-Elizabeth. Je
comprends alors qu'il doit s'agir d'un bordel... Je rencontre
alors deux officiers français qui me proposent d'aller partager
leur repas. Je refuse pour gagner le château car on doit m'y
attendre. J'en franchis ensuite le seuil et entre dans une
luxueuse salle de réception où sont attablés des gens que je
ne connais pas. Ce sont des civils, sans doute des Flamands.
Ils ne se retournent pas vers moi et restent immobiles. Je
passe à côté d'eux, en faisant claquer mes bottes, sans qu'ils
bougent un doigt ou même un œil – comme des statues de
cire. J'aperçois enfin, sur la droite, dans un réduit, une
femme qui lave du linge. Elle se retourne et me fait signe
de la suivre. Nous montons au premier étage par un très
grand escalier, et suivons un long couloir. Puis, elle ouvre
une porte. Il y a une grande chambre nue, éclairée par des
fenêtres avec vitraux. Au milieu de cette chambre, se trouve
une grande baignoire remplie d'eau. La femme va vers la
baignoire et en ouvre une porte sur le côté, en me faisant
signe d'y entrer. Je suis surpris de ne pas voir l'eau s'en
écouler. La femme disparaît et je me retrouve seul dans cette
chambre...

Songe n° 3... Toujours pendant la campagne des Flandres,
il y a un convoi de prisonniers prussiens. Certains sont blessés
et couchés dans des charrettes, tirées par des hommes ou

des chevaux. Il y a des inscriptions sur quelques charrettes, en allemand, et dans une langue que je ne peux lire – peut-être du polonais ? Plus tard, je me retrouve dans un estaminet, assis entre un officier russe et un officier suédois. Un soldat allemand, prisonnier, nous sert la soupe. C'est une espèce de borchtch, avec des légumes non coupés qui flottent dans du bouillon chaud. Je trouve la soupe bonne car j'ai très faim. Puis, les officiers russes et suédois se lèvent et commencent à chanter très fort dans une langue inconnue. J'essaie de chanter avec eux mais je reste assis...

Commentaires... Mis à part le thème de l'eau, je ne retrouve aucun détail commun à cette nuit de songes. Les deux derniers sont, certainement, en rapport avec ma campagne des Flandres de 1757.

Ces trois rêves ont-ils quelque signification cachée ? Serait-il possible d'extraire quelques lois de la succession des souvenirs des songes ? La nature, qui règne sur toutes choses, doit aussi régir le monde des songes et il serait bien présomptueux de n'y voir que le hasard sans avoir tenté d'y déceler quelques lois.

Je vais donc, à partir de ce matin, m'obliger à noter mes songes, chaque nuit ou chaque matin. Je le ferai sans rien celer de leurs détails les plus intimes. Afin de ne pas être induit à répéter les mêmes songes, je me promets également de ne pas les relire tant que je n'en aurai pas amassé une récolte d'au moins quinze cents.

Je noterai seulement, si cela me semble certain, les circonstances de ma vie éveillée qui ont pu induire ces songes, ce qui me permettra de connaître la durée de leur vie muette dans mon esprit. Je noterai également, en détail, la scène de mes rêves, si je peux l'identifier avec certitude, ainsi que les couleurs s'il y en a. Enfin, il m'apparaît utile de noter également, chaque matin, les accidents et incidents de ma vie quotidienne, ainsi que les passions gaies ou tristes, telles que mes liaisons amoureuses, les maladies ou les deuils, qui peuvent aussi nourrir mes songes...

CHAPITRE II

Le temps des songes

SEIZE NOVEMBRE 1771... La gelée a déshabillé, en une nuit, les feuilles du mûrier pleureur qui pousse sur le fossé, du côté sud. L'hiver est si rigoureux qu'il faut que je me calfeutre auprès de la grande cheminée de la tour, abritée de la bise par l'aile nord du château. L'étang est gelé et le vent amasse, contre les roseaux, des petits amas de givre et de neige. Les oiseaux pêcheurs nous ont quittés bien en avance, car ils savaient que le froid arrivait de Tartarie. Il ne reste que des sociétés de corbeaux qui tournent sans cesse dans le ciel gris en croassant. J'ai fait mettre de l'avoine dans les taillis pour les biches, les cerfs et les daims. Je vais visiter les mangeoires chaque matin. Il faut alors les remplir car elles sont vides et entourées des petites traces fourchues des sabots dans la mince couche de givre qui blanchit les hautes herbes jaunies.

J'ai noté, il y a une semaine, mon mille cinq centième souvenir de rêve depuis six ans et le temps mort de l'hiver m'a décidé d'y mettre de l'ordre.

J'ai tout d'abord essayé de repérer les rêves que je pouvais dater avec précision, lorsque la scène et le lieu de mes songes correspondent à un événement vécu. Après deux jours de travail sur un grand parchemin, je me suis trouvé confronté avec ces souvenirs amassés chaque année :

en *1765,* 300 souvenirs de songes dont 117 repérables et datés, soit 39 pour cent,
en *1766,* 196, 70 repérables et datés, soit 35 pour cent,
en *1767,* 236, 104 repérables et datés, soit 44 pour cent,
en *1768,* 225, 98 repérables et datés, soit 43 pour cent,
en *1769,* 193, 60 repérables et datés, soit 31 pour cent,
en *1770,* 214, 63 repérables et datés, soit 29 pour cent,
enfin, en *1771,* 136, dont 38 repérables et datés, soit 28 pour cent.

J'ai ensuite occupé deux journées à étudier les différentes classes de songes datés. Ceux qui sont en rapport avec un événement vécu dans la journée sont les plus nombreux. Je les appellerai « résidus diurnes ». Il y a aussi ceux qui sont en rapport avec un événement de la veille, de l'avant-veille et jusqu'à un mois d'intervalle. Dans cette catégorie, entrent trois cent douze souvenirs de songe sur quatre cent quatre-vingts. Les cent soixante-huit autres sont en rapport avec des événements plus anciens (un an, dix ans, vingt ans). Je les étudierai plus tard si j'en ai le loisir.

Il me semble que mes facultés à remémorer mes songes diminuent progressivement. Est-ce dû à l'âge (ma mémoire me semble moins bonne) ? A l'accoutumance ? A mes nombreux voyages ? Ou encore à certaines nuits, en dehors du cadre familier, où je n'ai point le loisir de noter mes rêves ? Est-ce, enfin, dû à une diminution des songes, même au cours de la nuit, car j'ai noté que mon sommeil n'était plus aussi profond qu'autrefois ?

Je peux cependant étudier une quantité assez considérable

de rêves, repérés dans leur temps et leur lieu. Ainsi, quatre cent quatre-vingts souvenirs de songe sur mille cinq cents sont facilement reliés à des événements de ma vie éveillée (soit trente-deux pour cent). Un rêve sur trois est donc suffisamment précis pour que ses caractéristiques me permettent de l'assigner aux excitations de mon entendement, lors de l'éveil. Par contre, dans les deux tiers des cas, le souvenir de mes songes ne rappelle en moi aucun événement, soit qu'il soit trop imprécis et flou, soit qu'il soit trop commun pour être daté, soit enfin qu'il soit fantastique.

Les souvenirs de songes de la veille constituent la moitié des « résidus diurnes », ceux de l'avant-veille encore la moitié, ceux de trois jours auparavant encore la moitié, etc... Cependant, cette belle courbe exponentielle est subitement interrompue par le pic des souvenirs de songes se rapportant à des événements vieux de sept jours. La quantité de ces souvenirs atteint la moitié de celle des « résidus diurnes » et égale donc la quantité des souvenirs de la veille.

Intervalle de temps	Souvenirs de rêves en pourcentage	
0	35	résidu diurne
1	18	veille
2	10	avant-veille
3	5	–
4	3	–
5	3	–
6	2	–
7	4	–
8	16	une semaine
9	0	–
10	2	–

Je peux assez facilement interpréter la première partie de cette courbe du type $y = 100 \, x \, e^{-x}$. Elle signifie qu'il existe une décroissance exponentielle de la trace d'un événement donné dans les songes. Je suppose, bien que je n'en aie point trouvé de relation dans les écrits des philosophes, comme Leibniz ou Ch. Bonnet, qu'il doit en être de même pour les souvenirs que l'on se rappelle durant l'éveil. Les souvenirs de songe obéissent donc à une loi dont la représentation est mathématique. Ils ne surviennent pas au hasard. Par contre, le pic du septième jour m'intrigue. S'agirait-il d'une loi mathématique inconnue ? Mes connaissances en mathématiques étant bien limitées, il faudra que j'en parle à l'abbé Bertholon ou à Monsieur Leduc, astronomes et mathématiciens de notre Cercle des Curieux de la Nature.

Après avoir établi cette première courbe, j'étais encouragé à poursuivre mes investigations, cette fois au sujet des souvenirs de songes que j'avais notés au cours de mes nombreux voyages. Je n'étudiai que les voyages dont la durée n'avait pas été inférieure à huit jours. Il y en avait huit au cours de ces cinq années que je décris ci-dessous :

Liste de mes voyages

1   *1765 : Voyage à Berlin, rencontre de Frédéric de Prusse (trois mois).*

2   *1766 : Voyage comme chirurgien à bord de « la Résolue ». Visite des Antilles (quatre mois).*

3   *1767 : Voyage à Stockholm et Upsala (deux mois).*

4   *1768 : Voyage à Pavie. Rencontre de Lazzaro Spallanzani (un mois),*

5   *Voyage à Londres (un mois).*

6   *1769 : Voyage à Leyde, à Magdebourg. Rentrée par le
        Palatinat (deux mois).*
7   *1770 : Voyage à Paris. Rencontre Diderot (un mois).*
8   *Voyage à Berne (visite de Monsieur von Haller)
        (trois semaines).*

Je fis alors les constatations suivantes, en rapport avec le
début, le développement et le retour de mes voyages.

Je fus d'abord surpris de constater que les six ou sept
premiers jours d'un voyage, presque tous mes souvenirs de
songe étaient situés dans mon château de Bouligneux ou les
alentours immédiats, l'étang Forêt ou l'étang du château,
les paysages de la Dombes. Même si mes songes évoquaient
un personnage rencontré au cours d'un voyage, à Paris, à
Londres ou sur « la Résolue », le personnage se trouvait dans
la Dombes, sans que cette bizarrerie ne m'éveillât.

A mesure que la durée des voyages augmentait, j'ai noté
que le nouveau paysage revenait plus souvent dans mes
songes, si bien qu'après quinze jours, une grande majorité
des souvenirs de songes était située dans le pays que je
visitais.

Enfin, au retour de mes voyages, j'ai d'abord observé une
légère augmentation des souvenirs de rêve. Ensuite, j'ai noté
que, bien que je dormisse dans mon château, pendant la
première semaine presque tous mes souvenirs de songes
étaient situés dans les paysages que j'avais quittés. Peu à
peu, ces souvenirs étaient à nouveau situés dans la Dombes.
En voici un exemple :

Voyage à Berlin, en septembre 1765

Parti de Strasbourg, où j'étais demeuré pendant quelques
jours, je gagnais Berlin.

4 septembre, je n'ai pas eu de rêve la première nuit au relais de Landau.

5 septembre, j'ai eu deux rêves. Le premier, en rapport avec mes chiens restés à Bouligneux. Je demandais à une servante allemande de l'auberge, que je rencontrais dans la cour de mon château, d'aller leur donner des os de poulet. Ensuite, je la recherchais partout parce que je savais qu'il était dangereux pour eux de manger des os de poulet, ayant autrefois perdu un chien d'une perforation de l'estomac.

Dans le second rêve, je suis étonné de voir le nom d'un habitant de Bouligneux sur la porte de ma chambre à l'auberge.

6 septembre, troisième nuit à Darmstadt. Encore un rêve en rapport avec mes chiens. Gothard a la patte avant droite arrachée par un piège à loups. Je le caresse. La scène se passe sûrement dans la Dombes.

7 septembre, quatrième nuit à Francfort. Cinq rêves, dont deux certainement en rapport avec la Dombes.

Je reçois la visite, dans mon château, d'anciens amis de l'armée à qui je raconte le voyage que je vais entreprendre en Prusse. Il y a une grande carte de l'Europe dans mon bureau, et je mets des épingles sur cette carte aux endroits des relais de diligence.

Toujours dans la tour du château, je m'aperçois qu'il existe une fuite d'eau au plafond, qui devient de plus en plus grande, comme une cascade.

Il y a deux rêves communs, sans lien précis.

Enfin un rêve en rapport avec la journée. Un Allemand vient me voir discrètement à l'arrivée de la diligence. Il veut me vendre, en cachette, des libelles politiques contre l'empereur d'Autriche. Je refuse.

8 septembre, le cinquième soir. Je me suis arrêté dans un

petit village, à la frontière de la Hesse et de la Thuringe. J'ai rencontré un gentilhomme russe avec sa femme, dont le prénom était Iura. C'était une jolie femme et nous avons bu beaucoup de bière.

Je n'ai eu qu'un rêve cette nuit-là. J'étais dans le Jura où je rencontrais des montagnards qui me contaient les exploits du capitaine Lacuzon, pendant la guerre contre les Français et les Suédois, il y a presque cent ans. Au réveil, j'ai bien compris que JURA devait être en rapport avec le nom de cette jolie Russe : IURA [1].

9 septembre, le sixième soir. Arrivée à Erfurt. Pas de souvenir de rêve.

10 septembre, le septième soir. Arrivée dans un relais, au sud de Halle. Pas de souvenir de rêve.

11, 12, 13 et 14 septembre, du huitième au douzième soir. Arrivée à Halle et séjour dans cette belle ville pour y visiter l'Académie Léopoldine.

A partir de cette date, presque tous mes rêves sont situés en Allemagne et le souvenir de la Dombes n'apparaît que treize fois pendant mon séjour en Allemagne (soit seulement quatorze pour cent des cas).

Je suis revenu dans la Dombes après deux mois de séjour en Prusse. Je suis rentré par la Suisse et n'ai mis que trois jours depuis Neuchâtel pour regagner Bouligneux.

Voici les rêves que j'ai eus en rentrant au château :

15 novembre, la première nuit. Pas de souvenir de rêve, sans doute en raison d'une trop grande fatigue.

16 novembre, deuxième nuit. Je regarde défiler la Garde de Frédéric II. Je ne sais comment il faut que je salue le drapeau de l'empereur. Je me souviens du bruit du tambour, mais pas de la musique des fifres.

Je rencontre un naturaliste allemand, qui est à la Cour de Berlin. Il me confie que je devrais écrire un article sur mes futurs travaux, pour l'Académie de Berlin, et me donne un journal allemand dont je ne parviens pas à lire le titre.

17 novembre. Troisième nuit. Rêve voluptueux en rapport avec une rencontre faite dans une auberge, en quittant Berlin.

Deux autres rêves communs, sans localisation ni passé.

18 novembre. Quatrième nuit. Un rêve d'accident de diligence, sans doute en Allemagne car je me souviens de jurons en allemand. *Godferdam...*

19 novembre. Cinquième nuit. Trois rêves.

Deux sont encore en relation avec l'Allemagne ou la Prusse. Dans le premier, je suis au bord d'un grand bassin avec jet d'eau, dans la cour d'un palais. J'aperçois quelqu'un venir de loin, petit, avec un grand chapeau et tenant un paquet dans sa main droite. Je crois que c'est Monsieur de Voltaire et je me précipite vers lui, mais c'est l'officier fauconnier de Frédéric II, qui tient sur son poing droit un faucon muni d'un masque de cuir. Le regard de cet officier est aigu et ses yeux ressemblent aussi à ceux d'un faucon. Il me regarde si fixement que j'ai envie de fuir...

Au cours du voyage de retour, en Bavière, je rencontre un chirurgien des armées du Roy. Je le reconnais par son uniforme mais ses traits me sont inconnus. Il me demande si je suis allé au n° 63 de la Promenadegasse, à Vienne, qui serait une maison de filles très excellente. Je lui réponds que je ne suis pas allé à Vienne mais à Berlin...

Le troisième rêve ouvre à nouveau les souvenirs de la Dombes. Je suis assis sur la diligence, à côté du conducteur, et aperçois les étangs qui brillent au soleil couchant. Je suis surpris de constater qu'il ne reste que deux chevaux au lieu des quatre qui nous tiraient habituellement.

A partir de la sixième nuit, la proportion des rêves, en rapport avec mon voyage en Allemagne, décroît régulièrement aux dépens des rêves situés dans le plat pays de la Dombes[2].

J'en puis tirer, je crois, les conclusions suivantes : au cours des rêves, il existe un mécanisme de souvenirs qui examine, de façon privilégiée, les événements vécus sept à huit jours auparavant (puisque les souvenirs de rêve d'événements, vieux d'une semaine, constituent la moitié des observations). Bien que je ne sois guère expert en calcul des probabilités, il m'apparaît que cette nouvelle découverte, obtenue avec les souvenirs des songes faits au cours de mes voyages, confirme celle que j'avais faite en examinant mes songes en dehors de mes voyages.

Je peux ainsi écrire, pour la première fois, les nouvelles lois concernant l'écoulement du temps en rapport avec les songes :

Loi n° 1. Les souvenirs de songe ne peuvent être situés avec précision dans l'espace et dans le temps que dans trente-trois pour cent des cas.

Commentaires : Cette loi me permet de douter de l'adage bien connu « *nihil est in intellectu somniorum quod non fuerit prior in sensu nisi ipse intellectus*[3] ». En effet, si dans les deux tiers des cas restants je peux admettre que quatre-vingts pour cent des souvenirs de songes sont trop communs et habituels pour pouvoir être datés, il en reste cependant vingt pour cent de fantastiques, sur lesquels je reviendrai un jour, et qui ne peuvent être des souvenirs de mon entendement ou de mon attention au cours de l'éveil. Par contre, il m'est impossible de réfuter l'adage suivant *« nihil est in intellectu somniorum quod non fuerit prior in sensu »*, car certains événements ont pu exciter mes sens sans attirer mon attention.

Loi n° 2. Qu'il existe une décroissance exponentielle de l'intervalle du temps entre les événements vécus au cours de l'éveil et les souvenirs qu'ils peuvent évoquer au cours des songes.

Commentaires : Cette deuxième loi traduit obligatoirement une loi de la nature, du fait de sa beauté mathématique. Elle m'oblige à conclure que les souvenirs de songe ne sont pas soumis au chaos, mais qu'il s'agit d'un phénomène aussi naturel que l'oubli d'un événement au cours de l'éveil. Le cerveau ne participe donc pas, de façon passive, au dialogue avec l'âme ou l'esprit. *C'est le cerveau lui-même qui gouverne les songes car l'âme parfaite ne peut oublier.*

Loi n° 3. Qu'il existe un intervalle privilégié, de sept à huit jours, entre les événements de la veille et les songes qu'ils font naître ensuite dans notre cerveau. Il est possible que cet intervalle se répète indéfiniment selon une suite : 7 – 14 – 21 – 28 – etc.

Commentaires : Ce phénomène ne peut que traduire un travail continu des souvenirs des rêves, qui persisteraient alors pendant l'entendement de l'éveil. Ainsi, chaque jour, mon cerveau serait gros de songes qui germeraient peu à peu afin d'éclore le septième jour. Ce travail de germination peut-il agir sur mes diverses actions et pensées de l'éveil sans parvenir à mon entendement ? Dans ce cas, l'activité de mon esprit ne dépendrait pas seulement des excitations qui m'entourent, comme les animaux-machines de Descartes et de Vaucanson. Je ne serais donc pas l'homme-machine de Monsieur de la Mettrie, puisqu'une source cachée, celle de mes songes de ce jour, et d'il y a huit jours, coule dans les profondeurs de mon cerveau.

CHAPITRE III

La fiche de police
d'Hugues la Scève

PREMIER DÉCEMBRE 1771... Mon ami, le Président de la
Brosse, m'a communiqué, hier, une fiche de renseignements me concernant. Il l'a subtilisée dans les tiroirs de la
police du Roy, me conseillant de la lire, puis de la détruire.
Il m'a dit, en plaisantant, qu'il ne voulait pas d'une « affaire
la Scève », qui ferait suite aux malheureuses affaires de Calas,
du Chevalier de la Barre et de Lally-Tallendal... Il a ajouté,
plus sérieusement, que je devrais me garder de toute discussion philosophique en public car il y a des espions partout
et que je devrais publier mes lettres philosophiques sous un
faux nom, plus adroit que celui de Monsieur de Lascif, que
j'ai employé jusqu'alors. Enfin, il a ajouté, en souriant, que
les liaisons les plus secrètes étaient toujours les meilleures.
Je recopie ci-dessous cette fiche :

Fiche de renseignements concernant le Sieur
HUGUES LA SCÈVE

CONFIDENTIELLE

Pour les Officiers de Police du Cabinet du Ministre de l'Intérieur.

— *Hugues la Scève est né le 14 janvier 1733 à Besançon.*
— *Fils de Jean-Marie la Scève, botaniste,*
  et de Louise Monnier, sans profession, originaire de Morez
en Franche-Comté.
— *Etude au Collège de Jésuites de Besançon, jusqu'en 1750.*
— *Vient ensuite à Lyon, où il est recueilli par un oncle, frère*
de sa mère, André Monnier, qui tient une charge d'Inspecteur
de Manufactures de tissus.
— *Etude de Médecine à Lyon. En sort chirurgien en 1756.*

En 1757, il part dans l'armée comme aide-chirurgien. Blessé
au bras à la Bataille de Rossbach, où il dirigeait une ambulance
de campagne, il est fait prisonnier par les troupes prussiennes.
Il est ensuite conduit à Berlin où il rencontre Frédéric de
Hohenzollern. On dit qu'il s'est mis en rapport avec les chirurgiens militaires prussiens.

Depuis son séjour en Prusse, il ne cache pas son admiration
pour Frédéric. Il n'est pas sûr qu'il ait rencontré Monsieur de
Voltaire lors de son séjour en Prusse.

Il rentre à Paris en 1759 et s'intéresse à l'Histoire Naturelle
en assistant au cours du Jardin du Roy. Il est alors vu en
compagnie de Diderot. Il semble qu'il soit l'auteur d'un ou deux
articles de l'Encyclopédie, en particulier le très long et très
documenté article sur l'« Anatomie » (T. II) qu'il a signé L...
Il est déjà fiché à cause de sa campagne avec les philosophes et
les encyclopédistes contre la religion.

Il revient à Lyon en 1760 et commence à participer activement
au Cercle des Curieux de la Nature, constitué surtout de
philosophes matérialistes.

C'est grâce à son amitié, liée pendant la guerre, avec le

Lieutenant Général de Villars qu'il fait la connaissance de Mademoiselle Catherine de Villars, alors âgée de vingt ans, fille du Comte de Villars et de la Vicomtesse, née Thomassin.

Le mariage est célébré à l'église Saint-Nizier, le 15 octobre 1760.

Mademoiselle de Villars possède en dot le château de Bouligneux, ainsi que plus de trois cent bichetées d'étangs en évolage et cent bichetées d'assec lors du mariage.

Le contrat de mariage est établi sous le régime de la communauté de biens réduits aux acquêts.

Le couple s'installe au château de Bouligneux et le Sieur Hugues la Scève se pique alors d'économie rurale. Il essaie, sans grand succès, d'élever de nouvelles espèces de poissons dans les étangs. Il invente un appareil à faucarder les ajoncs, mais néglige d'en obtenir un brevet. Il tente enfin de constituer une réserve d'oiseaux, sur un des plus grands étangs, mais n'obtient pas qu'on lui octroie une garde armée à la saison de la chasse, si bien que les oiseaux qu'il y avait mis sont décimés. C'est à cette date qu'il avait fait venir deux couples de pélicans. A cette occasion, il avait fait circuler un libelle, signé Monsieur de Lascif, donnant en exemple l'instinct du pélican. Il y avait comparé le coup de bec du pélican, sur son propre cœur, au cœur sacré des religions. Ce qui lui valut la saisie de son libelle et un avertissement de l'Archevêque de Lyon.

Au cours des neuf années suivantes, le Sieur la Scève voyage beaucoup, sans que l'on puisse toujours en connaître les causes.

Il est repéré à Londres, juste après le Traité de Paris, en 1763. On le voit en mauvaise compagnie à Soho. Il semble qu'il ait rencontré Monsieur Hooke pour apprendre l'utilisation du microscope.

En 1765, certains espions des relais de diligences en Thuringe et en Saxe l'entendent discuter avec animation en faveur de Choiseul et de la condamnation de l'Ordre des Jésuites. Il fait également circuler des pétitions en faveur de Calas et de Lally-Tollendal.

Il aurait été reçu par Frédéric, à nouveau à cette époque, et peut-être aurait-il discuté avec Voltaire au sujet de ces affaires.

En 1766, il quitte sa femme pour s'embarquer sur un vaisseau de guerre. Il visite les Antilles françaises, dont il rapporte de nombreuses collections de plantes et d'animaux. C'est à la suite de ce voyage qu'il essaie d'acclimater la canne à sucre dans la Dombes. Ce qui est suivi d'un échec risible.

Depuis 1766, les liens conjugaux de Monsieur la Scève se sont relâchés, au point qu'il fait de nombreux voyages avec de nombreuses maîtresses.

C'est à cette époque, également, qu'on le voit de plus en plus souvent à Lyon, dans les quartiers mal famés, autour de l'église Saint-Nizier. Il serait l'ami d'une ribaude martiniquaise, du nom de Manuela, qu'il visiterait régulièrement en sortant des séances des Curieux de la Nature. Il ne semble point, cependant, qu'il exploite cette fille. Notre informateur de Bouligneux, Monsieur A..., qui y tient une auberge, n'a point aperçu d'allées et venues suspectes le jour. Il lui semble avoir entendu, cependant, des cabriolets arrivant la nuit à la porte du château, qu'il ne pouvait point suivre ensuite car ils entraient dans la cour. Ces visites suspectes ont lieu quand Madame la Scève quitte le château pour rentrer à Lyon, au moins six mois par an. S'agit-il de parties de débauche ou de réunions philosophiques ? Peut-être les deux à la fois... S'il s'agit bien de réunions de philosophes, il est certain qu'elles intéressent notre police. Monsieur la Scève a souvent été entendu, au café du Jura, lors des réunions du Cercle des Curieux de la Nature, prononcer les phrases suivantes, d'après notre informateur du café : « qu'il jugeait les théories de Monsieur de La Mettrie beaucoup plus justes que celles des mesureurs d'âme. Que la croyance dans l'âme était inversement proportionnelle à la connaissance du cerveau. Que l'étude des songes, dont il se dit un grand expert, lui avait appris que la théorie d'une âme perpétuellement éveillée était fausse. Que, si les songes érotiques étaient envoyés par Dieu, il fallait alors répondre à ce divin message, mais que s'ils étaient envoyé par le Diable, il fallait sur-le-champ se faire castrer ! Conséquemment que s'il n'y avait pas de papes castrés, c'est parce qu'ils ne croyaient pas au Diable ! Que chaque individu était différent, car il avait des songes différents. Donc, que chaque individu avait le droit d'avoir ses propres idées sur chaque chose de la nature, donc que personne, ni un pape, ni un roy, ne pouvait imposer ses idées aux autres »...

En conclusion, Monsieur Hugues la Scève apparaît comme un individu dangereux dans ses idées et la façon dont il les répand. Récidiviste depuis 1765, il apparaît comme l'un des meneurs du Cercle des Curieux de la Nature. Libertin et débauché, il fait profession publique d'athéisme et n'hésite pas à attaquer Notre Saint Père le Pape et Notre Roy bien-aimé Louis le Quinzième.

Il apparaît bénéficier d'une assez grande fortune, grâce à sa femme, et ne semble pas pouvoir être rendu muet par quelques offices ou sommes d'argent. Cependant, sa vie libertine est si vulnérable qu'elle devrait nous permettre de lui tendre quelques pièges que nous pourrions utiliser pour le déshonorer et lui faire perdre son autorité au sein de la société des philosophes athées de Lyon.

Lyon, le 10 juillet 1771

J'admire la sollicitude de la police à mon égard, mais cette fiche contient tellement d'inexactitudes que je vais les corriger ici même au cas où j'en aurais besoin.

En 1757, c'est vrai, je me suis mis en rapport avec les chirurgiens militaires prussiens pour connaître leurs méthodes de traitement des plaies du crâne. C'est à cette occasion que j'ai mieux appris les indications du trépan. Dois-je faire comprendre à ce policier qu'avant d'être soldat, je suis chirurgien ? Que j'ai soigné des blessés prussiens, comme les Prussiens ont soigné des blessés français ?

C'est vrai que j'ai toujours une certaine admiration pour Frédéric II. Sa grande culture m'a impressionné, ainsi que son amour des arts, des lettres et de la philosophie. Je suis devenu membre des Curieux de la Nature de Berlin, en 1765, à la suite d'une dissertation sur l'amélioration de l'économie rurale, ce qui est facile à vérifier, mais ce que mes espions ne savent point car ils n'espionnent que les choses médiocres...

J'aurais écrit l'article « Anatomie » ! Parce qu'il est signé L... Il est vrai que j'ai conseillé L... et participé à la longue recherche bibliographique de cet article. L'un des plus complets de l'*Encyclopédie*. Heureusement que l'on ne m'accuse pas de libertinage parce que cet article contient les belles planches IV, V et VI d'Huter, représentant des hymens de nouveau-nés et de filles de sept et quatorze ans !

En 1761, c'est vrai, j'ai essayé d'élever des chevesnes dans mes étangs ; or ils ne peuvent bien vivre que dans les ruisseaux. Je ne regrette rien car le chevesne, trop plein d'arêtes, n'est pas un bon poisson. Comme disent les pêcheurs des bords de Saône, « la carpe est muette mais le chevesne ment »...

Mes mésaventures avec ma garderie d'oiseaux sont le fait du sieur A..., mon espion appointé de Bouligneux. Au lieu de s'occuper de sa méchante gargote, cet individu a monté une cabale contre moi, sous prétexte que les canards échappaient à l'affût en se réfugiant sur mon étang...

Triste aventure que ces couples de pélicans, qui furent tués un soir par A... et ses sbires. Je les gardais depuis six mois. Ils avaient maigri au début, mais avaient bien profité ensuite. Je les voyais de mon château venir se nicher sur une petite île de l'étang. Qu'il est difficile d'introduire quelque nouveauté dans ce pays ! Dans mon libelle, comme dit le policier, je parlais de la mort des pélicans, tués par la superstition et l'ignorance. Quelques allusions à la religion m'ont évidemment valu d'être réprimandé par l'archevêque !

Enfin, ce n'est pas de la canne à sucre que j'ai essayé d'acclimater mais des bambous, car je savais qu'ils peuvent pousser dans certains climats assez rudes. Mais la terre trop argileuse de la Dombes ne leur a pas permis de croître.

1763, mon voyage à Londres. Quatre mois après la paix de Paris ! Je désirais, en effet, acquérir un microscope, avec lentilles achromatiques, que seuls les Anglais construisaient. Je ne pus d'ailleurs en obtenir un. Je me demande quel espion m'a vu à Soho, dans quel pub. C'est vrai qu'à cette époque j'étais curieux des mœurs des Anglaises. On ne connaît point tout à fait un pays, même celui de votre pire ennemi, sans en avoir fréquenté les lieux de plaisir et sans en avoir connu les femmes.

1766. Liens conjugaux ! Il ne me serait pas possible de faire comprendre à cet imbécile de policier les nombreuses causes de notre déchirement et de notre séparation, que je ne désire point aborder. Notre vie se sépare six mois par an, en pleine liberté et loyauté.

Et ces bruits de carrosses nocturnes ? Pure imagination de ce gredin de A... Il ne sait pas... Il n'a pas vu... Il lui semble... C'est comme cela que bien des honnêtes gens sont allés en prison...

J'aimerais enfin connaître le mouchard qui copie, sur ses manchettes, mes interventions au Club du café du Jura ? L'ai-je dit ? Sans doute ! Et bien d'autres choses ! Mais dans quel pays vit-on ?

Enfin, *in cauda venenum* ! On ne peut m'acheter ! Je ne suis pas entretenu par M... ! On me tendra un piège ! Merci de cet avertissement, Messieurs de la Police !

Mais vous aurez, sans doute, moins l'occasion de m'espionner car je vais bientôt me plonger dans l'étude de mes songes. Je n'apporte plus de pélicans ou de canne à sucre à Bouligneux. J'y apporterai les linéaments d'une histoire naturelle des songes. Peut-on espionner mes songes ? A-t-on déjà condamné quelqu'un pour des songes érotiques, libertins ou régicides ?

CHAPITRE IV

Les yeux des songes

DIX DÉCEMBRE 1771... Cette nuit, il est tombé beaucoup de neige qui recouvre la glace de l'étang. J'y aperçois les traces de hordes de cerfs et celles de mes chiens. Il m'a fallu aider à dégager la neige des toits, peu pentus, des bâtiments principaux, pour éviter les avalanches et creuser l'accès du château, au-dessous du pont-levis, qui ne se relève plus depuis longtemps. J'ai décidé de laisser la neige dans la grande cour car l'eau de fonte pourra directement gagner les douves et l'étang. Heureusement, le toit de la tour est très incliné, la neige qui le recouvre glissera aux premiers feux du soleil dans la cour et j'ai fait boucher les arches de la galerie du sud afin que l'avalanche ne pénètre pas dans les communs.

Depuis dix jours, je continue le classement de mes souvenirs de rêves. J'ai essayé diverses méthodes pour les collationner, les comparer, les compter et les classer. Finalement, c'est la méthode suivante qui me donne les résultats les plus rapides et les plus sûrs. Chaque souvenir est résumé sur une carte du meilleur carton que j'ai acheté avant l'hiver. J'ai coupé ces cartons en forme de carte, si bien qu'ils peuvent tenir verticalement dans les quatre tiroirs de mes secrétaires en acajou. J'ai ensuite enduit la tranche de ces cartes de peinture de couleur différente selon les classifications. Sur la tranche gauche, il y a place pour huit couleurs (blanc, noir, rouge, pourpre, rose, vert, jaune et bleu) qui correspondent aux intervalles de temps écoulés entre les événements de l'éveil et les songes qui s'y rapportent. Sur la tranche du dessus, qui est plus large, j'ai associé des encoches et des couleurs, si bien que j'obtiens quatorze combinaisons différentes qui correspondent aux thèmes de mes rêves classés selon les différentes excitations du *sensorium commune* : vision (colorée ou non), audition (bruit ou paroles), gustation, sensation de la peau (douleurs). Sont classés également les thèmes en rapport avec les quatre éléments : eau (pluie, neige), feu (soleil), air (vide, lévitation), terre (mort). J'y ai rajouté les thèmes suivants : le sang (blessure, guerre, chirurgie), les animaux, et enfin tout ce qui a un rapport avec des songes érotiques (dont j'ai inscrit les détails en langage secret utilisant le grec). Sur la partie droite de la carte, sont également classés en sept couleurs mes voyages, les rencontres extraordinaires que j'ai faites (ouragan, cyclone, éléphant, femmes à barbe, monstres) et qui auraient pu s'inscrire sur le registre de mes songes, mes aventures amoureuses (les initiales de mes partenaires et mon activité sexuelle y sont aussi consignées en écriture secrète), les événements dramatiques de ma vie (blessure, naufrage, maladie, deuil) et, enfin, les drogues ou somnifères que j'ai quelquefois pris (Laudanum, Opium, Esprit de cerveau, etc.).

Conséquemment, en prenant les cartes par paquets de cent, je peux constater rapidement si telle ou telle couleur d'une tranche est plus souvent associée avec une autre.

C'est en rangeant les cartes, cet après-midi, que j'ai remarqué un fait évident. Tous mes rêves viennent des excitations de ma rétine, puisque tous mes souvenirs de songe sont organisés dans l'espace. J'ai noté, alors, que vingt cartes sur cent correspondaient à des songes en couleur. Je fus surpris de lire sur mes cahiers qu'il m'arrivait de distinguer le noir et le blanc comme des couleurs, comme si les autres souvenirs n'étaient que des formes sans couleur, ni noir, ni blanc.

En fermant les yeux, j'imaginai, alors, l'image d'un chat noir et d'un chat blanc, et je pus constater que cette image de mon esprit n'éveillait pas, non plus, de sensation de noir et de blanc. Ainsi, le matériel visuel du songe m'apparut évoquer deux classes de souvenirs : l'une sans couleur, ni noir ni blanc, l'autre colorée d'une très riche palette. La répartition des couleurs de mes songes colorés se faisant ainsi dans l'ordre décroissant : rouge, blanc, noir, jaune, bleu et vert. Je remarquai aussi la fréquence des rêves auditifs, mais leur classification m'a semblé si difficile qu'il me faudra y consacrer plusieurs journées avant d'en noter les enseignements. Enfin, dans un ordre décroissant, je notai les rêves d'olfaction (avec soixante pour cent de souvenirs de parfums agréables et quarante pour cent d'odeurs nauséabondes), des rêves de gustation ou de faim, presque toujours associés à ceux d'olfaction, quelques rêves de soif. Les rêves de sensations douloureuses étaient, heureusement, très rares, sans doute parce qu'ils éveillent l'entendement avant de laisser leur souvenir.

Je réfléchis plus longuement à cette échelle des sensations au cours des songes. Pourquoi le songe avait-il besoin d'une scène étendue dans l'espace, comme pour une représentation théâtrale dont j'étais l'acteur ou le spectateur ? Certains souvenirs étaient si précis que j'avais noté le côté (droit ou gauche) où se tenaient les acteurs. Je fermai les yeux à nouveau, en appliquant mes doigts contre les globes oculaires, et essayai d'imaginer la grande scène du Théâtre de Padoue où m'avait invité Spallanzani, puis le Colisée de Rome. Chaque fois, je ressentis de petits mouvements de mes globes oculaires, qui semblaient suivre les contours de mon imagination. Si je bougeais les globes oculaires, pensai-je, c'est que ma rétine devait être responsable de cette image, mais il me semblait impossible que ma rétine contienne le registre de toutes mes impressions visuelles. C'est pourquoi j'essayai d'imaginer quelque chose que je n'avais jamais vu, ni regardé auparavant : un ver de terre avec des ailes, un navire volant dans le ciel ! Chaque fois, mes globes oculaires remuaient. Ce n'était donc pas la rétine qui envoyait des souvenirs à mon entendement, c'était mon entendement qui faisait bouger mes globes oculaires et ma rétine selon des souvenirs anciens, car l'image du ver de terre avec des ailes avait bien du mal à se distinguer dans mon imagination de celle d'un dragon que j'avais vu dans un livre. Puis, je pensai à la difficulté que j'avais de me représenter une image en fermant les yeux. Il ne fallait point que je sois distrait par les abois des chiens, les craquements du feu ou le tic-tac de l'horloge. J'essayai à nouveau de fermer les yeux et de me représenter la tour de l'Hôpital de la Charité de Lyon, en essayant en même temps de calculer dans ma tête $100 - 7 = 93 - 7 = 86 - 7 = ...$ Je m'aperçus que mes yeux bougeaient en même temps que les chiffres et que je ne pouvais arriver à obtenir d'image dans mon cerveau. J'en conclus que l'effort d'attention et l'image visuelle du cerveau devaient être reliés. C'est donc que les songes devaient mettre en jeu, au cours du sommeil, une attention particulière de l'entendement, dirigée non vers le monde présent, comme pendant l'éveil, mais vers la lente dissolution des souvenirs. S'il y avait de telles images, pensai-je, l'attention du songe devait diriger les mouvements oculaires dans la direction des acteurs de la scène onirique.

La nuit était venue, noire et sans lune, et le feu était éteint. Je me levai et cherchai à tâtons mes bougies. Je me cognai contre le secrétaire et un tiroir, rempli de fiches, tomba. J'essayai de les ramasser. Le noir... la nuit ! Quels étaient les songes d'un individu vivant perpétuellement dans un cachot sans lumière ou dans une caverne ? Etaient-ils colorés, ou sans forme ? Il n'existait pas, heureusement, dans ce pays de prisonniers gardés dans de tels cachots, pensai-je. Je finis par trouver les bougies et ranimai quelques braises du feu pour les éclairer. C'est en voyant la lumière claire et jaune de la bougie illuminer mon bureau que l'idée me vint alors, *a contrario,* de la nuit perpétuelle : un aveugle ! A quoi rêvent les aveugles ?

Il était trop tard maintenant pour sortir dans la nuit, mais ce problème retint longtemps ma pensée avant de m'endormir... Le lendemain, le soleil était revenu mais la bise soufflait et la neige était gelée. Mes bottes faisaient craquer la glace sans l'enfoncer. Je me dirigeai vers l'extrémité est du village, sur la route de Villars. Je savais y trouver Thévenet, dit « l'Anguille », car il était, autrefois, un grand pêcheur de ces poissons. Thévenet, qui était canonnier, avait eu les yeux brûlés par l'éclatement d'une pièce de 6, lors de la prise d'Ypres, pendant la deuxième campagne des Flandres, en 1744. Devenu aveugle, il était revenu chez lui et vivait auprès de sa vieille mère. Il gagnait un peu sa vie en confectionnant des berceaux et des paniers avec les osiers qui poussaient entre les étangs. Il savait les couper, les tordre à la vapeur et les tresser fort habilement.

Je le trouvai chez lui, accroupi, rempaillant une chaise.

Comme il sied, la conversation porta longtemps sur le temps, la neige, la guerre et ces diables d'Anglais ! Je le félicitai pour son travail et fis semblant de m'en aller. « L'Anguille » attendait ma question, tout en tordant et tressant de la grosse paille :

— A propos, « l'Anguille », il m'est venu une idée, hier soir. Est-ce que tu songes quand tu dors ?

Il resta un moment sans bouger et il leva ses yeux, blancs et morts, vers moi :

— Pourquoi que vous me demandez ça ?

— Parce que j'étudie les songes et que je n'ai point trouvé de livre sur le rêve des aveugles.

— Pour sûr que je songe ! Souvent.

— Et comment ?

— C'est même le seul moment que j'y vois, me répondit-il.

— Tu vois quoi ?

— J'y vois de tout et de toutes les couleurs. J'ai rêvé, il y a pas longtemps, à des anguilles. Il y en avait des rouges, des noires, des blanches comme la neige, des jaunes. Pas beaucoup de brunes, comme lorsque je les pêchais autrefois. Elles venaient vers moi, sur ma droite, et devenaient de plus en plus grosses. J'essayais de les tuer, mais elles revenaient chaque fois. Avec une seule anguille, on aurait pu faire une sacrée matelote ! Même qu'à la fin de ce rêve, j'ai essayé de garder les images dans mes yeux pour conserver les couleurs qui étaient si belles. Au lieu que maintenant c'est la nuit...

Ainsi, « l'Anguille », aveugle depuis vingt-sept années, avait des souvenirs de rêves en couleur et, comme moi, il pensait que le noir et le blanc étaient des couleurs. Puisque sa rétine avait été détruite par la poudre enflammée, il fallait bien que son entendement ait un réservoir de couleurs pour colorer ses songes.

— Et maintenant, « l'Anguille », si tu essaies d'imaginer des couleurs, ou des formes, est-ce que tu les vois dans ton cerveau ?

— Je n'en sais rien. Je ne peux plus voir les couleurs, mais je peux les sentir avec la musique.

Il me confia, alors, qu'il avait appris à jouer de la viole pour aller gagner quelques sous dans les mariages ou les fêtes.

— Un son aigu, c'est comme le rouge ou le jaune, un son grave, c'est comme le brun ou le noir.

Je lui demandai d'imaginer un berceau et mis doucement mes doigts sur ses yeux. Je fus d'abord surpris de sentir que ses yeux tremblaient de droite à gauche tout le temps. Lorsqu'il imagina le berceau, je palpai les mouvements de ses yeux vers le haut et vers le bas. Je remarquai qu'en même temps, il bougeait légèrement l'index droit dans les mêmes directions. Ainsi, son entendement lui faisait représenter un objet en commandant à la fois les esprits animaux des muscles des yeux et des doigts. Sans doute parce que l'accoutumance qu'il avait de tresser les joncs et les osiers avec les doigts, pour fabriquer des objets, avait changé la route des fluides nerveux.

Je remerciai « l'Anguille » et lui commandai quatre grandes cages en osier pour y piéger les sauvagines. Il n'avait pas besoin d'autres instructions et savait quelle longueur et quelle ouverture il faudrait pour un furet, une martre, une fouine ou un renard.

En revenant de chez « l'Anguille », penché en avant contre la bise glacée, je pensai que j'avais établi, de façon certaine, que la rétine ne joue aucun rôle dans l'imagerie des songes,

contrairement à ce qu'écrivaient encore beaucoup de philosophes et de naturalistes de grande renommée.

*Nihil est in somniorum intellectu quod non fuerit prior in
sensu,* pensai-je à nouveau en rentrant dans ma bibliothèque
bien chauffée. Il était évident que les couleurs des songes
de « l'Anguille » n'étaient point innées, puisqu'il avait vu et
appris les couleurs jusqu'à l'âge de vingt-trois ans, lorsqu'il
fut aveuglé par l'éclatement de son canon. Le souvenir de
ces couleurs avait pu persister jusqu'à maintenant et l'attention du songe les utilisait parfois pour colorer les scènes de
ses rêves. Je me demandai, alors, si les couleurs étaient déjà
peintes sur la *tabula rasa* du cerveau à la naissance. Un
aveugle de naissance ? Il me fallait en interroger un. A
Châtillon ou à Trévoux ? Les Sœurs de Saint-Vincent diri-
geaient un hospice où elles soignaient les pauvres enfants et
adolescents atteints de toutes les misères que la nature a
inventées pour nous rappeler que nous sommes des animaux
comme les autres.

12 décembre 1771... Le dégel m'a fait remettre mon voyage
à Châtillon. Les diligences, de Lyon ou de Trévoux, ne
passent plus par Bouligneux et la neige, mélangée à l'épaisse
boue liquide et collante de la Dombes, ne m'a pas permis
d'y aller à cheval. Je pense à la boue des Flandres, qui nous
avait arrêtés, sous le maréchal de Saxe, parce qu'on ne pouvait
déplacer aucun chariot, ni aucun canon, sans qu'ils ne s'en-
lisassent.

20 décembre 1771... La bise et la gelée sont revenues hier
et les chemins sont sillonnés d'ornières profondes et dures.
Je suis parti au lever du soleil, pour Châtillon, en menant
mon cheval droit au nord-ouest, à travers les champs dont

le sol est moins tourmenté. L'hospice de Saint-Vincent est situé auprès de l'hôpital. Les Sœurs ont de grandes coiffes blanches, un surplis blanc sur des robes bleues. Jeunes ou vieilles, elles ont toutes ce même regard doux et patient, comme si elles regardaient à travers vous. Je demandai la permission de rencontrer Madame la Sœur Mère. Elle était parente, par alliance, de ma femme. Elle me reçut avec une froideur polie, dans un salon gelé, sans me faire connaître qu'elle savait tout de mes diableries. Je n'eus pas besoin, comme avec « l'Anguille », de perdre mon temps en paroles inutiles :

— Ce n'est point, Monsieur, pour me baliverner avec vos contes bleus sur la santé de Madame votre femme que vous êtes venu jusqu'ici ?

Je lui fis part alors, aussi humblement et simplement que possible, du but de ma visite.

— Pourrais-je interroger, très rapidement, et en présence de Mesdames les Sœurs, un adolescent, aveugle de naissance, de quinze à vingt ans, sur le contenu de ses songes ?

— Qu'avez-vous à faire, Monsieur, des souvenirs de songes et de toutes ces coquecigrues ?

Il me fallait ruser, sinon ce cerbère en cornette allait me renvoyer chez moi, avec ses prières pour ma femme !

— Très Révérende Mère, lui dis-je, les démons de mon esprit ont été dérangés par les lois de la nature que j'observe. J'ai été égaré, au début, par quelques lectures et me suis persuadé que l'âme ne dirigeait point l'économie de notre corps. Cependant, depuis que je recueille les souvenirs de songe, je sens en moi apparaître la vérité. C'est l'âme qui nous parle au cours des songes, et à travers elle, la révélation de Notre Seigneur Jésus et donc Dieu.

— Monsieur, me répondit-elle, voilà de bien singuliers

détours pour rencontrer Dieu ! Il vous faudrait d'abord purifier votre âme en allant à confesse. Votre vie de péchés et
de stupre fut tellement impie qu'il vous faudra sans doute
aller à Rome pour y prier le Saint Père et faire amende
honorable.

Je me moquais du Saint Père, des Jésuites et de la Bulle
Unigenitus comme Jean de Werth. Je baissai les yeux en
signe de profond repentir.

– Révérende Mère, les aveugles voient en songe, n'est-ce
point là un miracle de Dieu ?

– Sans doute ! me répondit-elle, sur la défensive.

– Révérende Mère, et si les aveugles-nés rêvaient de Dieu
ou des anges, ne serait-ce pas la preuve, une preuve, corrigeais-je rapidement, de l'existence de l'âme ? Pouvez-vous
refuser à un pauvre pécheur d'aller boire à la source de la
révélation ?

Madame la Sœur Mère était troublée. De quelle faction
dépendait-elle ? Des jansénistes ou des antijansénistes ? Il
valait mieux ne pas aborder la question de la prédestination,
sinon ma manœuvre risquait d'échouer.

– Et si ces jeunes aveugles ne songent point, Monsieur,
en conclurez-vous qu'il n'y a point d'âme ?

– Très Révérende Mère, l'expérience de la vision des anges
ou de Dieu est ineffable. J'en conclurai donc que ces pauvres
aveugles sont continuellement visités par l'âme au cours de
leur sommeil, mais qu'ils ne peuvent ensuite raconter cette
félicité infinie à leur éveil. Il en est de l'infini comme du
néant, nul ne peut en exprimer l'essence, ajoutai-je.

La Sœur Mère ne voulut point se laisser entraîner sur la
pente glissante du néant et de l'infini. Elle haussa les épaules.

– Monsieur, me dit-elle, je vais donner des ordres pour
que vous puissiez interroger Maurice B..., qui a seize ans.

Deux sœurs assisteront à votre interrogatoire afin d'y déceler si vous y mêlez quelques questions impertinentes sur le sujet des anges. Je vous prierai enfin, Monsieur, de ne pas longtemps importuner cet adolescent et de ne pas l'interroger sur la nature impure de certains songes qui lui sont envoyés par le diable. Je vous souhaite le bonsoir, Monsieur.

Je pensai, qu'en termes fort châtiés, la Sœur Mère m'avait averti que le jeune M... se livrait à la masturbation.

— Ma très Révérende Mère, comment vous remercier ? Je suis votre obligé et votre très humble et très obéissant serviteur. J'ai pensé, ajoutai-je, *in fine,* qu'une petite somme d'argent et quelques jouets pourraient améliorer le sort de ces pauvres enfants pour la Noël.

La Sœur Mère me quitta sans un regard.

Accompagné de deux vieilles sœurs assez revêches, je gagnai une grande salle qui servait à la fois de dortoir et de réfectoire. Cette salle était éclairée par de hautes fenêtres, dépourvues de rideau, et chauffée médiocrement par un grand poêle dont la fumée corrigeait à peine l'odeur d'excréments. Dans ce début d'après-midi de décembre, alors que le pâle soleil était à nouveau voilé par des nuages, j'eus l'impression de me trouver dans l'antichambre de l'enfer.

Une vingtaine d'enfants et d'adolescents des deux sexes y étaient installés, vêtus de la même robe épaisse de bure que des moines. Les uns étaient couchés sur leur lit, les autres étaient assis autour d'une longue table de réfectoire en chêne que semblait présider une sœur. Je fus tout de suite surpris par l'aspect des deux êtres qui coururent à notre rencontre. C'étaient des nains ou des Pygmées. Leur torse avait une taille normale, mais leurs membres étaient très courts et ils ne devaient pas mesurer plus de quatre pieds. J'en avais déjà vu en Saxe où on les appelait les *Niebelungen.* Ils doivent être le produit d'une race de Pygmées, comme s'ils étaient à l'avant-garde de la variété actuelle du genre humain. Cependant, leur figure d'enfant était enjouée et ils n'avaient pas de stigmate animal. Je pensai à la légende de ces petits êtres féeriques, malins et presque toujours bienveillants, et leur donnai un paquet de gâteaux. La sœur de Saint-Vincent les appela et ils coururent vers elle bruyamment dans leurs sabots. Ce bruit déclencha alors un cri aigu d'oiseau. J'aperçus, sur ma droite, une jeune fille à tête d'oiseau, dont le petit front était prolongé d'un énorme nez pointu d'oiseau surmontant une bouche sans menton. Elle se leva en criant sur son lit, puis releva entièrement sa robe de bure. Elle était nue et je pus contempler le plus magnifique corps de jeune fille que j'aie jamais admiré. Si blanc, si bien proportionné, qu'il ressemblait aux Vénus de Cranach que j'avais vues aux Musées de Prague et de Munich. Mais ce corps, si désirable, était surmonté d'une tête d'oiseau si laide et si fantastique que seul le peintre Jérôme Bosch aurait pu l'avoir imaginée [1]. Je fus surpris du mélange de désir et d'horreur qui envahit mon entendement à cette vue. La sœur de Saint-Vincent se leva et vint vers nous. Elle était encore jeune et belle. Comment pouvait-elle vivre entourée de ces monstres ? Elle avait le même regard clair, d'une infinie bonté et patience, que j'avais déjà remarqué chez les religieuses en Bohême et en Saxe qui m'avaient soigné après ma blessure. Un regard d'attente et de sérénité, comme si les épreuves de chaque jour ne pouvaient l'atteindre. Etait-ce l'accoutumance du voisinage de ces monstres ? Etait-ce sa nature ? Etait-elle née avec le germe de la bonté pour supporter les misères de ce monde sans que son visage ne se ride, ni que ses yeux ne s'alourdissent de plis et de rougeurs à force de larmes ? Etait-ce la discipline de l'Ordre de Saint-Vincent, dont je connaissais la rigueur ? Débarrassée de sa cornette, bien coiffée d'une perruque et vêtue élégamment, cette sœur eût été une belle femme que j'eusse désirée, bien que je ne devinasse point la courbe de sa poitrine ni de ses hanches sous sa longue et ample robe de bure. Elle repoussa gentiment deux petits monstres, sans âge, venus s'accrocher au gros chapelet qui pendait le long de sa robe. Ils avaient les yeux bridés, comme des Tartares, la peau épaisse et jaune, et une langue énorme sortait de leur bouche baveuse qui n'articulait que des sons inintelligibles.

— Ils sont si doux et si gentils, me dit-elle, en caressant leur tête.

Puis, Sœur Catherine (c'était le nom que lui avaient donné mes deux cerbères) me conduisit vers l'extrémité de la table. Maurice B..., un jeune garçon de quinze à seize ans, enfilait à tâtons de petites perles de verre pour en faire des colliers de verroterie, comme on en donne aux sauvages d'Afrique. Ses yeux étaient morts.

— Il est devenu aveugle à la naissance, me confia Sœur Catherine.

Ses parents l'avaient exposé à l'église de Trévoux. Il avait été ensuite recueilli par les sœurs. Son visage était ouvert et franc. Il avait des boutons et quelques poils au menton.

— Il est intelligent, me dit Sœur Catherine. Il sait compter. Quel dommage qu'il ne puisse pas lire !

Je m'assis à côté de Maurice. Les trois sœurs restaient debout derrière moi et me surveillaient. Je lui donnai un cheval de bois avec des roues et une boîte de gâteaux. Il eut un grand sourire. Le même sourire que ceux qui voient. Il n'avait donc pu l'apprendre. Je ne savais comment l'interroger car je sentais le regard des sœurs dans mon dos.

— Est-ce que tu dors bien, Maurice ?

– Oui Monsieur.

– Est-ce que tu te réveilles quand tu dors ?

– Non Monsieur !

Il grignotait les gâteaux, rapidement, en tenant la boîte sur ses genoux.

– Sais-tu ce que c'est qu'un songe ?

– Un songe c'est quand on pense qu'on est ailleurs !

– Alors, tu songes beaucoup dans la journée ?

– Oui, presque tout le temps !

– A quoi ?

Il ne me répondit pas et recommença à chercher à tâtons les gâteaux.

– Et quand tu dors, est-ce que tu as des pensées comme si tu étais ailleurs ? Est-ce que tu vois ? Est-ce que tu imagines des choses ? Des animaux par exemple ?

– Qu'est-ce que cela veut dire voir ?

– N'as-tu jamais senti des couleurs dans la nuit ?

– Couleurs ? Je ne sais pas ce que c'est !

– Et la musique ? Est-ce que tu entends de la musique quand tu dors ?

– Des fois !

– Quelle musique ?

– Je ne peux pas dire. Comme de l'orgue ou du vent, très fort ou très doux.

– Comme à la messe ?

– Oui et non. C'est plus doux. C'est bon. C'est doux comme de la fourrure. C'est doux comme la peau. Comme une peau de [2]...

Les cerbères me touchèrent le dos. L'interrogatoire était terminé. Je quittai Maurice B... Bien sûr, il ne savait pas ce qu'étaient les couleurs. Même si elles étaient imprimées dans son cerveau, et qu'elles servent à colorer ses songes de musique, comment pouvait-il les reconnaître ? Comment, moi-même, aurais-je pu reconnaître des changements magnétiques dans mes songes puisque je ne les connais pas ? Je me levai pour quitter la salle où Sœur Catherine venait d'allumer une bougie. Je surpris deux jeunes garçons, ou filles, comment le savoir dans la pénombre, qui faisaient des gestes curieux avec les mains. Parfois, ils grognaient mais leur bouche n'émettait pas de parole.

— Ce sont des sourds-muets me dit Sœur Catherine. Je leur enseigne la méthode de l'abbé de l'Epée. Ils comprennent maintenant les signes et peuvent se « parler ».

Elle leur fit quelques signes rapides de la main, me montrant du doigt, touchant sa tête, ses lèvres, son cœur, et écartant les doigts des deux mains. Ils accoururent vers moi en tendant les mains et je leur donnai mon dernier paquet de gâteaux.

Je pris congé, le plus courtoisement possible, des deux vieilles sœurs et les priai de donner une bourse de cinquante louis à Madame la Sœur Mère pour qu'elle puisse continuer l'œuvre de charité et de dévouement que j'avais pu constater et qui m'avait tant bouleversé. Elles me quittèrent en trottinant, me laissant seul avec Sœur Catherine. Je ne savais comment prendre congé d'elle. Elle devinait mon trouble.

— Vous savez, Monsieur, me dit-elle, ces petits sourds-muets, quand je fais ma ronde la nuit avec ma lanterne et qu'ils dorment... Je crois bien qu'ils songent !

— Comment le devinez-vous, ma Sœur ?

— J'ai remarqué, chez tous deux, quand ils ont les mains en dehors de la couverture, leurs doigts qui bougent, comme s'ils parlaient, et pourtant leurs yeux sont fermés et ils dorment, car ils ne se réveillent pas à la lumière de ma bougie [3]...

Je regardai Sœur Catherine qui baissa les yeux. Un message nous avait réunis l'espace d'un instant. L'invention d'un nouveau mystère de la nature. Je voulus lui dire ma reconnaissance mais elle avait déjà disparu.

Derrière les nuages, la lune s'était levée. Il n'y avait pas de brouillard. Je pourrais rentrer à cheval. Plein sud jusqu'au chemin de Trévoux et, ensuite, à l'est vers la lune. Mon cheval marchait d'un bon pas.

Je pensai que cette longue journée avait enrichi ma collection de souvenirs de songe : que les aveugles-nés pouvaient donc songer en musique (la métaphore de la fourrure et de la peau devait, sans doute, cacher les songes libidineux de cet adolescent), que les sourds-muets pouvaient mouvoir leurs doigts comme s'ils parlaient, alors qu'ils pouvaient sûrement avoir des songes avec des images. Comme chez « l'Anguille », l'attention du songe pouvait sans doute orienter le fluide nerveux vers les doigts.

J'arrivai à Senans, vers huit heures du soir, et fus surpris de voir briller et bouger beaucoup de torches dans les ruelles. C'étaient les gendarmes du Roy qui venaient d'arrêter deux déserteurs. Ils les emmenaient à Trévoux, dans la nuit froide, les bras entravés derrière le dos, attachés par le cou à la queue de leurs chevaux.

– Ils sont bons pour la potence ! me dit un gendarme.

Je savais qu'il n'en était rien. Ils seraient envoyés, par le coche d'eau, à Marseille ou à Toulon pour y travailler dans les arsenaux et la construction navale. Il nous fallait une marine forte pour envoyer par le fond la flotte anglaise de Pitt.

J'aperçus enfin sous la lune le ruban brillant de la route de Trévoux. Mon cheval connaissait le chemin jusqu'à Bouligneux. Je pensai alors à cette jeune fille à tête d'oiseau.

Comment était-ce possible ? Je ne croyais pas qu'il puisse s'agir du résultat d'une union contre nature, comme Léda avec le cygne ! Y avait-il un germe monstrueux qui préexistait ou, au contraire, y avait-il eu un accident dans le sein de la mère ? J'avais lu que les auteurs de jurisprudence médicale n'accordent l'humanité qu'aux monstres à tête humaine, car le siège de l'âme est dans la tête. Comment la nature avait-elle pu mettre une tête d'oiseau au-dessus d'un corps si blanc, si gracieux et si désirable ? L'étude des songes de cette jeune fille-oiseau aurait-elle pu tracer la barrière entre les monstres et les humains ? Mais comment connaître qu'un être songe, si on ne peut l'interroger le matin ? Et comment interroger un tel être qui ne parlait point et n'avait pas son entendement ? Je n'avais eu, jusque-là, que les souvenirs des songes pour en attester la présence. Il me faudrait donc en développer l'observation sur le dormeur, comme Sœur Catherine me l'avait appris.

J'aperçus les lumières du château qui brillaient sur la glace. Il devait être minuit. J'oubliai le corps lunaire de la fille-oiseau, que mon imagination surmontait du doux visage de Sœur Catherine. C'est en rentrant mon cheval à l'écurie que je me souvins de ces lignes de Bacon :

Homo naturae minister et interpres,
Tantum facit et intelligit,
Quantum de ordine naturae opere vel motu observaverit,
Nec amplius scit aut potest.

21 décembre 1771... Voici le rêve que j'ai fait ce matin : J'étais à l'abbaye de Saint-Antoine, dans le Dauphiné. Les Antonins y conduisaient une procession. Il y avait beaucoup de monde, surtout des malades atteints du « feu de la Saint-

Jean ». Certains avaient des bandages au niveau des bras ou des doigts, d'autres des béquilles. Le temps était sombre, comme avant la neige. Je me souviens fort bien de la façade de l'abbaye, avec les têtes des saints détruites par les Huguenots. Pressé par la foule, j'ai dû rentrer dans l'abbaye. Curieusement, elle était éclairée par le soleil, à travers les vitraux. J'entendis alors des chants merveilleux qui montaient à partir du chœur. J'ai pu m'avancer à travers la foule des pèlerins et venir vers le chœur. J'ai alors vu la fille-oiseau, de l'hospice de Châtillon, qui chantait en poussant des cris aigus, mais mélodieux comme ceux d'un rossignol. Elle était vêtue d'une longue robe blanche. Elle devait être très grande, ou placée sur un piédestal, car elle surmontait le chœur. En m'approchant, je vis qu'il était constitué par des enfants sourds-muets en robe de bure blanche. Ils ne chantaient pas mais agitaient leurs mains comme pour s'envoler...

Je suis intrigué par ce songe, car il associe un souvenir très ancien (j'ai dû aller à l'abbaye de Saint-Antoine il y a plus de dix ans) et le résidu diurne de mon voyage à Châtillon. J'ai pu identifier à la fois la figure de l'enfant-oiseau et des sourds-muets et les sons qu'ils émettaient, sans doute parce qu'ils n'étaient que des cris ou des chants d'oiseaux, pas des paroles.

CHAPITRE V

L'ouïe des songes

JANVIER 1772... J'ai longuement réfléchi avant de transcrire mes souvenirs de rêve en rapport avec l'ouïe. Ces souvenirs sont assez rares, car l'examen de mes cartes ne me permet d'en retrouver que quarante-cinq. Je me suis appliqué à les classer. Je n'ai conservé que les souvenirs des paroles, intelligibles ou sans aucun sens, mais si nettes qu'il m'était facile de les transcrire au réveil. Ces souvenirs ne m'ont rien appris par eux-mêmes. C'est en les confrontant avec la scène visuelle qui les accompagnait que je suis arrivé à classer ces souvenirs selon deux familles.

Dans la première famille, j'ai noté que la plupart des souvenirs de paroles intelligibles proviennent de personnes, ou de formes, que je ne reconnais pas, ou que je ne connais pas, ou que je ne peux reconnaître, tellement leur silhouette est estompée ou effacée. J'en reconnais seulement la forme ou l'idée : une femme, un ecclésiastique, un gendarme, un cavalier, mais jamais telle femme, tel abbé, tel cavalier.

Voici cinq exemples de ces songes.

N° 410 : dans la campagne du pays de Saxe, j'aperçois, bien qu'il fasse soleil, l'ombre d'un géant, sans visage, qui se penche sur un adolescent et lui dit : « il faut supprimer le circé ».

N° 652 : à Londres, sur Pall Mall, en plein soleil, une fille inconnue, au visage sans trait, me montre l'adresse d'un hôtel. En même temps, elle me dit très fort : « OXTAIL Hotel, one four one at Soho Square. It is four thousands pounds a night. »

N° 1106 : en voyage à Paris. J'attends de rencontrer Monsieur de la Condamine dans son antichambre. Arrive un vieil homme à perruque. Son visage est comme effacé par un masque. Il se penche vers moi et me demande très poliment et distinctement « si j'ai constaté une absence de songe chez les enfants poilus ».

N° 1140 : dans un endroit inconnu, une femme inconnue, au visage sans trait et comme effacé, s'approche de moi. Elle me dit très fort et distinctement : « les chats n'enlèvent pas leur chapeau ».

N° 1490 : ce souvenir de songe est récent. Il m'avait beaucoup intrigué au réveil car je pensais qu'il contenait un message : dans le salon de mon château, je discute avec un homme inconnu. Il n'a pas de perruque mais des cheveux blancs, très longs et bouclés, retombant sur son visage. Je n'aperçois ainsi qu'une masse de cheveux au-dessus d'une bouche surmontant une grande barbe blanche. Il se penche vers moi, me prend la main et me dit : « Votre germe ne joue aux boules que dans les cavernes de votre entendement. »

La deuxième famille de mes souvenirs m'apparaît comme l'inverse de la première.

Ce sont des souvenirs de songes dans lesquels je reconnais fort bien la personne qui me parle aux traits de son visage. Ces personnes ouvrent la bouche et me parlent, mais je n'entends rien, comme si j'étais sourd, ou bien les paroles sont totalement incompréhensibles, comme dans une langue étrangère. En voici quelques exemples :

N° 946 : dans le pays de la Dombes, sur la route de Villars, je rencontre la diligence qui s'arrête. Le cocher en descend. Il me prend par le bras et me parle dans l'oreille. Je n'entends pas ce qu'il me dit. Je me tourne vers lui et lui demande de parler plus fort. Il ouvre alors la bouche, comme pour marteler des mots. Je n'entends que des sons informes comme « hayak, hayak, hayak »...

N° 971 : en Suède, le beau décor en couleur évoque Stockholm au coucher du soleil. Je me promène avec Carl Linné, qui est curieusement déguisé en femme, avec une robe longue et une perruque. Il s'arrête et me parle. Je n'entends pas ce qu'il me dit mais n'ose pas le lui dire. Puis il me prend le bras, s'approche et me parle à nouveau à l'oreille. Je n'entends qu'une succession de sons sans signification.

N° 1120 : sur un bateau, sans doute un souvenir de mon voyage aux Antilles. La mer est calme. Je suis sur la passerelle en compagnie du commandant le Kerouac. Il me montre du doigt un canot qui se dirige vers nous. Le commandant prend alors un porte-voix et hèle les gens du canot. Je n'entends aucun son sortir du porte-voix.

N° 1217 : dans un salon, Madame de M..., une jolie femme à perruque blonde, se lève. Elle me tend les bras et se met à chanter avec une voix de soprano comme à l'opéra. Je n'entends alors qu'un sifflement aigu de plus en plus fort.

Ainsi, sur quarante-cinq souvenirs de rêves intéressant l'ouïe de mon entendement, j'ai pu classer vingt songes de la première famille et dix-huit de la seconde. Il ne reste que huit souvenirs qui ressemblent à l'entendement de l'éveil. C'est-à-dire que j'y reconnais bien l'individu qui me parle et que je comprends son message.

Je ne comprends pas pourquoi deux mémoires de songe, celle du visage et celle de la parole, peuvent être aussi capricieuses. Il ne peut s'agir d'une disparition plus rapide des souvenirs de mon ouïe puisque j'ai compris fort distinctement des paroles en anglais, alors que ce rêve eut lieu plus de deux mois après que j'eus quitté Londres, bien longtemps après le traité de Paris. En outre, certains souvenirs de « résidu diurne », comme celui de la diligence, étaient très proches de l'événement et les paroles du cocher étaient pourtant incompréhensibles. Je suis aussi étonné de l'oubli des visages, dans les rêves de la première famille, alors que je me remémore fort bien les détails du paysage ou des vêtements. Dois-je supposer que la mémoire du visage exclut celle de la parole au cours des songes ? Et pourtant, en fermant les yeux, je peux facilement imaginer le visage de Madame de M..., en même temps que ses paroles, et même que son accent italien. Sans doute, c'est au niveau de la combinaison des sensations que l'entendement de l'éveil diffère de l'entendement ou du souvenir des songes.

Ces réflexions m'entraînent à écrire les lois suivantes, concernant la machinerie des songes et l'entendement de l'ouïe :

– que le souvenir de la parole exclut souvent en songe le souvenir du visage de celui qui parle, et réciproquement,

– que le souvenir d'un visage est plus fragile que le souvenir d'un paysage,

– que les souvenirs de la parole peuvent être effacés, ou agrandis, dans la forme de sons très petits ou très forts,

– que l'association des sensations de la vue et de l'ouïe, pendant les songes, est différente de celle qui survient pendant l'entendement de l'éveil,

– que, lorsque nous sommes dans l'entendement de l'éveil, notre attention peut se porter brièvement sur la reconnaissance d'un visage, puis venir rapidement s'intéresser à la reconnaissance des paroles, et vice versa. Conséquemment, qu'il nous semble facile de pouvoir porter l'attention à la fois au visage et à la parole. Mais que la machinerie des songes ne rend pas possible une telle alternance, *sans doute parce que quelque obstacle freine les esprits animaux*, et que l'attention du songe reste fixée soit sur le visage, soit sur la parole [1].

CHAPITRE VI

Le flux
et le reflux des songes

FÉVRIER 1772... J'ai fait fabriquer, par le menuisier de Bouligneux, une caisse en chêne, longue de six pieds, large d'un pied et haute de trois quarts de pied. Cette longue caisse est fixée sur quatre supports, si bien qu'en étant debout je peux facilement voir toutes les tranches colorées de mes cartes. J'ai donc la vue sur sept années de mes songes, comme si je voyais les stries successives des couches géologiques d'une falaise du Jura. Je remarquai, ainsi, que les couleurs des thèmes de mes songes n'étaient point disposées au hasard. Elles formaient, au contraire, des couches plus ou moins épaisses qui semblaient se répéter une ou deux fois chaque année.

Je remarquai, tout de suite, les stries de couleur verte qui signifiaient le thème de l'eau. Leur épaisseur était presque égale et correspondait chaque fois à une série de dix ou quinze songes successifs. Ces séries correspondaient à des songes survenus successivement pendant environ un mois. Bien sûr, des cartes blanches, représentant l'absence totale de souvenir de songe, interrompaient quelquefois l'épaisseur verte. Par contre, en dehors de tels épaississements de verts, je ne distinguais que quelques cartes vertes, réparties au hasard, chaque année. Cette disposition des cartes me permit ainsi de repérer facilement les différentes séries que j'ai qualifiées d'*isomnésiques* et qui se répartissent ainsi.

En ce qui concerne les quatre éléments :

Les séries *isomnésiques* de l'eau ont une durée moyenne de vingt jours et surviennent au cours de tous les mois de septembre pendant sept ans, bien que déplacées en octobre pour 1766, année de mon voyage aux Antilles. Une courte série de dix jours survient au début du mois de mars.

Les séries *isomnésiques* de l'air (rêve de vol) surviennent seulement entre le 15 avril et le 15 mai. Leur durée est d'un mois.

Les séries *isomnésiques* de la terre, et de la mort, n'intéressent que trois années. D'une durée d'un mois, elles sont en relation très nette avec les deuils cruels que j'ai subis.

Je fus surpris de ne pas noter de véritables séries de songes en rapport avec le feu, ou le sang. Les quelques traces rouges, pour le feu, étaient réparties au hasard, sans qu'il y en ait deux qui se succèdent.

J'avais repéré, également, les souvenirs de songes en rapport avec la nourriture et la boisson. Je ne me connais point gourmand, aussi je fus surpris d'en voir de si nombreux et si bien répartis au cours de chaque année. Ces séries *isomnésiques* de la bouche, de la faim ou de la soif, survenaient essentiellement entre le 5 et le 25 février (moyenne de vingt jours) et entre le 15 avril et le 15 mai.

Enfin, je notai l'importance de la succession des « séries *isomnésiques* » correspondant au commerce voluptueux de mes songes. Il existait au moins deux séries chaque année, séparées l'une de l'autre par une absence quasi totale de songes érotiques, un ou deux par mois seulement.

L'addition des sept années me permit de construire la

courbe annuelle de mes songes érotiques avec trois sommets. Le premier est le plus important et survient entre avril et juin. Il correspond à des séries de vingt jours en moyenne. Le second maximum survient en septembre et ne dure que quinze jours. Je fus enfin surpris de constater des séries de courte durée (dix jours) survenant entre le 15 décembre et le 15 janvier.

La découverte de ces séries *isomnésiques* me remplit de joie. Je n'avais lu aucune relation de ce phénomène chez les auteurs que j'avais consultés. Artémidore d'Ephèse, qui a consigné le plus de souvenirs de songes, n'en fait point mention. Cette découverte me confirma dans la stratégie que j'avais adoptée pour aborder la science des songes et en résoudre les mystères. Il valait mieux étudier de très nombreux rêves sur moi-même que d'en collecter un seul chez de nombreux sujets. Mon « onirothèque », que j'avais mis sept années à constituer, me confiait chaque mois quelque nouveau secret. J'allais pouvoir, en combinant les lois que j'avais découvertes dans l'exploration systématique de mes cartes colorées, dessiner les plans de la machinerie des songes. Elle deviendrait, pensais-je, plus fameuse que le dessin de Descartes représentant le siège de l'âme dans la glande pinéale.

Je m'octroyai un repos bien mérité en sortant mes chiens autour de l'étang. La nature était encore engourdie de l'hiver. Des traces de neige persistaient du côté nord des haies. Il y avait peu de vie dans les roseaux et sur l'étang. Pas de paysan dans les champs. Les bûcherons avaient fini d'entasser les troncs de verne ou de peuplier auprès des chemins. Soudain, mes chiens s'élancèrent en aboyant sur un couple de biches. L'une devait être grosse et fuyait plus lourdement vers le bois. Je rappelai mes chiens et je pensai à la fin de l'hiver, au rythme des saisons. Les oiseaux allaient bientôt revenir. Les cigognes... Les oies sauvages... Comment connaissaient-ils le rythme des saisons ? Etait-il possible que ce flux et ce reflux des séries de songes, que j'avais découverts, aient quelque rapport avec l'instinct des animaux, ou avec le flux et le reflux du soleil sur l'horizon ?

L'hiver avait été si glacé et si long, après de maigres récoltes, que ce mois de février annonçait la fin des ressources dans les greniers. Il annonçait également la faim pour les hommes et les bêtes. Etait-ce pour cela que j'avais tant de rêves de nourriture au mois de février ? Ces songes étaient-ils écrits en avance, par l'amoncellement de famines de février et de mars depuis si longtemps ? Comment cette trace était-elle inscrite dans mon germe ? Depuis des milliers d'années, peut-être plus... Cette faim ne parvenait cependant pas à mon entendement. Y avait-il, alors, des pensées sans entendement, ni imagination, qui puissent gouverner, sans que je le sache, mon cerveau et qui ne parviennent à ma connaissance qu'au cours des songes ?

J'imaginai alors une eau souterraine qui coulerait dans mon cerveau pour surgir comme une source pendant mes songes. Le songe récent de l'homme sans visage et à la barbe blanche me revint à nouveau : « le germe ne joue aux boules que dans les cavernes de l'entendement »... Qui avait dit ces paroles dans mon songe ? Je ne les avais pourtant point entendues auparavant. Personne qui me les eût suggérées ! Je ne les avais pas lues non plus, sinon elles m'auraient tant étonné que je les aurais notées. Etait-ce bien moi ? Ou un autre dans moi qui songeait à ma place ? *Qui me songeait ?* Un autre, qui m'avertissait que février a toujours été le mois de la faim ?

Je n'avais pas faim, mais j'avais soif ! Je rentrai me

réchauffer à la cuisine et m'octroyai une bouteille de vin de Bourgogne pour fêter mes découvertes. Comment expliquer le flux des séries *isomnésiques* ? Tout d'abord, un fait m'apparaissait certain : la répartition de ces séries n'obéissait pas au hasard. Pourquoi, par exemple, des rêves de faim en février et aucun pendant l'été ? Pourquoi pas de songe d'eau en hiver, et surtout en septembre ? Si des événements extérieurs étaient responsables de ces séries, je n'en avais noté aucun sur mes fiches. Surtout, au cours de ces sept années, j'avais tellement voyagé en Europe et aux Antilles, qu'il m'apparaissait certain que ces séries de songes, si régulièrement réparties chaque année, ne venaient pas de souvenirs diurnes. Ainsi, l'eau, l'air, la faim et le sexe tenaient lieu de décor changeant au théâtre de mes songes !

Pourquoi les séries de songes d'eau survenaient-elles particulièrement en septembre ? J'aime l'eau et c'est sans doute à cause de l'étang qui borde le château que j'étais venu me fixer ici. Mais pourquoi septembre ? Si cette série correspondait à une source interne et cachée, elle devait être si ancienne que je n'en retrouvais pas l'origine. Pourquoi, enfin, l'air en avril et mai ? L'air au printemps, l'eau en automne. Il me semblait avoir lu déjà quelques lignes sur cette alternance. Sans doute à propos de superstitions anciennes ou chinoises ?

Contrairement aux autres séries, les séries de rêves de terre, ou de mort, étaient presque toujours en rapport avec des deuils de mes proches ou d'amis tués à la guerre. Elles survenaient, en général, après un intervalle de huit jours après le décès. La mort, pensais-je, survient n'importe quand. Quel besoin la nature aurait-elle de l'annoncer puisque son dessein est, au contraire, de transmettre la vie ?

Enfin, l'ondulation des séries sexuelles correspondait bien au rythme de la nature avec l'augmentation au printemps, lors de la saison des amours où on entend bramer les cerfs dans la forêt. Sans doute que quelques amours peuvent influencer ces rêves, ce que je me promis de vérifier. Mais mes aventures amoureuses furent tellement variables d'une année à l'autre, du printemps à l'hiver, que je doutais qu'elles aient beaucoup influencé ces rêves voluptueux. L'augmentation de ces rêves au printemps était tellement marquée que je me demandais si l'allongement des jours ne pouvait pas en être responsable. Il eût fallu, pensais-je, connaître l'« onirothèque » d'un Espagnol, habitant des Amériques australes où les saisons sont inversées, pour décerner ce qui était dû à la durée des jours ou à un instinct gravé depuis des milliers d'années lors de l'arrivée de la terre dans le signe des Gémeaux.

Je consignai ainsi ces lois que je pensais tirer de ces observations :

– que les rêves ne surviennent point au hasard des événements de la veille, mais qu'ils peuvent se grouper en séries *isomnésiques* au cours desquelles un thème identique surgit et resurgit plusieurs jours de suite en s'habillant des souvenirs de l'éveil,

– que les décors, ou les thèmes des séries *isomnésiques* intéressent l'eau, la faim, l'air et Vénus. Que le feu et le sang en sont absents,

– que les thèmes surviennent régulièrement selon les saisons de l'année, selon un ordre immuable d'une année à l'autre,

– que le thème de la terre et de la mort n'est point soumis aux saisons, mais qu'il dépend des deuils subis.

Commentaires... La démonstration que j'ai faite plus haut de la relation entre les souvenirs de rêve et les événements de la veille apparaît concerner les phénomènes secondaires du théâtre onirique. C'est-à-dire les personnages, les objets, l'entourage et le paysage, reliés à l'éveil. Ces objets oniriques sont donc aléatoires, même si une loi exponentielle d'oubli les attache à l'éveil. Par contre, il faut bien admettre que les séries *isomnésiques*, qui servent de toile de fond, de décor, ou de thème aux souvenirs de rêves, sont en rapport avec des phénomènes primaires. Ces phénomènes primaires (thème de l'eau, de l'air, de la faim ou d'amour) ne dépendent pas des circonstances diverses de l'éveil. Ils traduisent l'existence d'un flux interne, qui est peut-être lui-même sous la dépendance d'événements cosmiques (durée du jour, position du soleil dans le zodiaque) ? La liaison entre les événements cosmiques et le cerveau est inconnue. Elle pourrait être une trace inscrite dans le germe. Cette trace pourrait gouverner nos actions, bien que nous y soyons aveugles, dans la mesure où les songes sont capables d'organiser les liaisons des fibres nerveuses sans que cela n'arrive ensuite à notre entendement...

CHAPITRE VII

Visite de Monsieur Charles Bonnet
au château de Bouligneux

ONZE AVRIL 1772... Je connais depuis longtemps les travaux de Charles Bonnet et je le tiens pour un fort honnête homme et un grand savant. Insectologue renommé, il avait été l'élève et le correspondant de Réaumur à l'Académie des Sciences de Paris, en 1740, et ses publications du « Mémoire des Insectes et des Considérations sur les Corps Organisés » lui valaient d'appartenir aux plus prestigieuses Académies de l'Europe. Mais, depuis la publication de sa *Palingénésie,* il y a une dizaine d'années, je savais que ce grand homme cultivait des amitiés parisiennes pour être nommé Associé Etranger à l'Académie. Il s'était assuré l'appui de la duchesse d'Auville et du comte de la Bourdonnaye, Procureur Général des Etats de Bretagne. Cependant, mon ami F... m'a raconté que Buffon avait peu apprécié les critiques de son système épigénétique que Bonnet avait publiées dans ses *Considérations.* Il m'affirma, même, que Buffon n'avait point remercié Bonnet de son envoi d'un exemplaire de la *Palingénésie.* Or, sans l'appui de Buffon, ses espérances restaient des espérances... J'avais appris que, malgré sa maladie des yeux, Charles Bonnet venait de passer quelques semaines à Paris pour essayer d'adoucir les humeurs de Buffon à son égard. Charles Bonnet devait rentrer chez lui, à Genthod, près de Genève, dans le courant du mois d'avril. Bien que je ne l'eusse jamais rencontré, je désirais l'inviter, avec sa femme, à s'arrêter à Bouligneux. Ma femme, lui écrivis-je, est cousine par alliance de votre femme, Jeanne-Marie, née de la Rive-Franconis, et serait fort honorée de sa visite. J'ajoutai que j'aimerais le questionner à propos de la nature des songes, un sujet qu'il avait abordé dans sa *Palingénésie*. Que je désirais solliciter ses conseils sur la meilleure manière de les classer. Que cette étape, enfin, n'allongerait pas son voyage et qu'ils pourraient, sa femme et lui, se reposer chez nous avant de repartir pour Genève. Je reçus ensuite une courte lettre de Charles Bonnet m'annonçant sa visite pour le dimanche 10 avril si le temps, l'état des routes et des chevaux le permettaient.

J'étais donc impatient de rencontrer cet homme célèbre, dont j'ai lu, d'abord avec curiosité, puis avec quelque ennui, les œuvres concernant les pucerons, les hydres, la connaissance de la nature et quelques travaux sur le fonctionnement du cerveau. Je savais que cet observateur des insectes était le champion de la théorie oviste et qu'il expliquait tous les mécanismes de l'entendement par les mouvements de l'âme. Je me promis de ne pas le heurter sur ses théories. J'avais, cependant, fort envie de lui soumettre un manuscrit sur les lois des songes que je venais d'achever. J'espérais aussi qu'il me conseillerait sur la façon de présenter mon manuscrit à l'Académie des Sciences de Paris et qu'il m'expliquerait comment trouver à Paris quelque protecteur à la Cour ou à l'Académie, où je pensais que mes travaux me vaudraient d'être reçu comme Correspondant.

Cette journée d'avril était radieuse sous le soleil de midi. Les chemins étaient secs. Charles Bonnet et sa suite arriveraient donc à l'heure par la route de Trévoux. J'entendis alors le bruit d'un attelage qui passait la porte et m'avançai en retenant mes chiens. Hélas ! Je vis descendre d'un cabriolet l'abbé Chiragnon, le confesseur de ma femme. Je ne savais pas qu'il fût invité mais reconnus une ruse de mon épouse. L'abbé arrivait en renfort de Charles Bonnet au cas où, excités par les vins, nous aurions croisé le fer sur la philosophie, les encyclopédistes, les jansénistes ou les ovules ! Il avait un fameux avantage sur moi puisqu'il confessait ma femme et devait être au courant de mes escapades. Il n'osait, cependant, pas m'attaquer de front car il se piquait d'être naturaliste depuis qu'il avait décrit quelques poils de plus sur les pattes d'une araignée ! Une nouvelle espèce, qu'il espérait baptiser Arach. Chiragn. Il désirait être élu à l'Académie des Sciences, Belles Lettres et Arts de Lyon et redoutait que je puisse l'en écarter. Nous nous saluâmes donc fort courtoisement. L'abbé traversa la cour et gagna, au premier étage, les appartements de ma femme.

Charles Bonnet arriva sur le coup d'une heure. J'aidai sa femme à descendre de son cabriolet : une grande et belle femme, dont l'air était simple, les paroles fort rares et l'accent suisse. Elle embrassa ma femme et conserva pendant sa visite un mutisme souriant en regardant son célèbre époux. Agé d'une cinquantaine d'années, Charles Bonnet, un peu voûté, était plus petit que moi. Son grand front surmontait un long nez aquilin, une assez jolie bouche et un petit menton. Sa vue devait être fort mauvaise et il entendait mal. Il ne souriait jamais, mais faisait remonter sa lèvre inférieure sur sa lèvre supérieure dans une curieuse grimace qui lui donnait un masque de réflexion fort impressionnant. Je le conduisis au bord de la terrasse qui dominait l'étang, mais les reflets du soleil incommodèrent sa vue et il me prit par le bras pour rentrer à l'ombre du château.

Le repas, de cinq couverts, qui avait été minutieusement préparé par ma femme et la cuisinière, commençait par un potage de perdrix aux raisins et un autre de deux têtes d'agneau au blanc.

J'avais prévu de nombreux vins. Du vin blanc de l'Etoile et du Mâconnais pour le poisson. Du Château-Châlon, dont j'étais très fier, pour la terrine, du Bourgogne pour le rôt. Malheureusement, Charles Bonnet ne buvait que de l'eau !

Nous nous mîmes à table et nos hôtes se signèrent quand l'abbé récita le Bénédicité. J'esquissai le geste de toucher mon col, pour ne pas passer pour un mécréant, ce qui amena une ébauche de sourire aux lèvres de Madame Bonnet. Je me demandai s'ils étaient au courant de mes opinions.

Quand nous attaquâmes les moyennes entrées, la tourte de pigeons et des petits poulets aux œufs farcis d'un hachis, cuits à la broche et accompagnés d'une sauce verte, je rompis un silence assez pesant. Je dis à Monsieur Bonnet combien j'avais apprécié sa *Contemplation de la Nature.* Bref, qu'il était pour moi un exemple et que j'étais fier qu'il soit mon hôte.

— Et vous, Monsieur le naturaliste de la Dombes, me répondit-il, qu'observez-vous ?

Cette question me prit au dépourvu. Pouvais-je répondre que j'observais mes songes ?

— J'étudie, ou plutôt j'essaie de classer rationnellement mes souvenirs de songes. Environ mille sept cents depuis sept ans, lui répondis-je avec quelque fierté.

L'abbé se mit à regarder au plafond, comme pour me recommander à la miséricorde divine !

— Je songe très rarement, me répondit le grand homme. Ma femme, au contraire, rêve presque chaque nuit.

Il venait d'abaisser le sujet des songes au rang des étourdissements et autres vapeurs dont souffrent les femmes ! Il me fallait être sur mes gardes. Je contre-attaquai bravement :

— Si j'ai bien compris, Monsieur, ce que vous écrivîtes sur les songes, vous admettez que « la mécanique des représentations du cerveau est la même dans le sommeil et dans la veille ». Vous admettez également que l'âme peut veiller et dormir, mais vous ne précisez pas, au moins je le crois, l'état de l'âme au cours des songes ? Puis-je enfin vous demander, Monsieur, sur la base de quelles observations vous affirmez que les animaux songent ? Enfin, et c'est peut-être ce que je trouve le plus passionnant dans votre livre, vous écrivez que « l'âme a pu songer dans le germe, mais que la résurrection fera succéder à cet état celui d'une veille éternelle ».

Charles Bonnet resta un moment silencieux. L'abbé faisait semblant de lutter contre un os de poulet. Ma femme me regardait, curieuse, et avec, je crois, quelque tendresse amusée. Madame Bonnet attendait, pétrifiée, la réponse de son époux.

— Quelle que soit votre manière de penser sur Dieu ou sur l'univers, une chose doit être certaine, Monsieur, c'est que l'homme n'est pas un quadrupède et qu'un quadrupède n'est pas un champignon ! Vous admettez, je le crois, l'essence divine de l'homme comme point de départ de notre discussion ?

— Je peux l'admettre, en effet, comme hypothèse de départ, dis-je, à condition que vous m'expliquiez quand commence un homme.

— Le principe fécondant, en pénétrant le germe humain, a fait naître, Monsieur, une circulation qui ne finira qu'avec la vie. L'âme commence après la conception, ainsi que l'homme !

— Où situez-vous l'âme après la conception, puisqu'il n'y a pas encore de cerveau ?

— Pas encore de cerveau, mais de petites fibres nerveuses parcourues par des esprits animaux.

— Vous admettez donc, Monsieur, que cette petite gelée puisse songer ?

Petite gelée ! La grimace de l'abbé m'amusa. Je crus qu'il allait nous annoncer qu'il baptisait ses pollutions nocturnes ! Charles Bonnet répondit, toujours calme :

— Ce n'est point une gelée ! Comment de la gelée se développerait en organisme ? Tout y est préformé. Le cerveau, les organes, l'entendement, et donc les songes. L'âme y apprend à régner.

— Et où habite l'âme, Monsieur, à la fin du développement du germe ?

— Le siège de l'âme, Monsieur, est une petite machine prodigieusement composée et pourtant fort simple dans sa composition. C'est un abrégé très complet de tout le genre nerveux, une *neurologie* en miniature. On peut se représenter cet admirable instrument des opérations de notre âme sous l'image d'une horloge. Il y a ici des ressorts destinés à mouvoir la tête, là ceux qui font bouger les extrémités. Quel nombre, quelle harmonie dans ces pièces ! L'âme est le musicien qui exécute, sur cette machine, différents airs. Chaque fibre est une espèce de touche, ou de marteau, destinée à rendre un certain son. Soit que les touches soient unies par ces objets, soit que le mouvement leur soit imprimé par la force motrice de l'âme, le jeu en est le même. Ordinairement, l'impression des objets est plus durable et plus vive que celle de la force motrice. Mais, dans les songes, l'imagination acquiert assez de force pour élever ses peintures au niveau de la réalité...

– Admirable, dit l'abbé. Le jeu du moteur suprême de Dieu... Quelle belle image...

J'étais consterné. Comment un si grand naturaliste pouvait-il être aussi prisonnier d'une pareille pensée qui tournait en rond ? Un clavecin et un musicien... Si le musicien appuyait trop fort, il déclenchait des songes ?

– Mais les animaux, Monsieur, vous avez écrit qu'ils songent. Comment le savez-vous ? Comment le reconnaître ?

– Avez-vous lu, Monsieur, mon livre sur la loi de la gradation et de l'échelle des êtres ?

– Je l'ai lu et relu, mentis-je !

– Alors vous devez avoir appris que la loi du développement est renfermée dans cette proposition fondamentale : la nature ne va point par sauts et cette proposition revient à l'axiome suivant : il n'est point d'effet sans raison suffisante...

Avait-il cité Lucrèce dans son livre, me demandai-je ?

– Je vous suis bien, Monsieur, et suis d'accord avec cet axiome que j'ai fait mien dans le classement de mes songes. Mais les animaux... ?

– Si l'homme, Monsieur, est un automate moral, la bête n'est qu'un automate. L'homme s'égare parce qu'il est un animal raisonnable. L'animal ne s'égare pas parce qu'il est un animal. Je crois que les mouvements qui s'excitent dans l'animal, à l'occasion d'une sensation, au moins chez les animaux domestiques comme nos chiens, dépendent de l'action de l'âme sur leurs membres.

– Ainsi, Monsieur, c'est parce qu'ils ont une âme qu'ils songent ?

– Oui, Monsieur, car l'âme doit veiller pendant leur sommeil.

– Pendant tout leur sommeil, Monsieur ?

– Nous songeons en dormant. Dès que nous dormons. Mais nous ne nous souvenons que d'une infime partie de nos songes, Monsieur ! A quoi bon classer de tels échos du dialogue de l'âme avec Dieu ? Comment savez-vous qu'il ne s'agit point de votre imagination endormie du matin ? Ce ne sont point les songes que vous classez, Monsieur, ce n'est que leur reflet, leur souvenir estompé. Songez, Monsieur, au musicien qui joue du clavecin toute une nuit sur la machinerie admirable de votre cerveau, quel souvenir avez-vous de ce concert à sa fin ?

– Aussi bien, surenchérit l'abbé, que cette classification ne concerne que vos songes. *Testis unus, testis nullus* !

La contre-attaque était bien menée. Le grand homme fit la moue et refusa à nouveau le Château-Châlon. C'était l'heure des plats sucrés : un poupelin à l'eau de fleurs d'oranger et une crème de pistache garnie de pistaches.

– J'accepte parfaitement vos objections. Admettons que je n'étudie et ne classe que des souvenirs de mon imagination ! Acceptez-vous que j'y trouve des lois en rapport avec mes sens, les souvenirs des événements que j'ai vécus ? Que ces lois puissent se traduire par une courbe mathématique ? Que ces lois me permettent, justement, de distinguer le souvenir des songes de mon imagination ?

– L'évidence, Monsieur, est la marque caractéristique du vrai, *criterium veri*, me répondit Charles Bonnet. L'évidence est universelle. Elle n'appartient pas qu'à vous ! Comment faire partager votre imagination à d'autres naturalistes, qui ne sont point oniromanciens, s'ils ne peuvent vérifier par eux-mêmes vos lois ?

L'abbé sourit méchamment. Cette pique de Charles Bonnet était traîtresse. M'accusait-il d'inventer des souvenirs de rêve ? De mentir ?

— Au début, Monsieur, toute observation est solitaire. En publiant mes lois, dont j'aimerais vous faire l'hommage, j'attends que d'autres observateurs de la nature, et non pas seulement des oniromanciens, essaient à leur tour de constituer une « onirothèque » pour y vérifier mes lois, ou les infirmer ! Ce que j'avance, Monsieur, peut être réfuté. Même s'il y a des différences entre chaque observateur, ou plutôt classificateur, des souvenirs de songe, je gage, Monsieur, que ces différences permettront d'expliquer certaines lois des songes que j'ai observées... !

Nous allâmes nous asseoir au salon. Charles Bonnet sortit une tabatière de sa poche. Il prisa, éternua et se moucha bruyamment.

— J'use du tabac en poudre depuis l'année 1756, me dit-il, et j'ai reconnu que mon sommeil suivait assez exactement la proportion de tabac que je prenais pendant le jour. Comment donc le tabac produit-il, chez moi, ce singulier effet ? Apparemment par sa vertu narcotique. Il affaiblit plus ou moins l'irritabilité du cerveau. Mais c'est à vous, Monsieur, et non à moi, qu'il appartient d'assigner la cause de ce fait remarquable puisque vous êtes expert en songes, et donc a fortiori en sommeil.

— Ce n'est pas improbable, lui répondis-je, que le tabac ait quelque vertu narcotique, car cette plante a beaucoup de ressemblance avec la *Jusquiane Hyoscyamus*, mais pour expliquer la cause des vertus des plantes, j'avoue humblement mon ignorance.

— *Quare opium facit dormire*, répondit Charles Bonnet. A ce propos, cher Monsieur, il ne me semble point que l'étude des songes ait fait irruption dans les écoles d'anatomie ? Je visite quelquefois, à Berne, et corresponds beaucoup avec mon ami, Monsieur de Haller. Il s'intéresse au sommeil. A propos du tabac, il m'a appris que cette poudre ne trouve pas de route pour aller des narines au cerveau, comme on l'a cru. Il croit qu'il doit affecter vivement les nerfs, mais il ne comprend pas encore l'effet de sa liaison sur leur irritabilité. Monsieur de Haller n'a jamais observé de songes sur les animaux sur lesquels il expérimente ; or il est, de l'avis de tous les savants de l'Europe, le prince de l'économie animale.

— Mais Aristote, Monsieur, n'a pas dédaigné l'étude du rêve ! Il réfute, même, très justement, la croyance dans le rêve prémonitoire. Il affirme que les fœtus et les animaux rêvent.

— Vous me citez Aristote, Monsieur ! Le rêve des fœtus et des animaux ! Bien sûr, puisque l'âme rêve depuis le germe, comme je l'ai écrit. L'âme ne pourrait-elle pas diriger les esprits animaux, et donc des mouvements ? Aristote aurait observé des mouvements pendant le sommeil ? Les avez-vous vus ces mouvements ? Avez-vous observé vos chiens ou vos chats ?

— Je les regarde quelquefois dormir.

— Regarder ! Quelquefois ! Savez-vous ce qu'est observer ? A vingt ans, cher Monsieur, lorsque j'avais encore une bonne vue, j'ai passé trente-quatre jours à surveiller, heure par heure, les accouchements d'une puceronne ! Argus plus vigilant que celui de la fable ! C'est à cause de cette observation, qui fut lue par Réaumur, à l'Académie des Sciences, que Fontenelle m'accorda la lettre de Correspondant.

— Et n'est-ce pas, Charles, que ce fut la dernière fois que

ce grand homme signait comme Secrétaire Perpétuel de l'Académie ? ajouta sa femme.

Charles Bonnet hocha la tête.

— Trente-quatre jours d'observation, heure par heure, m'écriai-je. Quelle patience ! Ou quelle passion !

— Observez, Monsieur. Apprenez à observer. C'est la seule manière de répondre à vos contradicteurs. Lorsque Trembley mit en doute l'accouchement de ma puceronne vierge, j'ai élevé, pendant deux ans, des générations de pucerons. Il me fallait détruire l'hypothèse qu'un seul accouplement puisse servir à plusieurs générations. J'ose affirmer que j'ai prouvé, définitivement, que l'accouplement n'est pas nécessaire à la multiplication des pucerons. Puis-je vous rappeler mes expériences sur la section des hydres, des vers et leur régénération ? J'ai usé mes yeux à observer, Monsieur, avant que de philosopher. N'allez point user votre entendement à classer vos songes, avant que d'avoir observé le sommeil des animaux. Achetez une loupe, Monsieur, plutôt que d'user votre plume à écrire vos souvenirs de rêves. Et si la loupe ne vous révèle rien, achetez un microscope !

— Mais ma classification des songes ? Ne croyez-vous point...

Il m'interrompit et prit mon bras.

— Mon ami, s'écria-t-il, êtes-vous fou ? Et songez-vous à ce que vous entreprenez ? Vous n'en sortirez jamais ! Croyez-moi, renoncez pour toujours à un projet que je pourrais qualifier de téméraire...

« Vous n'en sortirez jamais » ! La réponse de Charles Bonnet m'avait bouleversé et je restai silencieux à entendre les battements de mon cœur... Mon hôte avait raison. Le domaine du rêve est réservé aux devins, aux sorciers et autres oniromanciens et j'aurai beaucoup de peine à faire accepter mes lois des rêves aux naturalistes, et encore plus à convaincre mes détracteurs que je n'appartenais pas à un monde de charlatans. L'image de Sœur Catherine revint subitement à mon esprit. Elle avait su observer les petits sourds-muets pendant leur sommeil et remarquer leurs mouvements des doigts. Il y avait de la neige. Ce devait être vers Noël. Je m'étais alors promis d'observer le sommeil des enfants. Pourquoi ne l'avais-je pas fait ? J'avais ainsi perdu plus de cinq mois à classer mes rêves...

— Je vous suis reconnaissant, Monsieur, et de votre exemple, et de vos critiques, répondis-je à Charles Bonnet, et je me promets de mieux observer mes chats et mes chiens au cours de leur sommeil. Accepteriez-vous, cependant, de me faire l'honneur de lire mon manuscrit ? ajoutai-je en lui montrant l'exemplaire que j'avais laissé bien en évidence sur la table du salon. J'aimerais connaître vos critiques sur mes commentaires — je n'ose plus dire mes lois — concernant les rêves, mais j'attendrai d'avoir observé longuement le sommeil de mes chats et de mes chiens avant de vous l'envoyer.

Charles Bonnet soupesa le gros manuscrit que j'avais fait relier en parchemin.

— Quel poids, et quel volume, Monsieur, pour des rêves !

Il resta un moment silencieux en fronçant les sourcils. L'abbé souriait. Je l'aurais volontiers étripé !

— Mon secrétaire me lira vos commentaires, Monsieur, reprit Charles Bonnet, et je vous promets de vous faire part de mes critiques. Elles seront franches et je ne déguiserai point ma pensée, mais je vous connais sans doute déjà assez, cher Monsieur, pour deviner que vous ne vous vexerez point de ma franchise.

Notre hôte se leva et je l'aidai à gagner la cour. Charles Bonnet avait été assez rusé pour ne point répondre à mes objections concernant le lieu de l'âme dans le cerveau et m'avait entraîné sur le domaine où il régnait – celui de l'observation. Ainsi, cet homme, presque aveugle maintenant, n'avait pas voulu se battre sur le terrain des idées et m'avait vaincu sur le terrain des faits ! Il avait prouvé qu'une puceronne vierge pouvait concevoir et il avait le droit d'opposer le poids de cette grande découverte à mes lois invérifiables. Que pouvais-je lui répondre ? Allait-il seulement se faire lire mon manuscrit ?

Nous n'échangeâmes ensuite que des paroles banales. L'abbé fit une tentative pour montrer à Charles Bonnet le dessin de son araignée, mais les traits étaient si fins et ténus que notre grand naturaliste ne pût les distinguer...

L'heure du départ approchant, le cabriolet arriva dans la cour. Les jours étaient suffisamment longs pour que Charles Bonnet et sa femme puissent gagner le relais de Pont-d'Ain, sur la route de Genève.

– Observez, Monsieur, observez longtemps... Mais je doute fort que le dialogue de l'âme avec l'entendement puisse être visible à un observateur, même le plus attentif...

Telles furent ses paroles d'adieu pendant que ma femme embrassait sa genevoise amie.

CHAPITRE VIII

Observations sur les chats

DEUX AOÛT 1772... C'est ce matin que je décidai de tenir un journal exact de la vie de Lucifer, un grand chat complètement noir, âgé de trois ans, qui est né à Bouligneux et qui m'est devenu un compagnon de chaque jour, vivant dans mon bureau et dormant sur ma table de travail.

Je décidai de noter jusqu'à ses moindres mouvements. Aucune de ses démarches ne me serait indifférente. Je l'observerai tous les jours, d'heure en heure, à commencer dès huit heures du matin, jusque vers les neuf à dix heures du soir. Je l'observerai même plusieurs fois dans la même heure, souvent à la loupe pour rendre l'observation plus fidèle et m'instruire des actions les plus secrètes de ce petit félin.

La fin que je me propose me paraît d'ailleurs trop importante pour ne donner à cette expérience qu'une attention ordinaire.

Enfin, en étudiant avec soin un ou deux chats, je crois me mettre au fait du génie de la plupart de ces mammifères entre lesquels, à cet égard, on n'observe pas de différences bien considérables, comme me l'avait appris, la semaine dernière, la lecture des mémoires de Monsieur de Buffon.

C'est pour mieux m'encourager que je consigne ces promesses aujourd'hui, afin de me punir de ma paresse si je ne les tiens pas ensuite.

3 août 1772. Observation n° 1 :

J'installai donc Lucifer devant moi, sur le tome I de l'*Encyclopédie* de Diderot et d'Alembert. Il aimait l'odeur de la reliure et s'allongea bientôt confortablement pour faire une toilette minutieuse. D'abord, il lécha son épaule gauche, puis la droite, puis la cuisse gauche, en levant celle-ci comme s'il jouait de la viole. Il me regarda en clignant l'œil gauche – un salut amical que je connaissais bien et que je lui rendis en clignant aussi de mon œil gauche. Enfin, il lécha sa cuisse droite, se mit à bâiller et s'installa pour dormir, en position de sphinx, les pattes repliées sur son thorax. Ses membranes nictitantes se relâchèrent. Il bâilla à nouveau et ferma les yeux à demi. Sa respiration devint plus lente et plus ample. Peu à peu, il laissa tomber sa tête sur le livre, si bien que son museau affleurait la reliure. J'observai alors des mouvements rapides de ses oreilles, comme s'il voulait en chasser une mouche ou une puce. Ses moustaches bougeaient également et je surpris quelques mouvements rapides de ses doigts. Sa respiration me sembla devenir irrégulière. Sans doute était-il gêné par quelques parasites, mais il ne répondit pas à mon appel habituel pour obtenir quelques morceaux de poisson : « tss, tss, Lucifer, tss, tss ». Sa tête finit par s'étaler sur le côté. Ses paupières étaient entrouvertes, mais je ne pus voir l'état de ses pupilles. Il présenta quelques mouvements rapides du bout de la queue, se redressa et leva la tête. Je pus voir ses membranes nictitantes se rétracter. Il me regarda, bâilla, cligna à nouveau de l'œil gauche à mon intention, s'étira et se mit en boule, la tête enfouie dans la chaleur de sa queue.

Je pensai alors à Charles Bonnet observant ses hydres. Comment tirer quelques lois de ce que j'avais observé ? La description d'un chat endormi était à la fois superflue et sans intérêt. Il aurait fallu que je connaisse pourquoi Lucifer dormait. Mais les chats dorment presque tout le temps. D'autre part, l'observation des mouvements de ses oreilles était due au hasard de quelques puces. J'étais seulement intrigué par le fait qu'il n'ait pas répondu à mon appel à cet instant. Je réveillai Lucifer et me livrai à une exploration minutieuse de son oreille. Comme je le pensais, j'aperçus quelques puces qui couraient derrière le pavillon de son oreille, déchirée par les nombreux combats de matous, et qui se réfugiaient dans l'obscurité des poils noirs de son cou. Je lui grattai doucement l'oreille droite. Il se mit sur le dos et ébaucha quelques mouvements de grattage avec sa patte arrière droite, puis il me mordilla doucement les doigts, sauta par terre et s'en alla, la queue levée, fort dignement.

La première vertu d'un naturaliste est de savoir déjouer les ruses de la nature. Les puces des chats sont noires ou brunes. Je les observerai donc mieux sur un chat blanc ! C'est pourquoi je décidai de faire ma deuxième observation de sommeil sur Colombine : une chatte blanche, à demi angora, qui vivait auprès de nous. Très prolifique, elle nous avait déjà donné plusieurs portées de chatons, de toutes couleurs, fruits de ses amours printanières et automnales avec les nombreux matous qui vivaient dans les environs.

4 août 1772. Observation n° 2 :

J'allai quérir Colombine à la cuisine, où elle dormait déjà à sa place habituelle. Je lui montrai une moitié d'anguille, fraîchement coupée, pour l'attirer dans mon bureau. Elle la dévora avec gloutonnerie puis se laissa installer sur l'*Ency-clopédie*. Elle y reconnut, sans doute, l'odeur de Lucifer car elle flaira longtemps la reliure, levant parfois la tête, en fermant les yeux et en respirant la bouche ouverte, comme si elle voulait retenir longuement cette odeur dans ses narines. Elle finit alors par s'installer pour dormir, avec le même cérémonial de toilette que Lucifer, plus prolongé, en insistant nettement sur son ventre qu'elle mordillait longuement. Elle commença à se rouler en boule, mais préféra vite dormir sur le côté, sa tête appuyée sur son membre antérieur droit car il faisait déjà chaud dans mon bureau que chauffait le soleil radieux d'un matin d'août.

Le début de son sommeil s'accompagna d'une respiration plus ample et plus lente et la monotonie de son observation, plus de trente minutes, commençait à me peser et me rendre somnolent, mais je pensai aux heures consacrées par Charles Bonnet à l'observation de ses hydres ! Arriverais-je à prévoir à quel moment Colombine allait se réveiller ou bouger dans son sommeil ? Combien d'heures d'observation me faudrait-il pour établir la loi du sommeil chez le chat ? Pour connaître, à quelques signes imperceptibles, la fin de ce sommeil et l'épuisement des fluides dormitifs ?

Des mouvements rapides des oreilles et des vibrisses atti-rèrent mon attention et je pus remarquer que, sous les paupières entrouvertes, les membranes nictitantes étaient fort relâchées, comme dans le sommeil le plus profond. Puis, je vis avec netteté des mouvements des yeux, soit isolés vers le bas ou le haut, laissant apercevoir la sclérotique blanche, soit groupés en salves, comme si la chatte suivait des yeux un objet qui se déplacerait avec une grande rapidité dans toutes les directions, comme un oiseau. Brusquement, les membranes nictitantes se contractèrent et une dilatation pupillaire très large apparut, si brève que j'eus à peine le temps de la noter. J'essayai alors de promener mon doigt et l'arête de l'anguille devant la tête de Colombine. Elle n'y porta aucune attention et ses yeux se remirent à bouger. Je notai, également, des petits mouvements des doigts et de la queue, parfois même des pauses respiratoires, suivies d'une respiration irrégulière. Cinq minutes après, sans qu'il y ait le moindre bruit, les mouvements des yeux cessèrent, les membranes nictitantes se relâchèrent et Colombine redressa la tête, bâilla, puis s'assit et recommença une longue toilette.

Comme je le prévoyais, la fourrure blanche de Colombine était constellée de puces qui couraient de toute part, ce qui expliquait, sans doute, ses mordillements pendant sa toilette. Une fois de plus, la même cause, c'est-à-dire les déman- geaisons provoquées par les puces, avait entraîné des réactions des oreilles au cours du sommeil. Il est bien normal qu'un chat endormi ne puisse pas faire la chasse à ses puces et qu'il n'agisse que de façon automatique.

Cependant, il me fallait expliquer les mouvements des yeux. Etaient-ils déclenchés, de façon réflexe, par les mou- vements des oreilles, lors du désordre des esprits animaux qui survient pendant le sommeil ? Mais pourquoi la subite mydriase, sans doute déclenchée par une piqûre de puce, ne s'était accompagnée d'aucune réaction à mes excitations de sa rétine ?

Afin d'aller plus loin dans mes observations, je devais d'abord supprimer la cause de ces mouvements automa- tiques. J'allai donc essayer l'éradication complète des puces. Heureux Charles Bonnet, les puceronnes ou les hydres n'ont pas de puces et son sujet d'observation aquatique est plus simple qu'un chat ! Ce que j'avais observé jusque-là n'était donc qu'un jeu de puces sur la peau d'un chat !

Jeune élève dans les actions de la nature, je me sentais déjà heureux d'avoir reconnu, enfin, la cause d'un phénomène... *Sublata causa, tollitur effectus*... Il me fallait supprimer les puces pour supprimer ainsi cet orage des petits muscles au cours du sommeil.

10 août 1772. La chasse aux puces ! Je m'y connaissais, autrefois, en puces, poux et autres vermines. Dans les Flandres, en 1757, bains chauds et savon noir pour tous les malades et blessés, quand il y avait de l'eau chaude... Je consultai l'*Encyclopédie* de Diderot et d'Alembert et l'*Histoire naturelle* de Valmont de Bomare. Le second ne faisait que plagier les premiers. Il y ajoutait, cependant, une anecdote curieuse : près de Surate, en Inde, il existait un hôpital fondé pour les puces, les punaises et toutes les espèces de vermines qui sucent le sang des humains ! Il faut, pour les nourrir, en trouver un qui veuille bien se livrer à leur voracité. On soudoie alors un pauvre, qui se vend pour la nuit et se laisse sucer son sang. On l'attache sur un lit, dans la salle du festin où ces insectes se trouvent rassemblés. Le soin que prennent les Indiens des puces, quoique extravagant et contraire à l'humanité, est conséquent à leur croyance en la métempsychose. Il résulte de là, dit Monsieur l'Abbé Prévost, que s'il n'y a point de pays où les hommes soient heureux, il y en a du moins où les animaux le sont ! Quant au moyen de se débarrasser des puces, l'*Encyclopédie* est muette. Valmont de Bomare ajoute, *in fine*, qu'il faut asperger les gens et les appartements d'eau bouillante dans laquelle on a mis du mercure pur ! Comment écrire de pareilles stupidités quand on est Démonstrateur d'Histoire Naturelle Avoué du Gouvernement Royal, Directeur des Cabinets d'Histoire Naturelle de S.A.S le Prince de Condé, etc. etc. !

C'est ce soir, en regardant dans la bibliothèque de ma femme, que je pris par hasard le *Manuel des Dames de Charité – dressé en faveur des personnes charitables qui distribuent les services aux pauvres dans les villes et les campagnes,* dédié à Mademoiselle Angélique Arnault, sa sœur (de charité), par Arnault de Nobleville. A la page 353, je trouvai enfin ce que je cherchais.

Liniment contre la vermine et les insectes qui attaquent le corps humain :
Prenez de l'Huile de Lavande
une once
de celle d'Amandes douces
une demi-once
Mêlez le tout pour un liniment.

J'envoyai, dès le lendemain matin, quérir une pinte d'huile de lavande et d'amandes douces à l'apothicairerie de l'hospice de Châtillon et la chasse aux puces commença. Personne ne fut épargné. Je donnai moi-même l'exemple ! Puis les chiens et tous les chats que nous trouvâmes ce jour-là. Seule ma femme, qui se réfugia dans sa chambre pendant trois jours, échappa à la lavande, dont elle disait en exécrer l'odeur. Le château sentait si bon l'huile de lavande que l'on se serait cru dans les environs de Draguignan ! Les mouches et les moustiques, qui sont si nombreux et si excités autour de notre étang en été, disparurent aussitôt des pièces du château et un examen attentif des toisons linimentées, des chiens et des chats, me permit à la fois de constater la disparition des puces et de louer l'art de Monsieur Arnault de Nobleville (sans doute, pensai-je, un nom d'emprunt) !

6 août 1772... Je me consacrai, le surlendemain de la guerre aux mouches et aux puces, à une troisième observation sur Colombine. Il faisait tellement chaud, dans mon bureau ensoleillé, que je m'établis à la cuisine, qui reste toujours fraîche en été et chaude en hiver, à cause des gros murs faits de galets des Dombes, de briques et de pisé. Colombine dormait déjà sur la table, dans le silence étrange d'un matin d'été sans mouches. Mes deux chiens, un énorme molosse d'origine allemande qui répondait au nom de Frédéric et un saint-bernard qui s'appelait Gothard, étaient étendus sur la fraîcheur du carrelage rouge et dormaient également. J'allais donc pouvoir à la fois observer un sommeil sans puce chez Colombine et commencer une étude comparative sur le chien, en oubliant le conseil de Charles Bonnet : « Etudier le même animal sans arrêt pendant dix ans vaut mieux qu'étudier dix animaux pendant un an ou cent vingt bêtes pendant un mois ! »

Je n'attendis pas longtemps pour remarquer la chute de la tête de Colombine, qui dormait en position de sphinx, et constater à nouveau des mouvements des oreilles, des yeux, des moustaches et des pattes. Si les puces avaient disparu, le même phénomène se reproduisait pourtant, absolument identique. *Pulex non causat in somniis oculorum motiones*, pensai-je, subitement désappointé et comme veuf d'une explication.

Au même instant, l'étrange comportement de mes deux chiens attira mon attention. Allongés côte à côte, ils semblaient courir, les pattes avant, puis les pattes arrière, animées de mouvements de course rythmique, si typiques que je retrouvai sur chacun d'eux la caractéristique de leur course, rapide et élancée pour Frédéric, lourde et balancée pour Gothard. Leurs babines s'agitaient et quelques aboiements sortirent de la gueule de Gothard, si aigus que l'on aurait cru entendre la plainte d'un chiot. En m'approchant, je pus me convaincre de la présence des mouvements oculaires dans toutes les directions, tout à fait comme chez le chat. J'appelai les chiens par leur nom sans obtenir d'autre réaction qu'un bref arrêt des mouvements de leurs pattes. Leur respiration, irrégulière, était parfois tellement profonde que leur expiration soulevait leurs babines. Ils cessèrent leurs mouvements de course, quasiment en même temps. Je vis saillir alors leurs muscles puissants sous leur pelage, tandis qu'ils relevaient la tête. Ils bâillèrent à tour de rôle pour rentrer à nouveau dans le sommeil.

Pendant ce temps, Colombine, qui s'était réveillée, avait gagné silencieusement l'un de ses endroits favoris d'où elle peut guetter les souris et les mulots à la porte de la cuisine.

Je venais donc d'être témoin du même phénomène, survenu presque en même temps, chez un chat et deux chiens. Il ne pouvait s'agir ni d'éveils brefs au cours du sommeil, ni de réactions réflexes à des piqûres de puces. Il me fallait donc admettre que le sommeil renfermait, en son propre mystère, une *terra incognita* où je venais d'aborder. Etait-ce une petite île dénuée de signification ? Une simple décharge périodique des esprits animaux, engourdis trop longtemps par le sommeil, et qui ne s'observait que chez les carnivores ? Etait-ce comme un archipel étalé au hasard sur certaines espèces et seulement dans certaines circonstances ? Peut-être seulement en été lorsqu'il fait chaud ? Ou après les repas ? Etait-ce un véritable continent envahissant l'universalité des espèces à chaque sommeil ? Dans ce cas, pourquoi n'avait-il pas encore été décrit sur les nombreux tableaux que les naturalistes ont dressés des mœurs des animaux [1] ?

Je me promis de résumer, le plus tôt possible, ces observations à Charles Bonnet. Son savoir encyclopédique me guiderait. Peut-être connaissait-il, d'après ses lectures, quelques observations similaires ?

Cette matinée avait été si riche et excitante que j'avais laissé passer l'heure du repas dans l'orangerie. Je sortis sur la route de Châtillon, éblouissante de soleil. Il me fallait marcher pour calmer mon excitation et le sentiment d'anxiété qui m'envahissait. De quels autres mystères devait être riche le cerveau ? J'avais l'impression d'être conduit par une machine nouvelle, quelque peu hostile à cause de ses rouages inconnus. Et si ce phénomène existait aussi chez l'homme, et s'il existait chez moi au cours de mon sommeil, comment ne le sentais-je pas ? Est-il possible qu'au cours de la nuit je puisse également mouvoir les yeux, sans objet, et bouger mes membres ? Est-il possible que je sois aveugle et sourd à une telle excitation de mes esprits animaux sans en garder le souvenir ? Qui tient les rênes de mon cerveau à ce moment-là ? Y a-t-il un autre dans le Je que je crois être ?

J'écartais chaque fois une explication qui revenait de plus en plus fortement. Celle d'un esprit auquel je ne croyais pas et qui me dirigerait et dialoguerait avec mon cerveau à ce moment-là. Un esprit chez des chats ! Cela est impossible ! Pourquoi pas alors chez les souris, les carpes de l'étang et même les puces, et pourquoi pas les hydres de Charles Bonnet ? Il n'y avait qu'une machine nouvelle à l'intérieur de la machine cérébrale. Mais quel était le rouage qui entraînait cette nouvelle machine ? Quelle en était la signification ? La fonction ? Bien que mécréant, j'admirais la perfection de la nature et de ses lois. Il me paraissait impossible qu'un tel phénomène soit totalement dénué de but, sinon de projet.

Je marchai longtemps sur la route déserte et écrasée de

soleil. Mes chiens m'avaient rejoint et galopaient à travers les champs de seigle. Ils revenaient crottés des roseaux d'où s'échappaient des dizaines de grenouilles qui plongeaient bruyamment dans l'étang. Ce n'était pas encore l'heure des aigrettes garzettes, ni des hérons. De grosses carpes bondissaient hors de l'eau en laissant des cercles irisés. Je m'assis sur le thou. Il faudrait faucher les roseaux qui l'envahissaient, mais ma machine à faucarder était depuis longtemps rouillée et hors d'usage. J'irai voir Damien demain. Il faisait trop chaud pour écrire à Charles Bonnet ce soir. Il faisait aussi trop chaud pour descendre à Lyon y boire du vin de Montagnieu, au café du Jura, et y retrouver M...

CHAPITRE IX

Les amours d'une lapine

SEPT AOÛT 1772... *20 heures...* C'est en descendant ce matin dans la cour que j'ai rencontré Damien. C'est un ancien soldat, de quarante-cinq ans, qui annonce les changements de temps au rythme des nuages, des vents et aux douleurs de son ancienne blessure. Il vient quelquefois faire le jardin et c'est lui qui me conseille et vient m'aider pour l'ouverture du thou, quand il faut vider l'étang au mois de novembre. On le dit un peu sorcier, rebouteux de son état. Il sait un peu lire mais ne le montre pas. Je ne crois pas qu'il sache écrire. Il fut blessé, d'une arquebusade, dans les Flandres, en 1753, mais sa vilaine plaie à la cuisse a fini par guérir et il a même obtenu une petite pension du Gouverneur de la Dombes.

Je lui parlai de Lucifer, de Colombine et de mes chiens, avec leur curieuse danse au cours du sommeil.

— Mais c'est qu'elles rêvent ces bêtes ! me répondit-il. Toutes les bêtes rêvent pendant leur sommeil.

Il me conta l'histoire de ses chiens qui aboient au cours de leur sommeil en rentrant de la chasse :

— Le plus forcés et crottés qu'ils soient, le plus longtemps que je les laisse courir les faisans ou les biches, le plus qu'ils bougent le soir au coin du feu, et les oreilles, et les pattes, et la queue, et aussi des grognements, pas tout à fait comme les abois de la chasse. Ils bougent aussi leurs yeux et leurs babines...

– Comment savez-vous qu'ils ne sont point réveillés ? lui demandai-je.

– Pas éveillés, pour sûr... car quand je tape avec mon couteau sur l'assiette, ils ne viennent pas vers moi, ces affamés ! Même si je les appelle : Hé le Tord-cou ! Ohé la Carcasse ! Ils ne bougent pas. Mais, quand la danse des songes est terminée et que je les siffle, ils se mettent tout de suite debout et viennent vers moi en bougeant la queue.

Nous nous assîmes sur le banc de pierre, à la porte du château, et je restai songeur : rêver ? Les animaux ! Comment n'y avais-je pas pensé, alors que je note mes rêves depuis sept ans ! J'étais à la fois humilié de ce que Damien m'ait donné une solution à mon mystère, et contrarié. Comment un phénomène, aussi immatériel que le rêve, pouvait avoir un retentissement sur les muscles des yeux ? Comment une idée du cerveau pouvait-elle agir sur les systèmes moteurs ? Le rêve, avais-je souvent pensé, n'est qu'une excitation du *sensorium commune*. Quelle relation peut-il y avoir entre les milliers de souvenirs de rêves que je collectionne et les mouvements des oreilles d'un chat ?

– Va falloir que j'aille à l'herbe aux lapins, me dit Damien.

– Et vos lapins, ils songent aussi ?

– Ça j'en sais rien ! Y a rien de plus bête qu'un lapin qui mange de l'herbe ! Un mâle, surtout. Les lapins, on les voit peu dormir le jour, ça mange tout le temps ! Mais les lapines, c'est pas la même chose ! Si vous mettez la lapine se faire sauter par un mâle, vous pouvez être sûr qu'après dix minutes, elle va s'aplatir, laisser tomber les oreilles et la tête comme si elle dormait. Même que la première fois que je l'ai vu, j'ai cru que ma lapine allait crever ! Crever d'avoir fait l'amour avec un lapin, cric... crac... et c'est fini !

La connaissance de Damien sur les animaux était inépuisable et je me reprochais de ne l'avoir pas écouté plus souvent auparavant. Il avait dû braconner et pêcher au petit jour car il bâillait sans arrêt.

— Et les oiseaux ?

— Ça j'en sais rien ! Regardez les hérons sur l'étang : ils se tiennent sur une patte et passent leur temps à pêcher. Mais la nuit, on ne peut pas savoir s'ils dorment là où ils nichent.

— Et les poules ?

— Pour sûr qu'elles dorment sur leur perchoir. On m'a dit que si un renard pourchasse une poule et qu'elle se réfugie sur la branche d'un arbre, le renard attend patiemment en bas toute la nuit. Vers les quatre-cinq heures du matin, toujours avant le lever du soleil, la poule, qui s'est réfugiée sur sa branche, finit par avoir un sommeil si profond qu'elle tombe tout droit dans la gueule du renard !

— Et les poissons ?

— Et les poissons, et les moustiques, les vers de terre et les vers luisants, j'en sais rien ! Sûr qu'ils dorment et si ils dorment, sûr qu'ils songent ! J'en connais pas des bêtes qui restent tout le temps éveillées, même les vaches !

— Et les chevaux ?

— C'est pas à vous, un ancien du IXe Cavaliers du Roy, que je vais vous dire quand ça dort un cheval ! Même sous le bruit du canon de ces sacrés nom de Dieu de Flamands et de Prussiens !

Damien se leva.

— L'histoire de la lapine, vous n'avez pas l'air d'y croire, mais passez donc ce soir, j'en vais en mettre une au mâle ! Vous voulez parier qu'elle va s'aplatir et dormir au bout de dix minutes ?

Je lui pariai une pinte de vieille eau-de-vie et il s'en alla en boitant quérir sa faucille pour couper l'herbe aux lapins, de l'autre côté des fossés du château.

Je le retrouvai lorsque le soleil gagnait déjà le dessus des arbres bordant l'étang Forêt. Damien habitait une petite maison, sur la route de Châtillon, et il élevait des lapins dans une cahute en bois. Il prit un gros mâle, un Fauve de Bourgogne, par les oreilles et le mit dans une cage où se trouvait une grosse et belle lapine. Nous éclairâmes la cage avec une torche, de façon à mieux voir ce qui se passait. Je fus surpris de la rapidité des préliminaires amoureux et du coït, qui ne dura que quelques secondes. Quelle simplicité toute mécanique, si différente des amours des chats et de la danse voluptueuse des chattes en chaleur qui m'émerveille chaque fois. Je sortis mon chronomètre. Dans les instants qui suivirent le coït, la lapine se mit à renifler et à tourner autour de la cage, comme pour l'explorer. Après dix minutes, elle apparaissait déjà somnolente puis, cinq ou six minutes après, elle parut déprimée, sa tête sombra lentement sur le plancher de la cage. Les oreilles se rétractèrent en arrière et devinrent flasques. Les yeux se fermèrent à demi sur les pupilles très étroites. La respiration devint plus lente et je pus observer, à ma grande stupéfaction, des mouvements rapides des yeux dans tous les sens, ainsi que des secousses très brèves des oreilles et des mâchoires. Il ne pouvait s'agir d'éveil, car la lapine ne bougea ni la tête, ni les oreilles, lorsque je frappai sur la cage. Trois minutes après le début de cet épisode, la lapine releva la tête, s'accroupit, avec les pattes avant écartées, et se mit à flairer et fouiller son arrière-train pour en extraire quelques crottes qu'elle mangeât.

Nous éteignîmes la torche, alors que le soleil se couchait en remplissant le grand étang de couleurs roses et rouges. Damien se taisait. J'étais tellement surpris de ce que je venais d'observer que j'en demeurai muet. Etait-il possible que chaque jour, des milliers de fois, des jeux pareils de la nature puissent se reproduire sans qu'ils soient décrits dans les livres d'histoire naturelle, alors que les paysans, les chasseurs et les pêcheurs les observent, les connaissent et peuvent même les prévoir ?

– Vous avez bien gagné votre eau-de-vie, Damien, lui dis-je. Venez donc la chercher ce soir, je vous en donnerai deux pintes : une pour vous et l'autre pour cette lapine !

8 août 1772... Damien est venu chercher, hier soir, son eau-de-vie. Nous avons trinqué ensemble à la cuisine. Cette eau-de-vie est en fait du marc du Jura, qui jaunit et vieillit lentement dans mes demi-muids.

J'avais pensé sans arrêt à cette lapine. Peut-être serait-il possible de faire quelques expériences sur le cerveau, afin d'essayer de connaître la machinerie du coït qui déclenche ce sommeil et peut-être les rêves ? Il serait aisé d'obtenir des lapins, car ils sont faciles à élever, mais Damien m'avait dit que les mâles et les femelles dormaient peu dans la journée et je n'avais pas envie de passer mes nuits à les étudier ! Les rasades répétées de marc avaient réveillé Damien. Il n'avait plus sommeil, comme tout à l'heure, et il me confia qu'il s'était bien levé à la pleine lune pour aller poser des lacets sur les terres d'un voisin. Je pensai que, si l'on pouvait empêcher les lapins de dormir la nuit, ils auraient alors sommeil dans la journée et que je pourrais plus facilement remarquer, et peut-être déclencher, les périodes d'oreilles tombantes. Mais comment empêcher les lapins de dormir toute la nuit ?

— C'est pas dans vos livres non plus, me répondit Damien. On voit que vous n'élevez pas des lapins ou des poules ! N'avez-vous jamais ouï, au milieu de la nuit, une basse-cour s'éveiller et caqueter dans un bruit du diable, les lapins courir en rond dans leur cage et les chiens aboyer à perdre haleine ? A cause de quoi ? De la pleine lune ? Du vent du sud ? Non ! De la visite nocturne de leurs ennemis mortels, qu'ils sentent arriver de loin : le renard, la martre, le furet ou la fouine. Ils peuvent bien caqueter et courir en rond ! Une fouine m'a une fois saigné douze poules et quatre lapins ! Il faut croire que leur museau connaît l'odeur de la fouine avant de l'avoir vue, car j'ai vu des petits lapereaux morts de peur à l'odeur d'une fouine morte, alors qu'ils n'en avaient jamais vu ! A moins que leurs parents lapins leur aient raconté, au berceau, des histoires de fouine ! Hein ! Comment que vous expliquez cela ? Avoir peur de l'odeur d'une fouine, ou d'un renard, sans l'avoir appris ? Où mettez-vous cela ? Dans leur museau ou dans leur tête ?

— Je n'en sais rien, et je crois que personne n'en sait rien, surtout ceux qui ont le plus écrit sur ce sujet, lui répondis-je. Mais, Damien, vous me donnez une idée. On pourrait faire une grande et solide cage pour y mettre des lapins et des lapines. Cette cage serait à l'intérieur d'une plus grande cage, ou d'un enclos, où l'on pourrait laisser déambuler une fouine ou un furet pendant toute la nuit. Ainsi, les lapins seraient trop effrayés pour dormir et il suffirait de les trans-porter le matin dans une autre cage pour qu'ils y dorment le jour. Si vous me procurez des sauvagines, Damien, je ferai installer ce petit manège dans mon jardin.

– Je vous prendrai vos sauvagines. Je sais où mettre mes pièges. Vous me donnerez leur peau après ?

– Leur peau, du marc et des écus, Damien, et en plus un parchemin où je vous nomme naturaliste de par mon bon plaisir !

Damien s'en alla en titubant et en boitant sous la pleine lune entourée d'un grand halo. La tiédeur de l'air annonçait aussi la pluie. Elle ferait du bien aux étangs qui s'étaient asséchés pendant cet été si torride [1].

CHAPITRE X

Les trois rêves
de Hans Werner

DIX OCTOBRE 1772... Il n'est pas facile d'observer un homme, surtout endormi, car le sommeil et les songes sont intimes. Dormir devant quelqu'un, c'est lui révéler la nudité de son être.

J'ai longuement hésité avant de choisir l'individu que j'allais observer pendant son sommeil. Ma femme avait refusé d'être choisie comme premier sujet de mon expérience :

— Mon ami, m'a-t-elle dit, vous voudriez connaître à qui je rêve et cela est dangereux ! Et vous voudriez m'observer comme une lapine et cela est inconvenant !

Il me fallait donc trouver un sujet, jeune, intelligent, qui ne se trouble pas s'il devait dormir sous la lumière des bougies et sous mes yeux. Les jeunes gens de mon village sont trop difficiles à convaincre, car ils craignent que je n'essaie quelque maléfice à leur endroit, d'autant que la construction de la cage à lapin et le déambulatoire pour furets ou autres sauvagines font jaser toute la Dombes de Villars à Châtillon ! Il n'est pas question, non plus, que j'observe une jeune fille, ou une jeune femme, de cette région pendant son sommeil car je dois reconnaître que ma réputation n'est pas très bonne ! Je connais bien une ou deux filles à Lyon qui accepteraient cet artifice, pour passer la nuit avec moi moyennant quelques écus, mais je tiens à rester le plus détaché que ce soit de mon objet d'observation, sans que l'émoi de mes sens ne vienne estomper mon sens critique. En outre, bien que ma femme me laisse une fort grande liberté dans mes études sur les animaux, je ne crois pas qu'elle accepte facilement l'idée que je m'enferme dans ma chambre avec une ribaude pour sonder ses songes ! Finalement, je pris le parti de recruter mon dormeur dans l'armée du Roy. Je devais me rendre à Lyon pour y chercher le microscope de Hooke que j'avais commandé, sur la recommandation de Charles Bonnet, et j'en profitai pour visiter un ami, le lieutenant général de la Rousse, chirurgien-major des armées du Roy, présentement en garnison à la Part-Dieu, dans le régiment de cavalerie du Royal d'Auvergne.

— J'ai besoin que tu m'envoies un cavalier, pas bête, pas sourd, non ivrogne, qui dorme bien et qui sache tenir sa langue ! Je lui offre bonne chère, un bon lit, l'avoine pour sa monture et dix louis.

— Même suisse, me demanda-t-il ?

— Va pour un Suisse, je lui donnerai douze louis.

Il fit appeler par son ordonnance le cavalier Hans Werner. Originaire de Berne, Werner était un géant blond aux yeux bleus, vêtu de l'uniforme immaculé des cavaliers de la Garde.

— Werner, tu vas aller demain à Bouligneux chez mon ami. Tu y dormiras et tu reviendras le lendemain matin. Je te signe une permission de santé. Tu es malade pour trois jours. Montre ta bouche : tu as un ulcère fongueux des gencives ! Tu prendras un opiat de poudre de feuilles d'ancolie, de sauge et de menthe, de la noix de muscade, de la myrrhe et de l'alun de roche. Tu le mets au feu doux et tu remues. Enfin, tu l'étends sur un linge et tu l'appliques sur tes gencives... Donne-lui de l'eau-de-vie et du tabac, cela donne le même résultat, me dit-il en clignant de l'œil. D'accord, Cavalier Werner ?

— *Ja Herr Hauptmann !*

— Werner comprend un peu le français mais ne parle que l'allemand, cela ne te gêne pas, tout de même, qu'il dorme en Prussien ?

— Pas qu'il dorme en Suisse ou en Prussien, mais j'aimerais connaître à quoi il songe !

— Tu n'as tout de même pas oublié l'allemand, depuis notre campagne des Flandres ?

— Nous nous débrouillerons, merci !

— *Auf wiedersehen !*

C'est ainsi que mon cavalier arriva, le lendemain, vers la fin de l'après-midi. Il avait troqué son uniforme de parade pour un uniforme de campagne moins voyant, mais son entrée dans le village, sur un superbe alezan, escorté de toute la marmaille, ne passa pas inaperçue !

Suisse allemand, Hans Werner était aussi propre qu'une armure de lansquenet. Il accrocha son cheval à l'écurie et insista pour le panser lui-même et lui donner son avoine. Je l'invitai à partager mon repas. Il entra dans la maison, claqua des talons et salua. Il enleva son casque, qu'il mit cérémonieusement sur le buffet. Il parla peu pendant le repas et refusa le vin. Je vis qu'il coupait avec soin le pain avec un grand couteau. Il me fit remarquer que son couteau suisse était très propre et que même les rainures et encoches des deux lames étaient étincelantes. J'essayai de lui expliquer pourquoi il venait dormir chez moi. Il me comprenait certainement, mais à chaque fin de mes phrases ou interrogations il me faisait un clin d'œil, soit malin, soit amusé, qui me mettait mal à l'aise. Il refusa l'eau-de-vie. Il devait être fatigué. L'étape de la Part-Dieu à Bouligneux est tout de même de six lieues !

– Que désirez-vous, Cavalier, avant de vous coucher ?

– *Ein warmes Bad, Herr Kommandant !*

Je n'y avais pas pensé, mais c'était un Suisse ! Il fallut faire chauffer de grandes marmites d'eau, trouver un baquet de bois assez grand et propre. Bref, il fallut environ deux heures pour que le bain soit prêt. J'ajoutai de l'huile de lavande dans l'eau et le fort parfum de la lavande se répandit dans la maison, suscitant à nouveau les protestations indignées de ma femme, qui était restée dans sa chambre :

– Quoi ! Partager le repas avec ce dragon suisse que je ne connais pas, vous n'y pensez pas mon ami !

Si jamais j'ai eu une idée stupide dans mes expérimentations, c'était bien d'avoir mis cette huile de lavande dans le bain de ce dragon ! Le cavalier Hans Werner sortit de son bain parfumé et mit un caleçon long. C'était un géant, fort bel homme, avec une cicatrice sur la poitrine. Il me suivit, pieds nus, jusqu'à ma chambre. Je le priai de se coucher et de ne pas s'offusquer de ce que j'aie allumé tant de bougies. La chambre était chaude et je désirais l'observer en entier pendant son sommeil. Je n'avais laissé qu'un drap.

Je m'assis sur un fauteuil à côté du lit, devant une table, avec mon grand livre d'observations, mon chronomètre, une forte loupe, ma plume d'oie, un encrier et du sable pour sécher l'encre. Il était une heure du matin. Hans Werner s'installa, sembla hésiter, me regarda, ôta son caleçon et tourna son postérieur de mon côté.

Je notai sur mon livre : une heure. H.W. s'installe pour dormir – côté gauche. Mais Hans Werner ne dormait pas. Il se retournait pour me regarder. Certains mouvements de sa langue, accompagnés d'un clin d'œil, me permirent de deviner ses pensées. Etait-il possible que mon ami chirurgien m'ait cru aussi débauché pour me procurer un ami pour la nuit ? Ou alors était-ce une vieille plaisanterie de cavaliers ? J'essayai d'expliquer à Hans Werner le sens de cette nuit : *simplement* le voir dormir... et s'il rêvait, le réveiller et lui demander de me raconter ses songes...

Il se remit sur le dos, réfléchit un long moment, bâilla (heureusement, pensai-je !) :

— *Es ist das erste Mal dass es so ist, Herr Kommandant !*

— *Wenn sie gut schlafen, gebe ich Ihnen vierzehn louis.*

— *Aber warum dieses Lawendel ?* demanda-t-il.

Je ne voulus pas lui raconter ma guerre contre les puces :

— L'essence de lavande procure un bon sommeil, avec de beaux rêves, Cavalier. *Gute Nacht !*

— *Gute Nacht, Herr Kommandant !*

Il s'endormit comme un enfant à une heure quarante-cinq minutes. Il respirait régulièrement (dix-huit respirations par minute, notai-je), mais je n'osais pas prendre son pouls. Puis il se mit à ronfler, d'abord de façon irrégulière, puis de plus en plus fort. Quelquefois sa respiration s'arrêtait et je voyais son diaphragme et ses muscles intercostaux se creuser rythmiquement comme si quelque obstacle empêchait l'air de parvenir à ses poumons. Puis la machine respiratoire repartait dans un grand bruit de gargouillement. J'avais peur qu'il n'avale sa langue. Fort heureusement, il se retourna de mon côté et les ronflements cessèrent. Il était en pleine lumière de mes bougies (des bougies de blanc de baleine, qui ne fumaient pas).

Vers trois heures du matin, je notai une modification dans son rythme respiratoire. D'abord une longue pause, que n'expliquait aucun ronflement, puis la respiration devint haletante, comme s'il se réveillait. Je le regardai de plus près et laissai tomber ma loupe tellement je fus surpris. H.W. avait les yeux à moitié ouverts et ses yeux bougeaient dans toutes les directions. Parfois, les globes oculaires s'arrêtaient dans une direction, comme s'ils observaient quelque chose. Ses pupilles étaient tellement serrées que je ne voyais que les iris bleus. Je passai la main devant ses yeux. Il n'en suivit pas l'ombre projetée par les bougies. Puis ses yeux se mirent à bouger, à droite et à gauche, plus rarement vers le haut. Une fois, j'en étais sûr, l'œil gauche bougea vers la gauche et l'œil droit vers la droite ! Une telle désarticulation de la machine oculaire est si impossible que j'hésitais à la noter... Quelques moues animaient son visage, comme s'il respirait à nouveau l'huile de lavande. Je notai que son cœur battait irrégulièrement sous la cage thoracique et que les jugulaires étaient plus gonflées. Je regardai ses doigts, qui semblaient parfois être animés de petits mouvements de préhension. C'est alors que je remarquai, avec stupéfaction, que H.W. présentait une érection complète, aussi belle qu'un jeune homme de vingt-cinq ans peut la désirer. Je me reprochai de n'avoir pas porté attention à son sexe auparavant et ne pus, à ce moment, en noter le début. En tout cas il était temps de le réveiller.

– Cavalier, Cavalier, *Kavalier Hans Werner, wachen Sie auf.*

Je le secouai. Il ouvrit les yeux, étonné, regarda autour de lui, la chambre, les bougies, et ramena le drap sur lui.

– *Was haben Sie geträumt ?* Vous rêviez ? A quoi ? Avez-vous rêvé ? Racontez-moi votre rêve.

– *Ich weiss es nicht mehr...* Il bâilla. *Ach ja ich war in der Schweiz in einem Hof – dort weren Fässer, Blumen – es duftete gut – die Berge mit Schnee – es war wie ein Fest – es ist lange*

*her − ich erinnere mich der rollenden Bierfässer... Ich weiss
nicht mehr...*

− Y avait-il des filles ou des jeunes garçons ? Aviez-vous
envie de faire l'amour ?

− *Was ?*

− *Donnerwetter ! Kavalier, hatten Sie Lust zum lieben in
ihrem Traum ?*

− *Nein ! nur die Bierfässer und den Schnee, und der Duft
der Blumen. Ich habe Schlaf.*

Hans Werner se rendormit, à trois heures quarante-cinq
minutes. Quand sa respiration devint profonde et régulière,
j'enlevai le drap. L'érection avait disparu. Ses ronflements
reprirent, mais beaucoup moins forts, puis Hans Werner se
tourna de l'autre côté. J'allai silencieusement prendre place,
avec mes bougies, de l'autre côté du lit lorsqu'il se retourna
à nouveau du côté droit. Je revins à mon poste d'observation.
Il était quatre heures quarante lorsqu'une nouvelle pause
respiratoire, plus longue que la précédente, m'avertit de
l'irruption des songes. Je vis alors l'érection s'installer, en
moins d'une minute, aussi rapide et totale que la première
fois. Je laissai passer cinq minutes avant de le réveiller. Il
mit la main à sa tête et se frotta les yeux.

− *Wie spät ist es ?*

− *Bald morgen.* A quoi rêviez-vous ?

− *Der Krieg − mein Pferd wurde getötet − ich bin gefallen
− auf den Kopf gefallen − ich kann meinen Helm nicht abnehmen
− die Deutschen kommen − ich erkenne auch Schweizer bei
ihnen − es ist viel Blut − armes Pferd...*

− Vous avez eu peur ?

− *Ich hatte Angst weil ich nicht wusste wo die unseren weren
− gefangen oder tot − Ja !*

− C'était le jour ou la nuit ?

— *Sicher am Tag — die Sonne war links — ziemlich hoch.*

Son sexe était redevenu flaccide. Il mit le drap sur ses épaules car il faisait moins chaud.

— Cavalier, vous pouvez vous rendormir. Votre cheval va bien et vous n'êtes pas blessé. *Sie sind ein Braver !*

Il dormait déjà, plus légèrement, et bougeait sans cesse dans le lit. L'aube allait apparaître. D'abord la majesté du soleil et le brouillard qui monterait de l'étang... Les cris des oiseaux et le bruit familier de la maison me réveillèrent. Je m'étais assoupi quelques instants. Il faisait presque jour et je mouchai les bougies. C'est à six heures quinze minutes que je reconnus à nouveau qu'il songeait à sa respiration irrégulière. Je découvris rapidement le drap et observai la majestueuse et automatique ascension de l'érection. Je dus patienter ainsi, près de vingt minutes, jusqu'à ce qu'il se tourne de côté, en même temps que l'érection diminuait rapidement.

— Cavalier, *es ist Tag,* vous rêviez à quoi ?

— *Kann nicht sagen — es war angenehm ein Knabe — er war mit mir auf einem Bett — verstehen Sie ?*

— C'était très agréable ? *Haben Sie mit ihm geschlafen ?*

— *Ja ! Sicher ! Ja ! aber nicht direkt gelegen — verstehen Sie ?*

— Où ?

— *In Lyon,* rue Mercière !

— Vous vous rappelez son nom ?

— *Ja, ich sehe ihn oft : Nicholas !*

— Cavalier, ne crains rien ! Les secrets des songes sont sacrés !

— *Ich will aufstehen. Ich muss fort. Es ist Tag. Später wird es heiss.*

Hans Werner nous quitta vers huit heures. Il remit son

casque, empocha mes quatorze louis, claqua des talons et me salua. Je le vis partir sur la route de Villars, droit sur sa monture. Il hésita sans doute au tournant, devant le relais des Pêcheurs, puis leva son bras en geste d'adieu. J'avais les larmes aux yeux. La terre où j'avais abordé était bien celle des songes et c'était ce Suisse allemand qui me l'avait ouverte. Mais cette terre était un continent car il nourrissait le fleuve énorme des rêves. Comment allais-je pouvoir remonter ce fleuve pour savoir où était sa source ? Pour connaître d'où il tirait cette énergie mystérieuse qui hante l'homme depuis l'aube de l'humanité !

Je remontai dans la chambre, m'étendis sur le lit et ne me réveillai, en pleine érection, qu'au soleil de midi. Je restai un instant immobile. L'odeur de lavande de Hans Werner était encore chaude et familière. Mon dernier rêve se déroula alors par lambeaux successifs : « Dans un paysage aquatique, avec un immense fleuve plus large que le Rhône en crue, je marche difficilement sur un immense cerveau, d'une consistance de gelée. Au fur et à mesure que je marche, le cerveau devient plus solide, si bien que j'y laisse l'empreinte de mes pas. » Je pense que cette solidification du cerveau est similaire à la fable du barattage de la mer des Indiens. Il faudra que j'essaie de retrouver le livre où j'ai lu l'histoire de cette légende...

Je venais également de constater sur moi-même l'érection qui signale l'apparition d'un rêve. Je l'avais, bien sûr, souvent constatée au cours de mes réveils nocturnes, ou le matin, sans y prêter attention. C'est, au hasard d'une lecture, que je trouvai ce soir cette épigramme de Martial (XI – 46) :

... « Jam, nisi per somnum, non arrigis... » Ton membre, Mevius, ne se roidit plus que quand tu dors...

Heureusement, pensai-je, je n'en suis pas encore là [1]...

Chapitre XI

La naissance des songes

Vingt-huit octobre 1772... Colombine a accouché. Je l'avais prévu. Depuis un mois, le ventre arrondi, elle se cachait dans les endroits les plus secrets, guidée par son instinct qu'il fallait mettre bas en sécurité, loin des chiens. Elle choisissait le haut des placards, le dessus des meubles à vaisselle où j'apercevais ses deux oreilles et, surtout, les piles de draps bien doux et propres dans les armoires qu'elle avait appris à ouvrir, mais pas à refermer ! Finalement, elle a dû se glisser par ma porte entrouverte hier soir, car ce matin j'ai été averti par de petits cris qui sortaient de ma bibliothèque.

Colombine était allongée derrière les huit tomes des œuvres de Charles Bonnet, dans un petit espace obscur. Elle ronronnait et allaitait cinq chatons de toutes couleurs.

Je l'amenai sur ma table de travail, en plein jour. J'avais souvent vu des chatons nouveau-nés se déplacer maladroitement pour trouver les têtons de leur mère. J'avais regardé, mais je n'avais pas compris. J'avais vu en aveugle. Cette fois je saurais observer, car mon esprit était préparé aux moindres détails par mon expérience des animaux adultes. Au milieu de l'amas de chatons, je m'attachai à observer le plus gros. Sans doute un mâle. Noir, avec de petites taches blanches sur les pattes et le cou. Je l'écartai de sa mère. Il regagna, en rampant maladroitement, la chaleur de la fourrure maternelle. Il émettait de petits miaulements aigus, auxquels sa mère répondait par ce miaulement roucoulant que les mères chattes tiennent de la nature. La chaton réussit à trouver une mamelle, déjà occupé par un de ses jumeaux. Il le chassa en fouillant frénétiquement le têton et en donnant de petits coups de tête. Il se mit ensuite à téter en appuyant ses pattes avant rythmiquement. Sa mère le lécha. Après cinq minutes, les mouvements rythmiques et coordonnés des pattes cessèrent : la tête tomba sur le côté et sa bouche quitta le têton. J'observai alors, avec ma loupe, l'apparition des mouvements rapides des oreilles, de la langue et des mâchoires, puis des yeux sous des paupières encore fermées. J'eus l'impression que ces mouvements étaient plus rapides et désordonnés que ceux que j'avais observés chez Colombine, il y a deux mois. De temps à autre, les petits muscles du corps étaient animés de secousses, entraînant des mouvements brusques des pattes antérieures, postérieures ou de la queue et, parfois, une onde musculaire descendait de la tête sur le dos. J'observai également des irrégularités respiratoires, que je n'avais pas remarquées chez les chats adultes : la respiration hésitait entre les contractions du diaphragme et de l'abdomen et ceux du thorax. Cet état dura plus de dix minutes et se termina par un étirement de tous les muscles, par le redressement de la tête et la reprise de la tétée. En une heure, j'observai plus de quatre épisodes, d'une durée totale de trente minutes.

Ainsi, quelques heures seulement après la naissance, un chaton nouveau-né pouvait présenter tous les signes extérieurs des rêves, similaires à ceux que j'avais observés chez Colombine, et analogues à ceux qu'avait présentés mon cavalier suisse au cours de ses songes [1].

De quels souvenirs étaient composés les rêves de ce chaton ? *Nihil est in intellectu quod non fuerit prior in sensu* avaient écrit Locke et bien d'autres philosophes de la nature. Quelles sensations pouvaient donc avoir déjà excité, *in utero,* le sentiment de ce chaton nouveau-né ? Il était aveugle et je doutais qu'il ait reçu, par les oreilles, quelques excitations sonores dans le ventre de sa mère. Pourquoi, alors, des songes si longs et si mouvementés ?

J'allai chercher du lait pour Colombine, qu'elle but avidement. Ce devait être son dixième ou onzième accouchement. Elle paraissait si heureuse et si fière de ses nouveau-nés (les soixante ou soixante-cinquième, pensais-je) qu'on l'aurait crue une jeune primipare.

Je m'enfonçai dans mon fauteuil en posant les pieds sur la table, à côté de la chatte. Je n'arrivais pas à trouver d'explication. Mes rêves étaient presque tous reliés à des événements de ma vie passée et j'avais même pu trouver quelques lois reliant les excitations de ma vie éveillée et consciente avec les souvenirs que j'en avais eus à la suite en songe. La flèche du temps est irréversible et je n'ai noté qu'une fois ou deux des songes annonciateurs d'événements ultérieurs, très probablement des coïncidences. C'est pourquoi je ne crois pas, comme Aristote, aux rêves prophétiques.

Il me semblait donc impossible que les songes de ces nouveau-nés puissent les avertir d'événements futurs. S'ils n'étaient pas des souvenirs de la vie *in utero,* ni des songes prophétiques, quelle était alors la signification de ce phénomène si intense et si durable qu'il occupait la moitié de la vie d'un chaton nouveau-né ?

Cette machinerie des esprits animaux devait être bien

importante pour exister dès la naissance et, peut-être, qui sait, bien avant ? Les animaux-machines de Descartes étaient, comme les automates de Vaucanson, si parfaitement exécutés qu'on aurait pu les croire vivants et, pourtant, nul n'avait eu l'idée d'y enfermer une machine simulant les songes. Or, la nature ne crée pas des organes sans dessein. Si elle a enfermé les songes dans notre cerveau et celui des mammifères, c'est que le dessein doit être bien utile. Les périodes de songes peuvent être, en effet, dangereuses puisque la réponse du *sensorium commune* aux excitations sonores est plus lente, et paresseuse, qu'au cours du sommeil. Ainsi, le dormeur est moins averti du danger lorsqu'il songe. Je pensai que l'instinct de Colombine lui avait fait rechercher la cachette de ma bibliothèque pour protéger à la fois son sommeil et les songes de ses chatons. Les songes étaient-ils des instincts puisqu'ils n'étaient pas appris ? Des instincts ? Remplacer un mystère par un autre n'était pas une explication. Ma pensée tournait en rond sans apercevoir de sortie, ni d'analogie mécanique ou physique à laquelle s'accrocher. Peut-être, la nature avait-elle dû choisir entre l'alternative suivante : ou bien enfermer les songes dans le cerveau pour un grand et mystérieux dessein, en risquant maints accidents, la mort même, au cours de l'absence de garde, de vigilance, du cerveau rêveur, ou bien permettre une vigilance suffisante, au cours du sommeil, sans y semer la machinerie des songes ?

Il m'apparaissait que la première solution l'avait emporté, car je ne connaissais pas encore de mammifères dépourvus de songe. Il me faudrait, bien sûr, explorer le continent presque inconnu des rêves dans le règne animal. Serait-il possible de rencontrer un mammifère qui ne songe point ? Dans ce cas, lui seul posséderait la clef de ce que je cherchais, car quelque différence dans son genre de vie ou dans son intelligence me permettrait de connaître le dessein de la nature *a contrario*.

Je me promis de faire bientôt le recensement des espèces animales que je pourrais observer soit ici, à Lyon, soit à Paris au Jardin du Roy. Ce ne serait qu'après avoir terminé ces observations que j'entreprendrais des expériences directes sur le cerveau.

Je caressai Colombine et descendis. Le cabriolet de Lyon approchait. C'était jeudi et je devais gagner Lyon pour y retrouver mes amis du Cercle des Curieux de la Nature. Je retrouvai mes vieilles connaissances au café du Jura, rue Tupin. Monsieur de la Rousse, chirurgien du Royal d'Auvergne, était là, appuyé sur une canne à pommeau d'argent.

– Alors, ce Suisse, il t'a plu ? me demanda-t-il en clignant de l'œil.

Fallait-il me mettre en colère ? Le provoquer en duel ? J'aurais peut-être besoin d'autres soldats que je voudrais priver de rêves.

– Il dormait en Suisse et songeait en Prussien, répondis-je en mettant un doigt sur ma bouche.

Il sourit et me tapa amicalement sur l'épaule. Les autres membres de notre société arrivèrent. Je leur contai l'histoire de mes chatons, mais toutes les hypothèses qu'ils me soumirent me parurent naïves ou impertinentes.

– Si le chaton nouveau-né rêve, c'est que le fœtus rêve – donc ta semence rêve ! Monsieur Spallanzani a bien vu avec son microscope les animalcules mâles bouger, c'est donc qu'ils rêvent ! dit le premier.

– Mais les ovules ne bougent pas ! répondit un autre, un oviste acharné, partisan de Charles Bonnet, et tous les germes qui y sont emboîtés depuis Adam et Eve devraient alors rêver ?

— Tes chatons rêvent qu'ils ont faim et font des mouvements de la langue parce qu'ils songent qu'ils tètent ! énonça gravement un autre.

— Mais pourquoi songent-ils tout de suite après avoir tété, le ventre bien rempli ? leur répondis-je.

Le vin de Montagnieu échauffait nos esprits :

— Si le cerveau est une *tabula rasa* à la naissance, qui y inscrit des instructions, pensai-je à demi-voix, le monde extérieur ou nos songes ?

— Comment veux-tu qu'une *tabula rasa,* complètement vide, puisse renfermer des songes ? Ceux-ci viennent obligatoirement de l'âme, ou si tu n'y crois pas, de l'esprit des animaux, affirma mon vieil ami F..., un érudit, membre de l'Académie des Sciences, des Belles Lettres et Arts de Lyon.

La conversation quitta le domaine des songes. Le lieutenant général de la Rousse nous conta les derniers désastres de la guerre. Il devrait bientôt quitter Lyon, avec son régiment, pour gagner à nouveau l'Alsace ou le Palatinat. Il nous quitta fort courtoisement.

Je restai encore un moment avec mes amis, afin de m'enquérir des animaux que je pourrais observer autour de Lyon en plus des cerfs et des daims, que je pourrais mieux étudier dans les futaies de la Dombes. Il me faudrait sans doute aller à Paris pour y observer les animaux rassemblés par Monsieur de Buffon au Jardin du Roy.

— Je ne connais pas le comte de Buffon, me confia Monsieur F..., mais j'ai d'excellentes relations avec Monsieur Daubenton et je peux te recommander à lui. En fait, c'est lui qui fait tout le travail de Buffon...

— Et les marmottes, songent-elles durant leur sommeil hivernal ? Il y a beaucoup de marmottes dans le Royaume de Savoie, au-dessus de Chambéry ou d'Annecy. Il serait facile de s'en procurer, car les paysans les chassent pour leur huile, ajouta enfin le président de notre cercle. Lui aussi écrirait une lettre de recommandation pour le président de l'Académie de Savoie. Il leva alors la séance et nous nous séparâmes dans la nuit. Il était une heure du matin.

En faisant quelques détours, j'allai retrouver M... dans son appartement de la rue Mercière.

— Je ne t'attendais plus ce jeudi, me dit M... en ouvrant sa porte après avoir regardé par le judas. Tu sais qui vient de veni'? Msieu' de la 'ousse! Il voulait 'ester toute la nuit. Je lui ai dit que j'attendais quelqu'un. Il a dû deviner que c'était toi et m'a conté l'histoi' du cavalier Suisse. Il connaît bien tes goûts amou'eux et c'était une plaisante'ie.

M... était une très jolie mulâtresse de vingt ans, originaire de la Martinique. Elle avait vite gravi les échelles de la galanterie. Ribaude du demi-monde, elle avait suffisamment de protecteurs pour avoir pu acheter un bel appartement. Son corps était le plus beau, le plus élancé et le plus souple qui fût, sa peau très fine et douce et son naturel gai et enjoué. Son appartement était chaud et nous y passâmes un fort agréable moment.

D'habitude, le bon vin m'éveille et l'amour me fait dormir — contrairement à la chanson. Cette fois-ci, je me sentais très alerte. Allongé sur le lit, je pensai à cette journée et au mystère de la naissance des songes. Il est impossible que les songes n'aient point de liens avec le passé, ni avec le futur. Un nouveau-né est un devenir, un dessein de la nature, un fleuve sans passé et au futur indéterminé. Pourquoi les songes ne dessineraient-ils pas les plans du devenir d'un nouveau-né sur la *tabula rasa* du cerveau? Je me rappelai alors le rêve que j'avais fait après la nuit d'observation du cavalier suisse. Les empreintes de pas sur le cerveau qui devenait de plus en plus solide. Je cherchai un mot : fossé ? tranchée ? sillon ? Les songes traceraient les sillons du développement du nouveau-né. *Thalweg !* J'avais appris ce terme auprès d'officiers allemands de la Commanderie d'Etat-Major dans les Flandres. C'était le mot que je cherchais. Les songes creuseraient dans le mol cerveau du nouveau-né des *thalwegs*, soit profonds et étroits, soit larges et superficiels – comme l'eau peut en creuser dans le flanc d'une montagne. Chacun de nos actes, volontaires ou non, ressemblerait alors à une boule descendant cette montagne. Tantôt elle roulerait librement, oscillant au hasard sur un plateau, soit du côté du *thalweg* superficiel, soit du côté où l'emporterait sa force vive. Tantôt cette boule emprunterait obligatoirement les *thalwegs* profonds, quelles que soient leur direction et leur force. Ainsi, l'excitation des esprits animaux, au cours des songes, pourrait commander les réactions de ces mêmes esprits au cours de l'éveil. Tantôt de façon légère, en laissant la place au hasard, et tantôt de façon obligatoire. Le jeu des songes écrirait en avance notre destinée individuelle sur la *tabula rasa* du cerveau... *Tabula rasa cerebri insomniis inscribitur...*

Je m'assis brusquement sur le lit. M... s'était endormie, les jambes repliées et le bras droit sous sa tête. Je la regardai et mon désir s'éveilla à nouveau. Les songes m'avaient-ils creusé quelques *thalwegs* pour que je désirasse plutôt les femmes grandes et noires ?

– *Tabula rasa cerebri insomniis inscribitur,* dis-je à haute voix, en caressant M... qui s'éveilla en s'étirant comme une chatte.

Je racontai à M... mes histoires de chatons. Elle n'en parut pas étonnée. Elle avait souvent vu des chiots à la mamelle, à la Martinique, et avait remarqué leurs gesticulations lorsqu'ils devenaient mous après la tétée.

— Chatons, chiots, me dit M... en se rhabillant, pou'quoi toujou' des animaux ? Puisque tu as déjà obse'vé un cavalier suisse, pou'quoi n'i'ais-tu pas obse'ver des nouveau-nés lyonnais ?

— Mais où, et quand, demandai-je ?

— A l'Hôpital de la Cha'ité. Maintenant si tu veux, je t'accompagne ?

— Mais à cette heure, la grande porte sera fermée. Cela m'étonnerait que ce soit encore le même suisse ou la même sœur de barrière que lorsque j'étais élève chirurgien. Les nouveaux ne me laisseront pas rentrer.

— Suis-moi, insista M... Je connais tout le monde à la Cha'ité !

Nous descendîmes la rue Mercière et la rue Royale. En chemin, M... me prit le bras et me raconta la triste histoire des enfants exposés devant l'Hôtel-Dieu ou la Charité. Elle me confia que même la ville de Trévoux, de la Principauté des Dombes, envoyait ses enfants trouvés à l'Hôtel-Dieu. Légitimes ou illégitimes, le malheur des temps de cette longue guerre de Sept Ans obligeait beaucoup de femmes à abandonner leurs enfants nouveau-nés, à la nuit, devant les hospices de Lyon.

Nous arrivâmes à l'Hôpital de la Charité. Le suisse, en habit bleu aux boutons de cuivre jaune, coiffé d'un grand chapeau, ouvrit la grande porte d'entrée sur un sourire de M... Il me regarda avec curiosité. Fort heureusement, la sœur portière n'était pas là. Deux enfants nouveau-nés avaient été exposés à la tombée de la nuit et étaient déjà confiés à des nourrices (une nourrice était rétribuée entre soixante et soixante-douze livres par an, ce qui augmentait considérablement les dépenses de l'Hôtel-Dieu ou de l'hospice de la Charité).

M... me présenta à la sœur-croisée, vêtue d'une robe de drap, d'un tablier noir et d'une cornette blanche. Elle portait une croix d'argent, suspendue à un cordon de soie noire passé en sautoir. Elle était accompagnée d'une sœur Maîtresse des prétendants, d'une sœur Maîtresse des filles de la Maison et de deux sages-femmes. Ces sœurs connaissaient bien M... qu'elles tutoyaient. Sûrement que M... était déjà venue ici. Pour quelle raison ? Elle ne m'avait jamais parlé d'un enfant ? Peut-être une fausse couche ? Pauvre M... Où avait-elle été hospitalisée ? Du côté des filles gratis ou de celles qui pouvaient payer ?

Les deux enfants exposés avaient été lavés, langés, baptisés et les procès-verbaux déjà signés. L'un dormait dans un moïse. La faible lueur d'une bougie m'empêchait de l'observer en détail. M... s'en alla quérir un grand bougeoir.

– Obse've-le bien ! C'est une c'éatu'e de Dieu. S'il songe, au moins que ses songes soient doux ! Pauv'e petit ange ! dit-elle en s'en allant.

La grosse cloche de la tour de l'hospice sonna trois fois. Trois heures du matin. Je retrouvais, après vingt ans, l'odeur de la nuit dans les hospices lorsque j'étais élève en chirurgie. Cette odeur fade d'opiat de térébenthine, d'encens, d'urine et de fientes. Les mêmes bruits, toujours de douleur, jamais de plaisir. Le service d'obstétrique devait être voisin, sur la droite, car je reconnaissais les halètements, les cris d'une femme en parturition et les encouragements des sages-femmes : « Poussez, poussez ma bonne dame, poussez » ! Sur la gauche, s'entendaient les râles d'un mourant. J'appris, plus tard, qu'il s'agissait d'une gangrène après amputation chez un vieillard. J'étais entouré des petits soupirs des nourrissons. Nourris et lavés, ils dormaient presque tous. Quels songes allaient déterminer leur vie dans ce pays écrasé par la guerre ?

J'approchai les bougies du berceau. Le nouveau-né, d'un ou deux jours d'après sa bosse crânienne encore déformée et son visage aplati, semblait dormir. Il respirait régulièrement, ses petites mains fermées. Il avait rejeté un peu de lait sur ses langes, mais on l'avait bien mis sur le côté et je pouvais observer sa médaille toute neuve (n° 391) et son visage à la lumière des bougies, sans qu'il ne s'éveillât. Une longue pause respiratoire m'avertit de l'irruption des songes. Sa respiration devint irrégulière et des mouvements des yeux apparurent sous ses paupières entrouvertes. Parfois les yeux se fixaient longuement dans une direction, comme s'il regardait mes bougies, mais il ne réagissait pas aux mouvements de ma main. Puis ses yeux se remettaient à bouger dans toutes les directions. Une fois ou deux l'œil gauche regarda sur la gauche et l'œil droit à droite. Puis le bébé se mit à bouger les lèvres et à téter si fort que j'entendis quelques bruits de succion. Soudain, un véritable sourire éclaira son visage. Il ne s'agissait pas d'une secousse brève des muscles zygomatiques, mais du véritable sourire aux anges ! Les mains étaient ouvertes et j'y remarquai quelques fins mouvements des doigts. Le nourrisson était emmailloté de façon si lâche que j'arrivai facilement à défaire ses langes. Je pus, ainsi, apercevoir qu'il s'agissait d'un garçon. Sa verge, en érection, surmontait de larges bourses et remontait jusqu'au bandage de son cordon ombilical. Je vis ses cuisses se raidirent et ses mains se refermer. La respiration devint régulière les yeux s'immobilisèrent et l'érection disparut en moins d'une minute [2].

— Sourire et érection, pensai-je. Si les rêves écrivent en

avance ta vie, tu seras un fameux lapin... si tu as la chance de vivre assez longtemps !

Je le quittai pour observer le nouveau-né voisin. Mon expérience m'avertit qu'il était déjà rentré dans le royaume des songes. Il portait la médaille n° 392 et avait dû être exposé en même temps que le petit garçon. Les mouvements des yeux étaient semblables à ceux de celui-ci mais la mimique du visage était différente. Au lieu de sourire, j'aperçus des grimaces et une moue du menton, comme s'il allait pleurer. Je restai immobile, quelques minutes, en essayant de noter sur ma manchette les expressions que les esprits animaux des songes animaient sur ce visage. Je ne notai qu'une fois une ébauche de sourire mais dix fois des mimiques de pleur ou de douleur. J'écartai les langes doucement. C'était une petite fille.

— Pour quelle vie de larmes les songes creusent-ils leurs sillons sur la cire vierge de ton cerveau, pauvre petite fille ? pensais-je.

M... était revenue et se tenait dans mon dos.

— Vilain petit voyeu', me dit-elle. Maintenant il faut pa'ti'. Viens boi'e une infusion de tilleul à la pha'macie. Alo's, ils songent ces petits ché'is ?

— Ils songent, et leur sexe peut déjà se roidir, ma chère...

Je pensai alors, tout à coup, que je n'avais jamais observé d'érection chez mes chiens au cours de leurs songes.

— Pourquoi un nouveau-né humain peut présenter une érection pendant les songes et pas un chien adulte ? demandai-je à M...

— Pa'ce que les hommes ont toujou's envie de fai'e l'amou', mais pas les chiens ! me répondit-elle en riant.

— Les hommes, oui, mais les nouveau-nés ?

— Pa'ce que c'est dans la natu'e ! Alo's, on s'en va ?

Nous bûmes un tilleul chaud avec la sœur-croisée, chef-taine de la pharmacie, les sages-femmes et un élève chirur-gien, en habit gris fer. J'eus l'impression que mon jeune confrère en chirurgie, un grand et beau garçon aux cheveux blonds, connaissait bien M... Il devait la voir au cours des rares heures de loisir que lui permettait le règlement, entre 13 et 15 heures. Que pouvait-il faire d'autre, étant donné que l'administration des hospices avait décrété que l'état matrimonial était incompatible avec celui d'aide-chirurgien ou même de chirurgien major ?

Nous sortîmes dans la cour, après que M... eut embrassé la sœur-cheftaine et lancé une œillade au jeune chirurgien, qui sembla fort embarrassé. Je ne tenais pas à repasser devant le suisse et éveiller à nouveau sa curiosité. J'entraînai alors M... vers la porte de l'Hôtel de Provence. Elle servait à l'entrée des tonneaux de vin et n'était pas gardée la nuit. Je me rappelais comment l'ouvrir en appuyant sur un loquet caché sur le mur de gauche.

– Tu vois, M..., moi aussi je connais les secrets de la Charité ! C'est par là que je sortais en cachette le soir. Dommage que je ne t'aie pas connue déjà à cette époque !

Nous rentrâmes aux premières lueurs de l'aube, en croisant les chariots pleins de légumes des maraîchers qui venaient au marché en descendant les quais du Rhône et de la Saône. Cette longue veillée avait excité mes sens. Y avait-il une relation entre la privation de sommeil, ou de songe, et l'ardeur génésique ? Après l'amour, M... mit fin à mes jeux :

– Vilain nou'isson, il est temps de do'mi'...

Quelques heures plus tard, je fus réveillé par le soleil éclatant qui pénétrait dans la chambre et chauffait le lit. Il devait être près de midi pour qu'il puisse ainsi pénétrer dans la rue Mercière si étroite. Je me rappelai alors le rêve que je venais de faire, il y a peu de temps si j'en jugeais de l'état de mon sexe...

« J'étais à Bouligneux, dans mon bureau de la tour du château, mais je n'apercevais que des montagnes couvertes de neige, au lieu de l'étang. Des animaux, couverts de fourrure, étaient rangés en ligne, comme des soldats. C'était des marmottes, dressées sur leurs pattes arrière, qui sifflaient un air militaire :

« Ils ont traversé le Rhin avec Monsieur de Turenne,

« ... lon, lon, lon, laissez-les passer,

« Ils ont eu du mal assez... »

Je sifflotai ce refrain, tout en m'habillant, alors que M... restait enfouie dans le lit. Je lui cachai dix écus sous son sac, l'embrassai sur l'épaule et sortis.

J'étais joyeux sous le soleil d'octobre, en allant place de Louis-le-Grand prendre ma diligence. J'avais, d'abord, une théorie où accrocher mes futures observations. J'avais, ensuite, établi la preuve de la naissance des songes dès la vie extra-utérine. Il me restait à savoir à quel moment les songes pouvaient apparaître dans l'échelle des êtres vivants. Il me fallait donc organiser un voyage au Royaume de Savoie et à Paris. Devais-je déjà publier mes observations ? Et où ? A l'Académie des Sciences, Belles Lettres et Arts de Lyon ? A celle des Curieux de la Nature à Berlin ? Pourquoi pas à l'Académie des Sciences de Paris ?

La diligence s'arrêta pour le péage, au relais de Sathonay, à la frontière de la Souveraineté de la Dombes. Nous changeâmes d'équipage. Puis les premiers étangs apparurent. Beaucoup venaient d'être vidés, d'autres coulaient après l'ouverture du thou. Avant Villars, la pêche de l'étang Turlet se terminait. Elle avait dû commencer à l'aube, dans le brouillard. Des hommes apportaient la seillette qu'ils installaient perpendiculairement au bief et deux groupes de pêcheurs, de part et d'autre, s'emparaient chacun d'une extrémité de la corde. Deux hommmes, tout près du bord, armés d'une arpie, faisaient guerre en maintenant la côte inférieure du filet contre la boue pour empêcher les poissons de passer dessous. Nous les quittâmes de vue lorsqu'ils fixèrent la seillette, au moyen de fourchettes, à l'embouchure du bief. Au bord de la traînée d'eau de la pêcherie, qui éclatait de mille éclairs sous le soleil, avançaient, pas à pas, les hérons, les courlis cendrés, au plumage brun finement rayé, plongeant dans la vase leur long bec arqué, les gravelots à collier et les bécassines des marais, courtes sur pattes, à deux ou quatre raies claires sur le dos et au long bec incliné vers le bas, qui s'envolaient en émettant un chevrotement voilé. Comment ferais-je pour étudier le songe des oiseaux s'il existe ?

Mon voisin d'en face s'était endormi. C'était l'apothicaire de Villars, un gros homme rougeaud, court sur pattes, au cou énorme et à la panse rebondie. Sa tête avait glissé sur le dossier et tressautait avec les cahots de la diligence. Il se mit à ronfler bruyamment, bouche ouverte. Puis, il se tut et sa tête tomba sur sa poitrine, si brusquement que ses besicles tombèrent sur ses genoux. Je me penchai en avant. Ses yeux bougeaient en tous sens sous ses paupières entrou-vertes et j'aperçus la bosse d'une érection sous son pantalon. Je lui frappai l'épaule pour le réveiller :

— A quoi songiez-vous, Monsieur l'Apothicaire ?

Il me regarda, étonné.

— J'étais sur un bateau qui était entraîné par le courant d'une rivière et j'arrivais sur une cascade... Mais comment savez-vous que je rêvais ?

– Je suis oniromancien, cher Monsieur, et devine les rêves, pour vous servir !

L'apothicaire descendit à Villars et la diligence se vida presque entièrement. Je pus mettre les pieds sur la banquette d'en face et réfléchir :

La chute de la tête du gros homme... comme chez le chat et les chatons. Je n'avais pu l'observer ni sur le cavalier suisse, ni chez les nouveau-nés, parce qu'ils dormaient allongés sur le dos. Ainsi, le songe s'accompagnait à la fois de l'excitation des esprits animaux, qui mettaient en branle les mouvements des yeux, et d'une paralysie des muscles de la région postérieure du cou ! A quel endroit pouvait se trouver la bifurcation entre les excitations des sixièmes et troisièmes paires des nerfs crâniens et la paralysie du nerf rachidien ? Comment expliquer cette paralysie qui survenait en même temps que l'excitation d'autres nerfs [3] ?

Nous arrivâmes à Bouligneux. Je retrouvai mon château de briques rougies par les rayons obliques du soleil couchant. Je le regardai longtemps, de façon à imprimer son image, les odeurs et les sons, dans mon cerveau. A quel moment le fleuve du temps ferait échouer l'image de ce château rouge sur le rivage de mes songes ?

CHAPITRE XII

L'enfant crapaud

DIX NOVEMBRE 1772... Je partis hier matin, de bonne heure, pour Châtillon. J'aime me promener dans le brouillard qui remplit le creux des vallons. Le chemin était à peine visible et je dirigeai mon cheval au milieu des ombres des peupliers qui s'écartaient devant nous. Les étangs, en évolage, n'étaient perceptibles que par les roseaux qui balançaient leurs sabres au gré d'une petite brise. Au sommet de chaque côte, un pâle soleil apparaissait et nos ombres s'enfuyaient sur les talus et les haies.

J'arrivai enfin à Châtillon lorsque le soleil déchirait les derniers voiles de brouillard. Je m'arrêtai à l'apothicairerie de l'hospice pour y acheter les divers opiats qui me serviraient pour mes futures expériences. C'est là que je fus surpris par le chirurgien-barbier de l'hospice, le Sieur Bothier. Je le connaissais bien car il venait quelquefois tirer les canards à l'affût avec moi. Il s'était fait une bonne réputation, dans la Dombes, pour les parturitions difficiles et son art de manier les fers.

— Vous arrivez bien ! me dit-il. Venez voir, je n'ai jamais vu cela. Mais, je l'ai lu dans le livre d'obstétrique de Madame de la Chapelle. Je viens d'accoucher un monstre...

Il me conduisit dans une chambre voisine. La jeune accouchée, très pâle, semblait dormir. Assis auprès d'elle, le mari lui tenait la main et pleurait. Je regardai dans le moïse, à côté du lit, et aperçus une espèce de tête de gros batracien, surmontant un corps totalement emmailloté. Cette tête n'avait pas de calotte crânienne. A sa place, une tumeur rouge, bosselée, mollasse et bourgeonnante. Le front n'existait qu'à peine au-dessus des sourcils, le nez était aplati, la bouche était largement ouverte, avec une lèvre supérieure très relevée découvrant les gencives. Les yeux étaient saillants, comme ceux d'un crapaud, exorbités, entrouverts, laissant apercevoir les globes oculaires déviés vers l'extérieur.

– C'est un anencéphale, me souffla Monsieur Bothier, et il vit !

Comment le hasard avait-il réalisé sur l'homme une telle expérience de physiologie ?

Je demandai à Bothier la permission d'examiner ce monstre plus longuement. Je posai les mains doucement sur l'épaule du père et les sœurs emmenèrent l'enfant dans une salle bien chauffée où l'on put le démailloter.

La Sœur-Mère me confia, en me regardant droit dans les yeux, qu'elle avait fait baptiser cette créature de Dieu avant qu'elle ne rejoigne bientôt les anges dans le ciel. Je lui répondis que la nature, qui sait faire des miracles, peut quelquefois se tromper et qu'il n'est pas possible de gagner toujours aux dés !

L'enfant était de sexe masculin et pesait cinq livres. Ses membres étaient bien développés et normaux. La verge et les testicules normalement conformés. Mon ami me confia qu'après la naissance il avait rendu de l'urine et du méconium. Je le palpai et fus tout de suite frappé par la froideur de son corps. Même placé à côté du grand poêle de la salle, il ne semblait pas se réchauffer, ce qui expliquait sans doute la teinte violacée de sa peau. Il respirait lentement, huit à neuf fois par minute. Je soulevai les paupières, les pupilles étaient dilatées et très larges et ne se rétrécissaient pas à la lumière d'une bougie. Des excitations vives du pied ou de la jambe amenèrent des mouvements de la cuisse qui montraient que l'impression n'était pas restée sans résultat. J'essayai d'introduire quelques gouttes d'eau dans sa bouche. Il remua les lèvres et finit par déglutir. Monsieur Bothier me confia que sa mère ne voulait pas lui donner le sein et qu'il doutait, même, qu'il puisse téter. Je n'étais pas de son avis car la déglutition me semblait normale. On aurait pu suppléer à l'absence de lait maternel par un bon lait de vache, ou de chèvre, en le coupant plus ou moins avec une légère eau d'orge sucrée ou miellée. Bothier me confia, également, qu'il lui faudrait éviter l'engorgement des seins de la mère. Il avait l'habitude de substituer des chiots nouveau-nés, de grosse espèce, auxquels il rognait de près les ongles. Il entortillait les pattes avant de petites bandes de linge pour qu'avec le reste de leurs griffes ils ne blessent point le sein.

Je m'assis auprès de ce petit monstre, qui me semblait condamné à mourir de faim par la Sœur-Mère et par Bothier. Cette expérience de la nature était un signe providentiel : au cours de ce dernier mois, j'avais pu longuement observer les nouveau-nés et nourrissons et je connaissais bien l'aspect de leurs songes. Allais-je en observer les signes sur ce monstre anencéphale ? Je demandai la permission à Bothier et à la Sœur-Mère de demeurer au chevet du petit garçon et fis prévenir le conducteur de la diligence de Châtillon à Villars d'annoncer au château de Bouligneux que je ne rentrerais, sans doute, qu'à la nuit tombante ou seulement le lendemain matin.

Le petit monstre, que j'avais recouvert d'une couverture chaude auprès du poêle, semblait dormir, mais les paupières toujours closes et la régularité respiratoire, qui indiquent le sommeil chez les nouveau-nés, ne pouvaient pas vraiment me servir de critère en raison de leur constance. J'approchai mon visage tout près du sien, ressentant une sorte d'attachement, mêlé de pitié, pour ce petit être. Au cours de la première heure, je ne remarquai aucun mouvement oculaire sous les paupières, ni ébauche de sourire ou de moue. Seulement quelquefois un cri plaintif et quelques mouvements de déglutition témoignaient de quelques sentiments.

Je fus surpris par l'arrivée du soir et de l'obscurité. Un brouillard épais avait à nouveau envahi Châtillon et il n'était plus question de rentrer à Bouligneux.

Une sœur m'apporta bientôt un grand bougeoir avec dix bougies, un bol de soupe chaude, du pain et du vin. Elle me prévint que mon ami accoucheur s'excusait, car il était en train de manier les fers pour un accouchement difficile et qu'il me rejoindrait plus tard. Je la priai de faire prendre soin de mon cheval et repris mon observation au chevet du petit garçon crapaud. Il aurait dû s'appeler « Désiré », m'apprit la sœur !

J'arrivai à palper son pouls, qui battait régulièrement, environ cent vingt pulsations par minute et gardai sa main, devenue tiède dans la mienne, pour la réchauffer.

Comment expliquer la conception et le développement de cet enfant sans cerveau ? Le hasard, ou les égarements d'une vertu formatrice aveugle ? Et pourtant, je sentais sous mes doigts les battements d'un cœur, identiques à ceux d'un nouveau-né normal, et, dans la pénombre, je finissais par oublier cette figure monstrueuse de batracien pour ne plus voir qu'un nouveau-né, froid, qui remuait de plus en plus souvent les lèvres.

Je poursuivis mon observation attentive, sous la lumière des bougies, pendant encore plus d'une heure, en guettant les moindres signes que j'avais appris à bien connaître des songes du nouveau-né. Soupirs, sourires, mouvements des yeux. Je ne constatais qu'un sommeil monotone, une respiration régulière et seulement quelquefois des mouvements de déglutition, sans doute de sa salive. Normalement, pendant une heure, j'aurais dû observer deux ou trois périodes de songes. Subitement, la respiration s'arrêta, après un long soupir, puis elle devint irrégulière. Je m'approchai encore plus près. Les paupières s'étaient légèrement entrouvertes et je pus noter, avec stupéfaction, quelques mouvements des yeux latéraux, l'œil droit vers la droite, l'œil gauche vers la gauche. Trois fois, puis cinq fois. Une ébauche de grimace apparut. Le pouls se ralentit pour s'accélérer brusquement. J'écartai rapidement la couverture. La verge était dans un état de demi-érection. Je regardai à nouveau la face de mon petit crapaud. Des mouvements de succion étaient apparus, réguliers comme s'il tétait, alors que depuis deux heures je n'avais observé que quelques mouvements de déglutition. J'étais abasourdi. J'eus envie d'aller chercher la sœur pour lui faire constater ces mouvements, mais j'étais tellement étonné que je restai assis.

Etait-ce un rêve ? Comment admettre qu'un monstre, sans cerveau, puisse rêver ? Ce que je constatais détruisait tout ce que j'avais appris. Je n'avais plus, devant moi, que la mise en jeu d'une machinerie d'automate. Comment admettre qu'elle puisse ressembler, chez un tel monstre, anencéphale, au jeu des esprits animaux sur le cerveau d'un nouveau-né normal ? Avais-je moi-même rêvé puisque la respiration devenait à nouveau régulière, les mouvements des yeux disparurent, la verge redevint molle ? J'avais oublié de noter la durée de ce phénomène : quatre ou cinq minutes seulement ? Peut-être plus ? Je remis une nouvelle couverture bien chaude. Il me fallait encore guetter la réapparition de ce phénomène pour bien me convaincre de sa réalité...

— ... Vous dormez, cher ami ! Il fait trop chaud et trop noir ici ! Venez chez moi, il se fait tard !

Je m'étais endormi. Il ne restait que deux cierges allumés. L'enfant était plus violacé, mais il respirait calmement.

— Il sera mort demain. Rentrons à la maison. J'allume ma lanterne, suivez-moi de près. Avec ce sacré brouillard, vous pourriez vous perdre et tomber dans la Chalaronne !

Je serrai une dernière fois la petite main de Désiré. Quelles pensées pouvait-il avoir ? Souffrait-il ?

— Je ne crois pas qu'il rêve, malgré tout, dis-je à Bothier.

— Songer ! Ce monstre ou un nouveau-né ? Pourquoi pas un fœtus ? Ou un œuf ? Rentrons. Vous dormirez à la maison.

Il me conta, en trébuchant dans le brouillard sur les pavés de la place Saint-Vincent, que son dernier accouchement, une présentation du siège, s'était heureusement bien terminé.

Le lendemain, l'air était plus tiède et les brouillards vite levés sous le vent du sud qui traînait de lourds nuages gris. La Sœur-Mère nous annonça la mort du petit garçon, vers cinq heures du matin. J'allais lentement retrouver mon cheval lorsque Bothier m'arrêta :

— Vous voudriez savoir pour son cerveau ? Pourquoi il respirait sans cerveau ? Je vous aiderai. Moi aussi, je voudrais savoir ce qu'il y a dessous cette tumeur.

Nous pratiquâmes l'autopsie assez facilement. Il n'y avait pas de calotte crânienne, seulement un os concave qui était le commencement de l'occipital. Pas d'os frontal, pas de voûte orbitaire, ni de plancher sus-orbitaire. La tumeur, bosselée, était limitée, à sa partie inférieure, par un étranglement. Elle était formée de petites cavités renfermant une lymphe, de couleur jaune, et rien ne ressemblait à du tissu nerveux. Le système nerveux se composait simplement de la moelle, de la moelle allongée et du Pont de Varole sans les pédoncules cérébelleux. A la partie moyenne de la base du crâne, il fallut soulever quelques tissus pour retrouver la glande pituitaire. Le cervelet était absent, mais la sixième paire des nerfs moteurs des yeux était intacte, ainsi que les dernières paires crâniennes.

J'exécutai un schéma aussi minutieux que possible du système nerveux car je désirais le comparer avec les planches d'anatomie que j'avais dans ma bibliothèque.

– C'est le premier et, sans doute, le dernier que je vois, heureusement ! Si vous trouviez d'autres descriptions dans vos livres, racontez-les-moi au prochain affût au canard. Bon retour !

Bothier était un peu ému. Il regagna l'hospice sans se retourner.

Rentré au château je montai à ma bibliothèque. Je trouvai, dans les mémoires de l'Académie des Sciences, quelques observations qui semblaient renverser tout ce que l'on a dit jusqu'ici des usages du cerveau chez l'animal et chez l'homme. Ainsi, Monsieur du Verney, le jeune, contait l'histoire suivante, en 1703, que je résume brièvement :

« Une bouchère, nommée la Veuve Coart, de la boucherie du Petit Châtelet, fit mener un de ses bœufs à la tuerie. Il fut assommé, mais quand on vint lui fendre la tête, le cerveau résista au couperet. Le boucher fut obligé de prendre un marteau et fut bien surpris, lui et ses camarades, de trouver une espèce de gros caillou au lieu du cerveau. Ils l'apportèrent à Monsieur du Verney qui l'examina et le fit dessiner dans des planches, admirables de finesse, tracées et gravées par Simonneau le fils (p. 273 – Pl. 8 – 9 – 10). L'examen minutieux qu'en fit Monsieur du Verney permit de remarquer quelques parties de substance molle et spongieuse dans la moelle allongée qui devaient fournir une certaine quantité d'esprit, non seulement pour faire exécuter aux nerfs du cerveau leurs fonctions ordinaires, mais aussi pour servir de nourriture aux autres parties. En effet, à la base du crâne, il remarqua des nerfs qui paraissaient dans leur état naturel, ainsi que toute la moelle de l'épine. Selon Monsieur du Verney, qui parcourut toute la littérature savante sur ce sujet, il n'existait qu'un seul autre cas décrit par un auteur célèbre :

Bartholin le rapporte dans la quatre-vingt-onzième histoire du sixième livre de ses Centuries Anatomiques. Il dit que de son temps, en Suède, comme un boucher voulait tuer un bœuf et qu'il lui eut fendu le crâne d'un coup de hache, le cerveau refusa le coup et fit sauter la hache. On put alors constater que ce cerveau était pétrifié... Bartholin ajoute qu'il n'avait pas vu ce cerveau mais que Steno Bielke, l'Ambassadeur de Suède, de qui il avait appris la chose, l'avait assuré qu'il l'avait vu dans la maison du comte d'Oxenstiern, où on le gardait. Pour Bartholin : " *Un tel cerveau de pierre dégradé de sa noblesse ne devait plus être mis au rang des parties nobles puisque ses fonctions n'étaient pas nécessaires à la vie...* "

Cependant, Bartholin, soupçonnant qu'il fallait qu'il y eût dans ce cerveau quelques sinus ouverts par lesquels les esprits animaux passent librement des artères et des nerfs, fut confirmé dans ce sentiment par Monsieur Bielke, qui assura qu'en effet, en divers endroits de ce cerveau pétrifié, il y avait des trous où pouvaient passer aisément des brins de paille. »

J'ai réfléchi longuement, ce soir, avant d'écrire les conclusions suivantes : la moelle allongée et la protubérance sont capables d'assurer la respiration, la circulation et la déglutition. Chez les nouveau-nés humains, les chatons et les lapereaux, j'ai remarqué l'importance des signes de songes, similaires à ceux des adultes, beaucoup plus fréquents et avec plus de secousses des muscles. Cependant, les nouveau-nés humains, ou les chatons, ne sont pas capables d'entendement, ni de raison, ni de langage. Ils sont aveugles – bien qu'ils puissent sourire dans leurs songes.

J'ai constaté une seule fois, mais j'en suis (presque) sûr, que des grimaces, accompagnées de mouvements de la bouche pour la succion du lait, des mouvements des yeux et une érection, peuvent apparaître chez un monstre, anencéphale, pendant son sommeil – comme chez le nouveau-né normal. Conséquemment, il serait donc possible que les songes soient produits par les esprits animaux à partir de la moelle allongée ou de la protubérance.

CHAPITRE XIII

Le sang des songes

VINGT JUIN 1773... Ce matin j'essayai, sans grand succès, le microscope de Hooke. Bien qu'il possédât des lentilles achromatiques, je n'apercevais que d'énormes lianes irisées de toutes les couleurs en regardant un fil de lin écrasé. Je pressentais qu'il me faudrait une longue patience avant de savoir me servir de l'instrument. C'est alors que je fus appelé dans la cour :

– Monsieur... Monsieur... Il est arrivé un malheur chez le sieur Monthieu, me dit Maria.

Je trouvai auprès d'elle une jeune fille, âgée de quatorze ou quinze ans.

– C'est Béatrix, la fille de Monthieu. Elle accourt pour vous prévenir, son père a reçu un coup de pied de cheval. Il est sans connaissance.

Monthieu était un voisin. Ancien échevin, il s'était retiré sur ses terres. J'avais eu avec lui quelques ennuis l'année dernière, à cause d'un « batardeau » qu'il avait trop élevé devant l'« ebie » de son étang Chazelle, ce qui avait empêché le remplissage de l'étang Salarieux que je possédais. Sa courtoisie et la façon dont il avait réglé l'affaire, sans procès, me l'avaient fait estimer. Il avait un droit de « brouillage » sur mon étang Balancel et j'avais remarqué récemment ses chevaux immergés jusqu'au ventre, qui y mangeaient l'herbe recouverte d'eau, la « brouille ».

Je pris ma trousse de chirurgien des armées du Roy et suivis Béatrix.

Monthieu avait été transporté chez lui et reposait sur son lit. J'écartai rapidement tout le monde, fis bouillir de l'eau et regardai la blessure. Monthieu avait reçu le fer du cheval sur le côté gauche du crâne. Si la plaie cutanée saignait encore abondamment, ce qui ne m'inquiétait guère, le sondage me permit de vérifier qu'il existait une enfonçure de l'os frontal. C'était une enfonçure de la première espèce – du type de l'*ecpiesma* – avec des esquilles qui devaient piquer la dure-mère. Monthieu, m'apprit-on, avait perdu connaissance immédiatement et était tombé tout de suite. Il n'avait pas repris son entendement depuis l'accident, qui était arrivé deux heures auparavant. Je repris mon examen, après avoir lavé la blessure et remarqué du sang dans son oreille gauche. Le coup avait dû être si fort que la force vive avait non seulement provoqué l'embrasure mais qu'elle devait avoir fêlé l'os temporal. La respiration déjà rapide (plus de trente-cinq par minute), la dureté du pouls, le dévoiement des yeux m'assurèrent qu'il devait y avoir compression du cerveau et que les symptômes, qui s'aggravaient, venaient du dérangement des esprits animaux et des troubles de la circulation du sang. Il me fallait tout de suite intervenir, en découvrant toute l'étendue de la fracture, afin de vérifier la dure-mère.

Je me fis éclairer par toutes les bougies de la maison et fus surpris de voir Béatrix rester au chevet du lit.

– La petite est courageuse ! me dit un voisin, ancien infirmier des armées, qui s'était proposé pour m'aider, tandis que Madame Monthieu s'occupait activement à dresser mes instruments sur la table.

J'aperçus, à travers la porte entrebâillée, l'abbé Dumas, curé de Bouligneux.

— Pas tout de suite, l'Abbé, lui dis-je.

Nous rasâmes les cheveux et j'insistai pour nettoyer à nouveau la plaie au savon. Je fis une incision, en fer à cheval, avec pédicule inférieur pour découvrir l'os. L'enfonçure était profonde et je dus enlever beaucoup d'esquilles. Finalement, je pris le parti de trépaner et d'enlever une grande partie de l'os frontal. Ces manœuvres n'entraînèrent que quelques grognements et des mouvements du bras gauche. Je vérifiai soigneusement la dure-mère, après avoir enlevé un petit hématome extra-dural. Quelques esquilles avaient pénétré et déchiré la dure-mère, si bien qu'une perte de substance, du diamètre d'une pièce d'un louis, permettait de voir la substance cérébrale. Le cerveau était œdémateux et rouge, mais je pus voir battre les artères de la substance médullaire corticale. Il n'y avait donc pas d'hématome sous-dural et s'il existait un hématome profond, il n'était pas encore assez volumineux pour arrêter la circulation sanguine. Je rabattis le lambeau cutané, que je parai rapidement. Il existait également une perte de substance, provoquée par le fer du cheval, en regard de celle de la dure-mère, si bien que le cerveau était à nu. Je fis mettre autour de la plaie des cataplasmes résolutifs, faits avec les quatre farines résolutives, cuites dans de l'oxycrat auquel on ajoute de l'huile de lys et de l'onguent de sturax. J'essayai aussi de rapprocher les lèvres de la plaie avec un emplâtre agglutinatif, préparé avec de la colle forte ordinaire et de la teinture de Benjoin, qui m'avait donné autrefois de bons résultats.

Pour s'en servir, il faut mouiller un peu l'emplâtre dans

de l'eau, comme l'on ferait d'une mouche gommée que l'on voudrait faire tenir sur la peau.

Lorsque le pansement fut terminé, je remarquai que la respiration était moins rapide et moins stertoreuse, le pouls moins tendu, mais qu'il n'y avait toujours pas d'entendement. Je fis une saignée révulsive, en ouvrant avec ma lancette la saphène à la malléole du tibia. Par ce moyen, j'espérais déterminer vers la jambe une plus grande quantité de sang et diminuer d'autant l'œdème du cerveau.

Je quittai la chambre, en laissant la place à l'abbé et à ses saintes huiles. Madame Monthieu et sa fille me remercièrent avec une telle chaleur et tant de courtoisie et de bonté que j'en fus fort touché. On ne m'interrogea pas sur le pronostic.

— Il faut attendre, dis-je. Les trois premiers jours pour l'œdème. Ne pas l'alimenter. Ne pas le faire boire. Mettre la tête de côté. Surveiller la respiration et la fièvre.

Je savais qu'ensuite surviendrait l'infection, mais j'avais vu quelquefois des blessés survivre après des plaies crâniennes d'arquebusade plus sévères.

J'allais visiter le blessé deux fois par jour. Sa forte constitution lui avait fait surmonter la période post-opératoire immédiate. Dès le troisième jour, il ouvrit les yeux et manifesta son entendement en soulevant son bras et son pied gauches, mais son côté droit restait paralysé. Il n'avait pas de paralysie du nerf facial gauche, comme je l'avais craint en voyant le saignement de son oreille gauche. Malheureusement, mes espoirs disparurent le sixième jour. Le blessé était fébrile et perdit complètement son entendement. Il me fallut examiner à nouveau la plaie. Comme je le craignais, l'emplâtre agglutinatif n'avait pas pu réunir les lèvres de la plaie cutanée. Je pouvais ainsi voir battre les artères corticales, ce qui signifiait que l'infection n'était pas encore profonde. Le reste de la plaie bourgeonnait, sans signes majeurs d'infection. Je décidai de ne remettre qu'un léger pansement sur la plaie cérébrale, en la faisant irriguer avec de la fomentation ophtalmique que je fabriquai en faisant bouillir, puis réduire, des feuilles d'euphrate, de plantain, de fenouil, de grande chélidoine, des fleurs de rose et de bleuet. Je pensais en effet que le cerveau pourrait peut-être supporter cet autre anti-inflammatoire qui guérit les inflammations des yeux.

Au cours des jours suivants, l'état du blessé resta stationnaire. Il demeurait comme endormi, avec une respiration régulière, mais il n'ouvrait pas les yeux si je l'appelais. Seulement quelquefois, si je lui pinçais le bras gauche, il émettait un faible grognement et respirait plus vite. Je fus encouragé de ne pas voir apparaître de hernie de la matière cérébrale et de continuer à voir battre les vaisseaux de la substance médullaire corticale. Il n'y avait donc pas d'apostème cérébral.

Je fis nourrir le blessé par des lavements de bouillon fort, avec des légumes et des œufs, car je redoutais, avant tout, les troubles de la déglutition et l'apostème pulmonaire.

Le dixième jour, je trouvai Béatrix seule, au chevet de son père. Elle me conta qu'elle avait remarqué, quelquefois, une enflure du cerveau qui repoussait le pansement, mais que cette enflure ne durait pas longtemps : dix à vingt minutes.

Je ne sais ce qui m'intrigua alors le plus : la capacité d'observation de cette jeune fille ou l'enflure temporaire du cerveau.

– Combien de fois avez-vous vu le cerveau grossir ?

– Depuis midi, au moins trois fois, me répondit-elle. Elle ajouta qu'au moment du début de l'enflure, son père changeait de respiration, que parfois elle s'arrêtait, que d'autres fois elle était comme un halètement.

Je compris tout de suite ! Je lui fis chercher des bougies, m'installai au chevet du blessé, après avoir enlevé le pansement. Béatrix m'apporta aussi une grosse loupe qui appartenait à son père. Le blessé respirait calmement, son pouls était régulier, bien qu'un peu tendu. Je regardai avec une attention extrême le cerveau. Il était rose, la circonvolution un peu gonflée, les artères battaient au rythme du pouls. Nous attendîmes dans le silence presque une heure.

Béatrix se déplaçait légèrement dans la chambre et me faisait un petit sourire timide si elle faisait grincer le parquet.

Je sentis, brusquement, le pouls changer de rythme, avec quelques irrégularités, puis la respiration s'arrêta pendant au moins une demi-minute. J'observai alors — dois-je écrire avec émerveillement ? — le cerveau qui devenait de plus en plus rouge. Je pouvais voir les vaisseaux capillaires dilatés sur la surface de la matière médullaire, qui gonflait comme gorgée de sang. J'observai les yeux. Chez ce blessé, comateux depuis huit jours, incapable de mouvoir les globes oculaires lors d'un bruit violent, les yeux bougeaient en tous sens, comme au cours des songes du cavalier suisse. Je notai quelques mouvements des doigts, du côté gauche, et remarquai que la respiration faisait se mouvoir le diaphragme plus que les côtes. Je profitai que Béatrix était de l'autre côté de la pièce pour relever les draps. L'érection de la verge était évidente, bien que moins importante que chez le cavalier suisse. Je repris l'observation du cerveau, qui faisait maintenant une petite hernie, suffisante pour soulever le pansement. Béatrix se tenait derrière moi. Elle voulait voir avec la loupe.

— C'est le sang de son âme, me demanda-t-elle ?

– C'est le sang de ses songes, Béatrix. Ton père songe. Peut-être à toi ? Il n'a de l'entendement que lorsqu'il songe.

La reprise d'une respiration régulière annonça la fin des songes. J'observai la diminution rapide du sang capillaire. Le cerveau redevint rose, puis jaune et rose. La circonvolution devint moins épaisse et, peu à peu, l'érection cérébrale (y avait-il un rapport entre les deux érections ?) cessa. Je remis le pansement en place, après l'avoir humecté avec la fomentation.

Rentré dans mon bureau, je consultai mes livres. Tout indiquait que la circulation cérébrale augmentait au cours des songes [1]. Etait-ce par un empêchement du retour veineux ? Etait-ce parce que les esprits animaux des songes demandaient plus de sang pour se nourrir ? Mes pensées allaient à Monsieur Monthieu. N'était-il conscient qu'au cours des songes ? Alors, son entendement ne devait être qu'un archipel de rêves séparés par du néant, le jour et la nuit. Se souviendrait-il, un jour, de sa vie de rêve s'il revenait à l'entendement de l'éveil ?

En retournant, le lendemain, visiter le blessé, je passai par les prés. Ils étaient recouverts de fleurs, de marguerites et de lupins. L'air était bourdonnant des milliers d'abeilles qui en butinaient le pollen avant de regagner leurs ruches. Je pensai alors, subitement, à une lecture que j'avais faite des voyages du capitaine Cook, dans le vaisseau « l'Endeavour », en 1766, en Océanie. Il y contait que les Indiens de l'île d'Otahity employaient le miel pour combattre l'infection dans les plaies des membres, de l'abdomen ou du crâne et dans les grosses brûlures.

En examinant, à nouveau, la plaie de Monsieur Monthieu, je m'aperçus que ma thérapie locale, avec la fomentation ophtalmique, n'avait pas entraîné les résultats souhaités.

L'infection avait diffusé sous les plans cutanés entourant la blessure, atteignant l'os et même la dure-mère qui était œdémateuse. Par contre, le cerveau battait toujours et rien ne faisait penser à un apostème cérébral. J'expliquai alors à Madame Monthieu et à Béatrix qu'il fallait utiliser la nature vivante et le fruit du travail des abeilles pour panser le blessé et que c'était le dernier espoir qui nous restait. Après avoir bien nettoyé la plaie, j'appliquai du miel liquide, d'un jaune d'or très limpide, recueilli des ruches, et demandai que l'on renouvelle cette application trois fois par jour, en la recouvrant d'un pansement sec.

Les résultats dépassèrent mes espérances [2]. En six jours, la plaie était en voie de cicatrisation et l'apostème des tissus avait disparu. La température diminua et notre blessé ouvrit les yeux le huitième jour. Sa plaie cutané se cicatrisa et ferma définitivement la fenêtre où nous avions vue sur son cerveau. Monthieu devint bientôt convalescent, mais il gardait une paralysie de son côté droit et ses paroles étaient inintelligibles. Il ne me fut donc pas possible de savoir le contenu de ses songes lorsqu'il était sans entendement. Je me demandais, aussi, s'il était si limité de paroles quand il songeait. Si la contusion de la matière médullaire frontale gauche pouvait à la fois avoir supprimé l'usage de sa parole au cours de l'éveil et l'imagerie des songes quand il rêvait. Comment était-il possible qu'une lésion aussi limitée du cerveau puisse ainsi détruire l'usage de la parole, alors qu'il était évident que notre blessé avait le meilleur entendement qui soit ? Il pouvait montrer de sa main gauche le pain quand il avait faim ou les ruches des abeilles, au-dessus du pré, quand nous lui rappelions qu'il avait été guéri par le miel [3]...

4 novembre 1773... Monsieur Monthieu nous a quittés vers la Toussaint. Il avait souffert, la dernière semaine, de plusieurs crises de haut-mal, qui résistèrent au laudanum et à l'esprit de cerveau. Je pleurai un bon voisin et un homme de bien. Je lui avais promis, vers la fin, de m'occuper de sa fille Béatrix. Elle entrerait, au château, vers le début de l'année 1774. Je lui confierai l'élevage des lapins et les privations de songes avec les sauvagines. Elle devra tenir un grand livre avec les entrées de lapins, leurs sorties, les naissances de lapereaux, les espèces de sauvagines utilisées, la durée des privations de songes, les quartiers de la lune et la lecture quotidienne de mon baromètre à mercure et de mon thermomètre.

CHAPITRE XIV

Les femmes
ne sont pas des lapines

SEPTEMBRE 1774... J'ai réfléchi bien souvent à ce phéno-mène que me révéla Damien : que le coït provoque chez la lapine le relâchement des muscles du cou et des oreilles et des mouvements des yeux comme pendant le rêve chez l'homme. J'avais remarqué qu'au moins dix minutes s'écoulaient entre le coït, fort bref, de l'espèce lapine, et le début de l'affaissement de la tête et des oreilles. Je pensai que ce délai pouvait représenter la durée de la migration de la semence mâle au sein du vagin et de l'utérus jusqu'au cerveau. Spallanzani avait longuement décrit, il y a quatre ans, la mobilité des animalcules spermatiques qu'il voyait sous son microscope. J'essayai de me représenter la course de ces animalcules en les imaginant grandis environ cinq mille fois comme des petits têtards. La distance entre l'orifice vaginal de la lapine et l'extrémité supérieure des trompes était environ de treize lignes en treize minutes, soit une ligne par minute. Cela représentait pour des têtards d'une ligne une vitesse de cinquante toises par minute, soit une lieue par heure. C'était la moitié de l'allure de campagne des fantassins du Roy. Mais je réfléchis ensuite que, pour des fantassins mesurant six pieds, cette vitesse devait être de trois cents lieues à l'heure, ce qui était beaucoup plus que le vol de l'oiseau le plus rapide.

J'abandonnai alors cette analogie de taille et de temps pour imaginer que les animalcules spermatiques devaient à la fois gagner leur but au sommet des trompes pour la procréation (comme l'avait bien montré Monsieur Hunter) et s'engager dans le courant sanguin où ils pouvaient ainsi gagner le cerveau pour y déterminer les événements propices au songe. Cette représentation des animalcules spermatiques dans la matière cérébrale m'apparut d'abord comme une illumination géniale. Etait-ce ces particules vivantes qui gouvernaient les instincts sur le cerveau de la lapine ? Il me sembla ensuite que le même processus pouvait intervenir chez le mâle. Comment la crête-du-coq pousse-t-elle si les animalcules spermatiques ne parviennent pas au cerveau ?

Je résolus alors d'étudier en détail ce phénomène sur Colombine. Au début du mois d'août, je remarquai vite les chaleurs qui conduisaient ma chatte à se frotter contre les meubles en levant la queue, ses fugues sous la pleine lune et ses miaulements incessants qui masquaient les croassements des grenouilles. Je l'enfermai alors avec Lucifer dans notre déambulatoire des sauvagines. Je connaissais d'avance leurs jeux préliminaires qui furent retardés quelque temps par le flairage obstiné des odeurs des martres et furets. Après le cri violent du coït, je constatai à nouveau la longue séance de reptation, de danse du ventre, de sauts périlleux et de léchages forcenés de Colombine mais je ne pus apercevoir l'affaissement des muscles et le sommeil que j'attendais. Je pensais que les ardeurs réitérées de Lucifer empêchaient le phénomène des lapines d'apparaître et je disqualifiai mes chats, que je pardonnai lorsque Colombine me fit cadeau, deux mois plus tard, d'une portée de six beaux chatons dont les pelages me firent douter que Lucifer en fût le père !

Je décidai alors d'étudier ce phénomène sur la femme. Comment n'y avais-je pas pensé plus tôt ? Il y avait longtemps que je n'avais rendu visite à ma femme. La chaleur d'une belle soirée d'août, un repas aux chandelles arrosé de vin blanc de Condrieu, une promenade le long de l'étang sous le clair de lune, quelques soupirs, des pressions de mains ainsi que l'aveu de ma triste condition de mécréant repenti me permirent de relier des liens charnels relâchés mais non tranchés. Je fis ces avances avec d'autant plus d'ardeur et de sincérité que je m'apercevais combien j'avais de tendresse pour cette femme encore jeune, jolie, fière et triste. Enfin réunis dans le lit conjugal que j'avais délaissé depuis si longtemps, je me promis de guetter sur l'horloge de chevet les signes qui succèdent à l'amour que j'avais notés sur la lapine. Notre union fut plus orageuse qu'un ouragan, à l'échelle de la durée de notre séparation. Je guettai l'heure sur l'horloge, en me tournant sur le côté. Il était onze heures cinq du soir... Lorsque je me réveillai à huit heures du matin, je fus d'abord surpris de reconnaître ma femme dormant sur mon épaule. Ainsi le sommeil subit qui m'avait surpris ne m'avait pas laissé la possibilité d'observer les minutes qui suivent l'amour. Je mis cet endormissement sur le compte du vin blanc. La gentillesse et la réserve de ma femme, mi-souriante, mi-intriguée, me firent subitement haïr mon projet. Il était indigne, décidai-je, de traiter ma femme comme un objet d'expérience et d'utiliser les pièges de l'amour à des fins d'observation scientifique.

Quelques jours plus tard je fus saisi à nouveau par cette idée fixe qui ne me quitta plus. Etait-il possible que les animalcules spermatiques soient responsables du destin ?

L'image de la lapine entrant en songe après le coït ne me quittait plus. Les animalcules agissaient-ils sur un registre, un clavier cérébral, pour déclencher le songe ? Comment se tissait le lien entre le coït et le songe ? Etait-ce seulement une particularité *sui generis* n'apparaissant que chez les lapines ? En ce cas, l'absence d'universalité de ce phénomène devait me le faire considérer seulement comme un jeu de la nature...

Je finis par reconnaître le moteur caché de mes pensées. Il me fallait descendre à Lyon pour y retrouver M... ou d'autres filles. Mon commerce amoureux avec elles me laisserait libre d'étudier le cours des minutes qui suivent l'amour.

Je pris le prétexte d'une assemblée des Curieux de la Nature pour prendre la diligence de Lyon et gagnai l'appartement de M... lorsque les horloges de Lyon sonnaient les cinq heures du soir. La chaleur de la rue Mercière était encore étouffante et je trouvai M.. nue sur son lit, humide d'une ablution qu'elle venait de prendre et s'éventant avec un magnifique éventail en plumes d'oiseau du paradis.

Notre plaisir fut partagé, je le crois, et je me promis de noter l'apparition de son sommeil. Elle avait reçu récemment le cadeau d'une belle horloge en marbre et or représentant un Hercule agenouillé sous le cadran. Je notai que notre plaisir avait pris fin vers six heures quatre.

M... me réveilla à huit heures.

— Tu do's toujou's, su'tout quand il fait chaud. Tu 'onflais. Je suis so'tie et ai acheté des f'uits. Veux-tu une poi'e ?

— M... lui demandai-je, vexé, tu n'as pas envie de dormir après avoir fait l'amour ?

— Moi ? Jamais, cela me 'éveille ! Qu'est-ce que deviend'ais si je do'mais chaque fois ap'ès ? J'au'ais l'ai' d'un squelette !

– Est-ce que tu songes alors ?

– Songe' ? Soupi'e' éveillée ? Oui. Pense' à toute so'te de choses. A quel cadeau tu me fe'as, ça oui !

Il faisait trop chaud dans la chambre de M... pour y rester toute la nuit, qui devait être fraîche maintenant au bord du Rhône. Je quittai M... Deux fois de suite je n'avais pu étudier les signes du sommeil chez mes partenaires alors que j'étais prisonnier du sommeil.

Je commençais à douter de mon idée et me rappelai les vers de Lucrèce : « ... Triste post-coïtum. » Etait-ce l'homme seulement qui s'endormait après l'amour ? De fatigue ? De plaisir ? Ma théorie de l'inscription héréditaire ne valait donc plus rien !

Je regardais couler les eaux du Rhône aux pieds des remparts, gonflées par la fonte des glaciers, presque noires avec les reflets de la lune au-dessus du pont et de la tour de la Guillotière. Deux essais négatifs chez des femmes ne comptent pas, me dis-je, en face de la répétition régulière de ce phénomène chez la lapine. Je remontai alors le cours du Rhône, en passant devant l'Hôtel-Dieu, puis tournai sur la gauche pour gagner la rue Gentil et j'arrivai enfin dans la rue Maudicte. Des ribaudes de tous âges s'y tenaient de chaque côté en guettant les patrouilles du sergent du guet accompagné de ses arquebusiers. Rien n'avait changé depuis mes années de barbier-chirurgien, il y avait vingt ans.

Je montai avec une très jeune et belle ribaude du nom de Maryvonne. Elle était grande, blonde aux yeux clairs, avec de belles jambes sous son jupon blanc. Sa mansarde donnait sur une petite cour sombre entre la rue Maudicte et la rue de l'Aumône.

– Tu veux que je... ? me demanda-t-elle en s'asseyant sur le lit où je m'étais allongé.

— Non, je veux faire l'amour avec toi. Déshabille-toi.

— Ce sera deux écus de plus.

— Va pour quatre écus, je resterai plus longtemps.

Elle se déshabilla. L'horloge de l'église Saint-Nizier sonna onze heures. La chambre était très sombre, éclairée par une petite chandelle posée par terre. Sa flamme se balançait sous le vent qui venait de la fenêtre ouverte sur la cour. J'entendis la musique d'une viole.

Maryvonne vint me rejoindre. Elle avait dû se parfumer en se frottant d'huile des sept herbes. Sa peau très douce sentait bon le thym et la coriandre. Je me dis qu'il faudrait que je compte les minutes après l'amour en prenant mon pouls car il faisait trop sombre pour guetter les minutes sur ma montre.

Maryvonne devait être encore jeune dans le commerce de l'amour. Elle ne savait point feindre un plaisir qu'elle n'éprouvait pas. Dans la cour, le son de la viole devint plus strident et s'accompagna du chant triste d'une femme dans une langue que je ne connaissais pas. Alors, je sentis chez ma compagne apparaître les signes du plaisir dont nous partageâmes l'accomplissement.

Maryvonne restait immobile, les yeux tournés vers la fenêtre. Je commençai à compter mon pouls : cent par minute car il fait chaud et je suis fatiguée me dis-je... cent... deux cents... trois cents... ou quatre cents...

— Si tu veux rester toute la nuit, c'est dix écus. Il faut que je redescende.

— Quelle heure est-il ?

— Saint-Nizier vient de sonner deux heures du matin, me répondit Maryvonne.

La chandelle était morte et la chambre n'était éclairée que

par la seule lueur bleue de la lune. Je n'entendais plus la viole ni la chanson.

— J'ai dû m'endormir, dis-je.

— Tu parles, tu as ronflé. Vous êtes tous les mêmes. Tu me fais un petit cadeau ?

— Cette chanson, c'était quoi ?

— De la Bretagne. Du duché de Bretagne.

— Tu es de là-bas ?

— Oui, mon père est aux galères, à Brest.

— Maryvonne, tu es jolie, tu me plais. J'ai sommeil et je ne sais pas où aller. Voici dix écus. Je reste avec toi jusqu'au jour.

Je repartis à l'aube, vers les six heures, laissant Maryvonne dormir dans sa pauvre mansarde et regagnai la place de Louis-le-Grand pour y retrouver la première diligence.

C'est bien fait, me dis-je en chemin. Nul ne peut être le sujet et l'objet d'une expérience scientifique. Trois expériences négatives. Les femmes ne sont donc pas comme des lapines ! Quelle belle découverte que voilà ! Si les femmes ne songent point après l'amour, pourquoi les hommes? En tout cas pourquoi moi, je m'endors chaque fois ? Je ne me souviens pas ensuite d'avoir rêvé. Mais cela ne prouve rien. Il aurait fallu, pensai-je, demander à M... ou Maryvonne si les hommes qui s'endorment après l'amour ont à nouveau une érection qui signalerait le rêve ? Mais une telle question n'aurait entraîné que des rires ou des plaisanteries !

Ne pas être sujet et objet ? Comment le cerveau comprendra-t-il un jour ce qu'est le cerveau, me dis-je en montant dans la diligence ?

CHAPITRE XV

Correspondances privées
d'Hugues la Scève

Copie de la lettre d'Hugues la Scève au sieur Docteur Jean des Ursins à Lyon, montée du Gourguillon, 8 mai 1775

J'AI bien compris, cher et savant ami, ton interrogation muette lorsque je t'ai raccompagné avec Béatrix hier soir, jusqu'à la diligence de Villars. Interrogation ou reproche ?... Une amitié de vingt ans, depuis l'internat à l'Hôpital de la Charité, me commande une franchise que je ne saurais avoir avec un autre de mes amis. C'est vrai... Béatrix est devenue ma maîtresse et elle pourrait presque être ma fille ! Je n'en éprouve aucun remords, sinon celui de devoir celer notre bonheur à tous les autres.

Lorsque j'ai recueilli Béatrix au château, il y a deux ans, elle venait d'avoir quinze ans et tu sais combien je me suis occupé de son père après son terrible accident. Béatrix était alors une jeune fille à laquelle je ne faisais guère attention. Peu à peu, son intelligence, sa sérénité, ses prévenances auprès du lit de son père et l'instinct de curiosité qu'elle portait à chaque jeu de la nature me frappèrent.

Ce fut Béatrix qui remarqua la première le gonflement de la plaie cérébrale de son père pendant les songes. C'est ainsi que *je pus étudier ensuite, avec ma loupe, la circulation dure-mérienne et cérébrale au cours des songes, avant que son père ne finisse par mourir de crises de grand-mal.*

Lorsque Béatrix entra au château, elle s'occupa tout d'abord des lapins, puis elle commença à écrire un véritable journal, si bien tenu qu'il me fit découvrir qu'elle m'était devenue une secrétaire indispensable, combien curieuse et précieuse. Et, peu à peu, Béatrix se transforma en une bien gironde jeune fille aux yeux verts.

Un soir du mois d'avril dernier, elle se tenait debout devant le soleil couchant qui traversait la fenêtre de mon bureau de la tour. Je pus alors admirer la courbe harmonieuse de ses seins et de ses longues cuisses, à travers la légère robe verte qu'elle mettait pour la première fois. Je pressentis qu'il me fallait tout de suite me séparer de Béatrix, sinon mon désir pour elle allait devenir trop fort pour me permettre de travailler ou allait m'entraîner dans ce que je considérais à ce moment-là comme un véritable inceste.

J'expliquai à Béatrix qu'elle devait maintenant me quitter pour continuer des études à Lyon où je connaissais un précepteur qui pourrait s'occuper d'elle. Elle mit un doigt sur ma bouche, en souriant, et me rappela que je lui avais enseigné que les choses de la nature doivent avoir une explication dans la nature, que c'était le printemps et qu'il était normal de s'aimer comme le font les oiseaux, les chats et les lapins...

Au cours de notre première nuit, je fus surpris par la richesse de sa nature amoureuse. Comment une telle expérience des choses de l'amour peut-elle être ainsi cachée chez certaines femmes, avant que les sens ne soient excités ? Où se trouvent les ressorts d'une telle machine, qui sont prêts à fonctionner si harmonieusement pour l'amour ? Cela ne peut pas être l'expérience des choses de l'amour puisqu'elle était vierge, mais étaient-ce des ressorts cachés qui existent déjà dans le germe et qui sont donc innés ?

A la fin de cette nuit, réveillé juste au lever de l'aube, aux premiers cris des canards, je m'aperçus que Béatrix rêvait à mes côtés. Sa respiration irrégulière, les mouvements rapides des yeux sous ses paupières entrouvertes, quelques mouvements fins de ses doigts et un discret balancement de son bassin, m'assuraient qu'elle visitait le royaume des songes. Je la baisai alors à nouveau, au moment même de son rêve. La chaleur et la moiteur de son vagin me démontrèrent que l'excitation des nerfs génésiques était partagée par les deux sexes au cours des songes, si bien qu'un coït au cours des rêves ouvrait la porte aux plaisirs amoureux les plus exquis en même temps qu'à l'éveil et à l'orgasme.

Ainsi, mon cher Jean, tu es le seul à partager notre secret, avec notre vieille servante, qui m'a élevé et qui est à notre service depuis dix ans. Elle me croisa le matin, en emportant les draps tachés de sang. Son clin d'œil malicieux et son profond soupir ne trahissaient aucun étonnement, mais seulement sa grande appréhension pour les aventures qui nous attendent...

Tibi

Le Docteur Jean des Ursins au Sieur Hugues la Scève, Château de Bouligneux, par Villars, 20 mai 1775

Ton sexe te perdra, mon cher oniromancien ! Soigne-le bien puisque cette queue t'est devenue à la fois l'objet et le sujet de l'étude des songes : l'objet érectile qui signale l'entrée du mâle dans le domaine des songes et l'instrument thermométrique et hygrométrique qui mesure les excitations oniriques des esprits animaux in vagina. Soyez heureux. Je vous embrasse.

Tibi

Chapitre XVI

Le fauconnier du Jardin du Roy

Novembre 1775... Il avait gelé fort pendant la nuit. Un filet d'eau coulait encore sous le thou et seuls les oiseaux se risquaient déjà au bord de la glace de l'étang. Des hérons bihoreaux étaient alignés de chaque côté du déversoir et essayaient d'y fouiller de leur long bec la glace encore frêle. Les plus éloignés apparaissaient presque noirs dans le brouillard. Ils ressemblaient, avec la bosse de leurs ailes repliées, aux sentinelles appuyées sur des mousquets que j'avais vues au loin dans la neige pendant la guerre des Flandres.

Nous profitâmes de ces premiers froids pour classer, avec Béatrix, les observations que nous avions faites chez diverses espèces animales sur l'apparition de périodes de mouvements oculaires au cours du sommeil. Quelques correspondants nous avaient envoyé d'autres descriptions dignes de foi. Je résume cette moisson où l'on voit l'« ascension » du rêve dans l'échelle animale.

Nous n'avons pas, bien sûr, étudié les animaux à coquilles. Aristote a déjà remarqué la difficulté de reconnaître le sommeil sur les « testacés », comme les huîtres, les moules ou les escargots. Nos examens ont commencé chez quelques poissons (carpe, tanche) qui furent gardés dans une cage en verre remplie de l'eau de l'étang maintenue à la température de 25°C. Nous épiâmes pendant des heures leurs mouvements de la queue, des branchies ou des yeux. Lorsque les poissons étaient immobiles, nous approchions lentement un petit bâton de leur tête, de façon à provoquer d'éventuelles réactions de fuite et ainsi de pouvoir décider s'ils dormaient. Chaque poisson fut examiné le jour, ou la nuit dans la pénombre de nos bougies, pendant au moins cinquante heures. Il devint vite évident que la tanche restait éveillée et alerte dans l'obscurité, alors qu'elle demeurait endormie et immobile à la lumière. Même la nuit, la seule approche des bougies était suffisante pour la calmer, si bien que l'on pouvait toucher doucement sa tête avec notre bâton. Nous ne pûmes jamais apercevoir chez elle de mouvements oculaires, ni d'accélération ou de ralentissement des mouvements des branchies au cours de ces périodes de repos et, sans doute, de sommeil. Des résultats identiques furent obtenus chez deux carpes.

Deux grenouilles et le crapaud familier de notre cour, dénommé Arthur, représentaient l'ordre des amphibiens. Ils furent conservés dans une cage vitrée, où nous avions aménagé un petit étang. Le crapaud était surtout actif la nuit. Jamais nous ne pûmes distinguer de mouvements oculaires ni d'altérations respiratoires, faciles à distinguer au cours des longs épisodes de quiescence diurne.

Enfin, deux tortues et trois couleuvres constituèrent notre collection de reptiles. Le sommeil (ou le repos) est aisé à reconnaître chez la tortue car elle laisse alors tomber la tête en avant de sa carapace. Les couleuvres s'endormaient d'un sommeil profond, monotone, dépourvu de rêve, après avoir englouti les souris que nous leur apportions.

Ainsi, durant plus de sept cents heures d'observations attentives, nous ne pûmes jamais noter le moindre épisode d'agitation ou de mouvement venant interrompre la quiescence du sommeil chez ces animaux au sang froid et ovipares.

Mon ami, le chevalier de C., nous communiqua enfin l'observation d'un petit crocodile qu'il avait rapporté du Brésil. Il gardait, disait-il, cet animal, qu'il nourrissait de rats, dans une atmosphère chaude et humide qui lui rappelait son Amazonie natale. Jamais il ne put remarquer, pendant plus de deux cents heures que durèrent ses observations, d'épisode de mouvements oculaires au cours des longues périodes de repos qui accompagnaient la digestion des rats.

Nous fûmes enfin aux premiers postes pour épier les oiseaux, qui dorment en général le soir, toute la nuit et parfois le matin, sauf les chouettes hulottes. Colverts, cygnes, oies, filibules malouins, hérons bihoreaux, hérons cendrés, aigrettes garzettes, poules d'eau, faisans, corbeaux, pies, corneilles, poules et poussins devinrent des animaux presque familiers (surtout les pies et les poules) depuis que nous avions éloigné les chats et les chiens. Quelle diversité dans leur allure de sommeil ! Les poules, sur leur perchoir, dans l'abri qu'elles regagnaient au coucher du soleil. Les oiseaux d'eau, avec leur cou recourbé en arrière, cachant leur tête sous une aile, parfois couchés, parfois dormant sur une seule patte. Il était très facile de reconnaître le sommeil, même si, chez le cygne et les oies, nous fûmes surpris de ne les voir dormir que d'un œil. Bien sûr, l'observation attentive de leurs yeux n'était pas commode car la plupart des oiseaux ont une membrane nictitante qui bouge presque constamment. Cependant, leur sommeil était tellement monotone et les brefs éveils au cours du repos tellement évidents que je devins vite convaincu de l'absence de période de mouvements oculaires au cours du sommeil des oiseaux. Béatrix n'était pas du tout de mon avis ! Elle avait examiné avec soin des poussins après l'éclosion et remarqué des périodes assez brèves, durant moins d'une minute, pendant lesquelles le poussin laissait tomber sa tête jusqu'à ce que son bec touche le sol. Elle m'affirma même avoir remarqué l'apparition de mouvements oculaires à ce moment. Je lui concédai d'examiner encore une dizaine de poussins de poule ou de caille après leur éclosion dans une enceinte chauffée à 27°C. Il est vrai, pensai-je, que quelques périodes au cours desquelles les muscles de la nuque se relâchent apparaissaient le jour comme la nuit mais je ne pus véritablement me convaincre de l'existence des mouvements oculaires. Il me semblait impossible que le rêve pût exister juste après l'éclosion, alors qu'il n'apparaissait pas quelques jours plus tard ! Nous eûmes de longues et parfois, dois-je le confesser, de violentes discussions avec Béatrix. Heureusement, notre ami Cl..., qui avait eu l'occasion d'observer une autruche hottentote au Jardin du Roy à Paris, nous écrivit qu'il n'avait pu noter de signes du rêve au cours de son sommeil. Cette observation me conforta dans la certitude que le rêve n'appartenait pas encore au domaine du sommeil chez les oiseaux [1]. Béatrix, vexée, me bouda en silence pendant quelques jours. Pour faire la paix, nous partîmes à Paris pendant l'été visiter le Jardin du Roy. Nous y rencontrâmes, par quelque hasard malin, un fauconnier qui arrivait d'Irlande. Cet individu nous raconta une histoire extraordinaire :

En Irlande, nous dit-il, on prend des faucons, ou des gerfauts, par le moyen d'oiseaux dressés exprès à cet effet et posés à terre dans des cages. Ces animaux voient en l'air le faucon à des distances incroyables, ils en avertissent par certains cris leurs maîtres, qui se tiennent cachés dans une petite tente couverte de verdure d'où ils lâchent aussitôt un pigeon attaché à une ficelle. Le faucon qui l'aperçoit lui plonge dessus et il est pris vivant dans un filet qu'on jette sur lui. On embarque alors ces oiseaux dans des vaisseaux, on les nourrit de viande de bœuf et de mouton, on les fait reposer sur des châssis de lattes couverts de gazon et de gros draps afin qu'ils se reposent à la fois mollement et fraîchement sans quoi leurs jambes s'échauffent.

— Comment pouvez-vous dresser ces oiseaux pour la chasse ? lui demanda Béatrix dont les yeux brillaient. Etait-ce à cause de l'histoire des faucons ou de la tournure fort galante de ce fauconnier, un grand blond aux yeux bleus, qui ne la quittait pas des yeux et dont le manège commençait à m'agacer.

— Jamais, nous répondit-il, on a pu en élever ni en multiplier l'espèce. On dompte le naturel féroce de ces oiseaux par la force de l'art et des privations... Chaque morceau de leur subsistance ne leur est accordé que pour un service rendu. On les attache, on les garrotte, on les prive même de la lumière. D'autres fois, on les affame et on cherche même à leur augmenter le besoin de manger en nettoyant leur estomac par des petits pelotons de filasse qu'on leur fait avaler et qui augmentent leur appétit. Surtout on les empêche de dormir pendant plusieurs jours et plusieurs nuits. Alors ils deviennent plus familiers.

— Etes-vous sûr que cette privation de sommeil soit si importante et qu'elle rende ces oiseaux sauvages familiers ? demanda Béatrix. Tu comprends, me dit-elle, c'est sans doute qu'on supprime ainsi leurs rêves. Je te l'ai dit et j'en suis sûre ! Les oiseaux rêvent.

Le fauconnier sourit à Béatrix.

– Je ne sais s'ils rêvent, mais ils dorment beaucoup la nuit.

– Mon amie Béatrix voudrait que les oiseaux rêvent, lui répondis-je, mais moi je suis sûr qu'ils ne rêvent pas !

– Sans doute, répondit l'Irlandais, sans doute. Cependant, ajouta-t-il avec un sourire pour Béatrix, j'ai entendu dire une fois par un ami fauconnier qu'il avait remarqué des rêves chez un faucon « hagard ». Un faucon qui avait joui de la liberté avant d'être pris.

Ce diable d'Irlandais mentait pour faire plaisir à Béatrix. Il me paraissait assez fat mais je n'osai pas lui demander à quels signes son ami avait reconnu le rêve d'un faucon. J'essayai d'interrompre notre conversation...

– Il faudrait que nous puissions nous-mêmes observer un faucon mais je doute que cela soit possible dans la Dombes.

– Vous pourriez dresser des jeunes faucons à la chasse du chevreuil ou du sanglier, répondit notre dresseur de faucons. Peut-être y parviendrez-vous, Mademoiselle, en les privant de leurs rêves ? Moi, je sais dresser ces oiseaux au poil. Il suffit de bourrer la peau d'un chevreuil et de mettre dans le creux de ses yeux la nourriture que l'on a préparée pour le faucon. On traîne l'animal mort pour le faire paraître comme s'il était en vie. Le faucon se jette dessus et le besoin de manger le rend industrieux à se bien coller sur le crâne pour fourrer son bec dans l'œil. Quand on mène l'oiseau à la chasse, il ne manque pas de fondre sur la première bête qu'il aperçoit, ni de se planter d'abord sur sa tête pour lui becqueter les yeux. Il l'arrête par ce moyen et donne ainsi au chasseur le temps de venir et de la tuer sans risque pendant qu'elle est plus occupée de l'oiseau que du chasseur...

– Venez donc à Bouligneux, cher Monsieur le fauconnier,

insista Béatrix. Nous y avons une cage pour supprimer le sommeil. Nous pourrions y savoir s'ils rêvent plus après n'avoir pas dormi.

— Voilà une excellente idée, mentis-je. Nous vous reverrons bientôt ou je vous écrirai, Monsieur le fauconnier, lui dis-je en manière d'adieu, en entraînant Béatrix.

Je songeai longtemps, en revenant à Bouligneux, à cette histoire des faucons. Pourquoi la privation de sommeil avait-elle une influence aussi importante sur les mœurs de cet oiseau ? Se pourrait-il que la privation de sommeil fût également une privation de rêve ? Et que ce rêve, nous ne pourrions pas l'observer chez les oiseaux ? Béatrix triomphait et m'agaçait par ses remarques dans la diligence.

— Comment pourrions-nous, lui répondis-je, avoir une fenêtre ouverte sur le cerveau des oiseaux pour en connaître les variations au cours du sommeil ?

Nous décidâmes enfin d'admettre que, si le rêve existait chez les oiseaux, il devait être très rare ou n'apparaître que chez les oisillons et que ce n'était pas la peine de le signaler dans le Mémoire destiné à Monsieur Charles Bonnet. Cependant, Béatrix désirait réaliser des privations de sommeil chez des poules car elle avait bien compris que je ne souhaitais point voir arriver ce fauconnier à Bouligneux. Lorsque nous arrivâmes à notre château, qu'avait déserté ma femme, je lui fis abandonner cette idée par des arguments fort spécieux, sans doute parce que des pensées cachées m'empêchaient de laisser triompher les idées de Béatrix.

Enfin, ce matin, je demandai à Béatrix de m'aider à résumer nos découvertes pour les proposer à Charles Bonnet. Notre bilan de l'étude du sommeil et des rêves des mammifères est, je le crois, assez remarquable. Nous nous considérions comme les plus experts observateurs des songes chez les mammifères. Voici le tableau que nous avons établi d'après nos propres observations :

Espèces	Nombre d'animaux	Durée du rêve (en minutes)	Intervalle entre les périodes de rêve au cours du sommeil
Chat (jour/nuit)	6	6	40
Chien (jour)	3	7	45
Rat (jour)	1	2	15
Cobaye (jour)	1	2	?
Vache (jour/nuit)	2	6	140-70
Cheval-poney	3	7	100-180
Porc (jour)	2	7	180
Lapin (jour)	6	4	60
Rat musqué	1	5	–
(Suisse allemand) (nuit)	1	15	110

Nous avons reçu de nos correspondants dignes de confiance les contributions suivantes :

Ecureuil	2	3	–
Musaraigne	1	3	–
Chevreuil	1	7	100
Sanglier	1	7	–
Marmotte (été)	2	6	–
Girafe	1	10	180
Antilope	1	3	–
Orang-Outang	1	10	200
Macaque	1	10	–

Cette liste m'est précieuse. Elle confirme que tous les animaux qui ont des mamelles semblent bien présenter, au cours de leur sommeil, des épisodes de rêve. Nous avons éliminé de cette liste, avec Béatrix, quelques observations qui nous semblaient tellement étranges que nous pensions que les observateurs n'étaient pas suffisamment respectueux des consignes que nous leur avions confiées ou que les animaux se trouvaient dans des conditions anormales. Nous consignons ci-dessous ces résultats :

Furet	2	15	30
Eléphant	1	30	180
Licorne	1	40	–

Les résultats obtenus chez deux furets me semblent fort exagérés car ce serait l'animal qui rêverait le plus de l'économie animale. Plus que l'homme et alors pourquoi [2] ?

L'éléphant fut observé par une de mes anciennes amies, Madame la Comtesse de D..., au Jardin du Roy. Quand je l'avais connue, il y a vingt ans, sa vue était déjà fort mauvaise ! Comment aurait-elle pu observer l'association de ce qu'elle baptise des mouvements de la trompe et d'une érection, puisque, d'après mes collègues du Jardin du Roy, il s'agissait d'une éléphante !

Les observations sur la licorne nous proviennent de Monsieur de C..., un de mes « amis » du Cercle des Curieux de la Nature. Je serais très surpris qu'il ait pu observer un tel animal dont Buffon et Daubenton affirment qu'il n'a jamais existé.

Bien sûr, d'après le *Traité de Buffon,* il reste un nombre considérable d'espèces à observer mais nous pouvons déjà presque sûrement établir les conclusions suivantes que je livrerai à Charles Bonnet :

1. que les signes périphériques du rêve n'existent pas chez les espèces qui pondent des œufs;

2. que tous les animaux à mamelles qui furent étudiés présentent des signes évocateurs du rêve [3];

3. qu'il semble exister quelques différences entre les mammifères. Plus l'animal est gros, plus la durée du rêve semble longue. S'il existe un rapport entre le poids d'un animal et le poids de son cerveau, comme l'affirme Monsieur de Buffon, cette relation pourrait indiquer que le cerveau est à même d'influencer la durée du rêve.

Chapitre XVII

Copie de la lettre
d'Hugues la Scève à Charles Bonnet

BOULIGNEUX, LE 28 JANVIER 1776 [1]... *Les documents que je joins à cette lettre, cher et illustre Académicien, sont divisés en deux parties. La première est une tentative pour fonder une science des rêves à partir de plusieurs milliers de mes souvenirs de rêves. Au cours de votre visite à Bouligneux, au mois d'avril 1772, je vous avais déjà soumis quelques hypothèses concernant les relations entre ces souvenirs, les événements qui avaient ébranlé mon entendement au cours de l'éveil et le retour cosmique des saisons. J'admettrai volontiers, Monsieur, puisque vous ne vous souvenez pas de vos rêves, que vos critiques de cette partie de mon travail puissent être brèves. Vos bienveillantes exhortations à observer le sommeil des animaux m'ont amené à abandonner provisoirement la classification, mais point la collection, de mes souvenirs de rêves pour me consacrer entièrement à l'observation du sommeil, chez les animaux et chez l'homme. Cette étude constitue la deuxième partie de ce manuscrit. Afin de faciliter sa compréhension, je me permets de vous résumer ci-dessous le bilan de ces trois années de travail.*

I – Je crois avoir découvert la périodicité du rêve chez les mammifères et chez l'homme. En accord avec Aristote, Pline et

Scipion du Pleix, j'ai observé des secousses dans les petits muscles de l'économie chez tous les mammifères (nouveau-nés et adultes) au cours du sommeil. Ces secousses sont accompagnées de mouvements oculaires rapides et, parfois, d'un relâchement des muscles du cou chez la lapine ou chez un homme dormant assis. Or ces secousses ne durent que quelques minutes et réapparaissent plusieurs fois au cours du sommeil, si bien que je serais amené à les qualifier de périodiques. Cette périodicité me semble avoir échappé à Aristote (et à ses successeurs qui n'ont fait, je crois, que le copier). Si vous doutez de la réalité de ces observations, Vous, le Prince de l'observation de la nature, je vous prierais alors, si votre vue est hélas toujours affaiblie, de demander à votre secrétaire de vous décrire ces épisodes de secousses et de mouvements oculaires en épiant le sommeil de jeunes chatons ou de chiots.

II – Voici les arguments, que je soumets à votre critique, qui me permettent d'attribuer aux songes ces épisodes de secousses au cours du sommeil :

J'ai remarqué en effet, chez le cavalier suisse que j'étudiai au cours d'une nuit de sommeil, l'apparition de périodes de mouvements oculaires accompagnées d'érection. Chaque fois le réveil provoqué à ce moment entraîna le souvenir fort précis d'un rêve.

En accord avec votre théorie du développement, il me faut donc supposer que le rêve puisse apparaître épisodiquement, soit chez des espèces brutes (comme le chat ou le chien), soit chez des nouveau-nés dont les sillons de la matière médullaire corticale ne sont point encore totalement creusés.

Etant donné que je n'ai jamais observé de telles secousses ou mouvements des yeux au cours du sommeil chez les espèces qui pondent des œufs (poissons, amphibiens, reptiles et oiseaux), j'en infère donc avec fondement que le rêve n'existe point chez les vertébrés inférieurs, mais qu'il est présent depuis la naissance chez tous *les mammifères.*

III — *Je dois maintenant admettre que les relations de ces épisodes de rêve avec le sommeil ne sont pas obligatoires. Dans la grande majorité de mes observations, j'ai bien noté que la première période de secousses survenait après une durée plus ou moins longue de « sommeil calme ». Cependant, chez la lapine, puisque le coït est suivi après quinze à vingt minutes par l'apparition d'un épisode de rêve alors qu'elle n'a point dormi, il me faut convenir que le rêve n'appartient pas toujours au royaume du sommeil. Serait-il alors un état* sui generis *dont le sommeil peut souvent constituer une cause favorisante mais non obligatoirement nécessaire ?*

Cet « état » de rêve serait également plus développé et agirait plus sur l'économie de l'homme que chez les animaux puisqu'il s'accompagne chez lui toujours d'érection, alors que je n'ai pu observer chez les chats et les chiens de mouvement de l'organe de la génération au cours de leur sommeil. Je peux, je crois, éliminer une relation entre les sensations voluptueuses du rêve et l'érection puisque celle-ci survient au cours de rêves non voluptueux et, surtout, puisqu'elle peut apparaître chez un nouveau-né ou un blessé sans entendement. Je ne partage donc point l'avis de notre ami commun Diderot, qui m'envoya récemment quelques pages de ses Eléments de Physiologie... *« le rêve monte ou descend. Il monte des filets à l'origine ou descend de l'origine aux filets. Si l'organe vénérien s'agite, l'image d'une femme se réveillera dans le cerveau. Si cette image se réveille dans le cerveau, l'organe destiné à la jouissance s'agitera... » Il me faudrait alors admettre que le commerce voluptueux ne puisse se dérouler qu'au niveau de l'organe vénérien, sans que le* sensorium commune *n'en soit averti. Mais il existe tellement d'occasions où les rêves voluptueux entraînent l'excitation complète de l'organe de la génération, avec émission de semence, que cette hypothèse me semble peu probable. Je n'ai donc pas d'explication à vous proposer concernant l'association obligatoire du rêve et de l'érection chez l'homme. Oserais-je, Monsieur, demander à votre sagacité de me fournir quelques hypothèses ?*

IV – Je suis également incapable de deviner encore la nature des secousses des petits muscles de l'économie et des mouvements oculaires au cours du sommeil. Sans doute ceux-ci dépendent d'un même mécanisme puisque la dynamique des globes oculaires, qui sont fort mobiles, leur permet de bouger à la suite d'une excitation minime des esprits animaux. Bien sûr, j'ai supposé au début que ces mouvements pouvaient suivre les images, ou les hallucinations du rêve, puisque, même lorsque nous fermons les yeux au cours de l'éveil, nous pouvons ressentir sous nos paupières des mouvements des globes oculaires qui accompagnent l'évocation d'une image. Mais alors, comment se fait-il que ces mouvements existent au cours du sommeil chez des chatons, des nouveau-nés humains, et chez le malade privé d'entendement dont je vous ai résumé la triste histoire ? La seule explication que j'ose vous soumettre serait que le rêve résulte de la mise en jeu d'une machinerie cérébrale qui gouvernerait à la fois les mouvements des yeux, le relâchement du cou et l'érection chez l'homme. Notre cerveau contiendrait donc une machinerie qui nous rêve puisque notre volonté ne peut la commander.

V – Je me permets maintenant, Monsieur l'Académicien et Prince de la Psychologie, d'aborder le domaine où vous régnez en monarque incontesté. Celui des relations éventuelles des phénomènes périodiques du rêve avec l'âme ou l'esprit. Je vous prie de ne pas voir dans mes remarques quelques critiques concernant vos théories. Je sais que vous admettez que même la chenille est douée d'une âme, de même que les plantes. « Les brutes, écrivez-vous, ont également une âme immatérielle et indivisible. » Comme Leibniz vous faites, je le crois, une distinction entre « l'âme impérissable des animaux et l'âme immortelle de l'homme ». Vous avez écrit enfin, dans votre Traité de Psychologie, *que « les songes des animaux s'opèrent par la même mécanique que ceux de l'homme. Mais les animaux distinguent-ils la veille du sommeil ? Ils ne réfléchissent point, ils n'ont point ce sentiment de leur être qu'on nomme conscience. Si l'âme, poursuivez-vous, a préexisté dans le germe, elle a pu bouger dans ce germe, mais l'extrême faiblesse des mouvements ne leur a pas permis de conserver aucun souvenir de cet état primitif »* (p. 223, chapitre XXIII). *Mes observations ne sont pas en total désaccord avec votre hypothèse, au moins chez les mammifères. Cependant, me permettez-vous, Monsieur, d'emprunter à une lettre récente que m'a envoyée Diderot [2] cette réfutation du livre de Marat qui vient juste de paraître* (De l'homme, 1775) *? Comme vous le savez, Monsieur Marat reprend à son compte la théorie de Descartes concernant la distinction entre l'âme et le corps. Il ne précise point, cependant, « comment une substance corporelle pourrait agir sur une substance qui n'est pas le corps » et il se contente d'ajouter : « Le lecteur sensé ne s'attend pas, sans doute, que j'éclaircisse cette question. » Sans doute Diderot le réfute-t-il avec trop d'humeur puisqu'il lui répond : « Si j'admets une fois ces deux substances distinctes, tu n'as plus rien à m'apprendre car tu ne sais ce que c'est que celle que tu appelles âme, moins encore comment elles sont unies et pas plus comment elles agissent réciproquement l'une sur l'autre. » Plus loin, Diderot ajoute : « C'est sottise à ceux qui descendent de l'âme au corps. Il ne se fait rien ainsi dans l'homme. Marat ne sait pas*

ce qu'il dit quand il parle de l'action de l'âme sur le corps. »
Si je ne fais pas miennes ces critiques, cher Monsieur, je ne les
écarte pas totalement. Diderot, que je peux considérer comme
notre ami commun, s'est appuyé sur les écrits de Bordeu et les
découvertes de l'abbé Needham, ce collaborateur de Buffon, pour
supposer que la sensibilité était une propriété universelle de la
nature et expliquer ainsi son unité. Puis-je, mon très honoré
Académicien, vous avouer que je trouve dans Le Rêve de
d'Alembert [3], *que vous considérez sans doute comme une fable*
libertine, des idées qui me semblent plus aptes à expliquer mes
observations et mon hypothèse d'une machine onirique.

VI – J'ose, Monsieur l'Académicien, vous proposer une autre
théorie. Nous devons à Descartes de nous avoir enfermés dans la
distinction entre l'esprit et la matière. En affirmant que les bêtes
sont des automates, Descartes a hissé l'homme sur un piédestal
où il échappe aux lois de la nature matérielle. Dois-je, Monsieur,
reconnaître que vous n'avez pas adhéré à cette distinction puisque
vous enfermâtes l'âme dans l'hydre et les plantes. Ma seule
question est donc la suivante : si l'âme est responsable du rêve,
pourquoi n'ai-je point observé ce phénomène chez les animaux
qui pondent des œufs ? Je vous avoue donc, Monsieur, me trouver
confronté devant les contradictions – oserais-je écrire les apories ?
– suivantes. Admettons donc que l'âme fût responsable du rêve !
Ou bien, comme le pense Descartes, l'homme serait le seul être
pensant, conscient et rêvant. Mais pourquoi y a-t-il des rêves
chez les animaux si ce ne sont que des automates ? Ou bien,
comme vous le pensez, l'âme est enfermée chez les végétaux et les
hydres. Pourquoi alors, si l'âme est responsable du rêve, ne puis-
je observer des rêves chez les vertébrés inférieurs ?

Admettons au contraire que la théorie dualiste de Descartes
ne soit pas exacte. Il existerait donc, dans le développement des

espèces animales, l'apparition d'une nouvelle machine cérébrale, absente chez les vertébrés inférieurs mais présente chez les mammifères — du nouveau-né à l'adulte. Cette machine ne serait point soumise à notre entendement et serait alors indépendante de notre conscience.

VII — Je dois alors, selon cette dernière hypothèse, vous poser, Monsieur, quelques questions. Après d'illustres prédécesseurs, mais avec une géniale clarté, vous avez affirmé que la conscience nécessite l'activité de l'âme. Puis-je suggérer, avec la témérité d'un ignorant des mystères de la psychologie, que votre théorie, si juste soit-elle, puisse nécessiter quelques modifications. Notre entendement, ou la conscience d'être conscient, ne serait-il qu'un aspect fugace, fort bref, du fonctionnement de la machine de notre cerveau ? Pourquoi ne pas supposer qu'un autre mécanisme, non accessible à notre entendement, ne puisse gouverner nos actions ? Ce mécanisme qui fonctionnerait de façon périodique au cours de notre sommeil, au moment où la conscience est abolie, pourrait agir sur les multiples fibres de notre cerveau pour les aiguiller sur des directions qui échappent à notre entendement. Cette hypothèse, Monsieur, qui me sembla nouvelle et lumineuse lorsqu'elle me visita un matin, n'est point, je dois le confesser, aussi originale qu'elle me parut lorsque je relus les traités de philosophie de ma bibliothèque. Locke, que vous citez dans votre Traité de Psychologie, *a bien écrit en effet qu'il est impossible de percevoir sans percevoir que l'on perçoit. Mais j'ai trouvé dans John Norris (un disciple de Malebranche) la réfutation suivante, qui fut écrite il y a déjà presque un siècle : « Nous pouvons avoir des idées dont nous ne sommes pas conscient... Il y a infiniment plus d'idées imprimées dans notre esprit que celles que nous pouvons examiner et percevoir... Des idées peuvent s'imprimer en nous sans que nous en ayons une perception réelle* [4]. » *Dois-je vous citer également Leibniz, dont vous êtes le génial continuateur :* « *Les perceptions ordinaires sont la sommation d'innombrables petites perceptions et nous ne pouvons être conscient de chacune d'entre elles parce qu'elles se trouvent au-dessous d'un seuil quantitatif...* »

C'est également chez les philosophes allemands modernes que j'ai trouvé quelques supports pour mon hypothèse. Lichtenberg [5] n'a-t-il pas écrit : « On devrait dire " Ça pense " comme on dit " ça pleut ". Dire Cogito, c'est déjà trop dire, du moment qu'on le traduit par Je pense. Supposer ou postuler le Je est une exigence pratique... » Il ajoute enfin : « Les rêves seraient peut-être des réminiscences d'états antérieurs au développement de la conscience individuelle. » Enfin, Monsieur, puis-je vous conseiller de vous faire lire le livre récent de E. Platner [6] que je viens de recevoir : « la conscience n'est pas essentielle à une idée. Les idées accompagnées de conscience, je les appelle, à la suite de Leibniz, des aperceptions. Tandis que les idées non accompagnées de conscience, je les appelle des perceptions ou des images obscures ». La vie de l'esprit devient ainsi pour ce philosophe allemand « une série ininterrompue et continue d'idées des deux espèces car les aperceptions alternent avec les perceptions tout au long de la vie — veille et sommeil ». Ainsi « les idées accompagnées de conscience (Bewußtsein) seraient souvent les effets psychologiques des idées non accompagnées de conscience » (Unbewußtsein) [7]. Puis-je enfin vous suggérer que ces dernières idées pourraient être souvent créées par la machinerie des rêves. Si cette hypothèse est exacte, Monsieur le Psychologue, le monde des rêves, qui ne vous visite guère, hélas, pourrait vous laisser entrevoir les plus profondes vérités sur vous-même.

Ainsi, la machinerie du rêve, enfermée dans la matière cérébrale, fonctionnant périodiquement au cours du sommeil lorsque notre entendement est absent, pourrait provoquer des pensées qui *n'arrivassent pas directement à notre conscience. Peut-être même nos aperceptions dépendent de cette activité intermittente nocturne. Enfin, si toute machine est construite pour une cause finale, dans quel but cette machine gouvernerait-elle de façon cachée nos pensées et nos actes au cours de l'éveil ? Puis-je,* in fine, *insinuer, Monsieur, que cette machine pourrait être le moteur caché de certaines actions gouvernées par les instincts qui mettent parfois dangereusement en jeu la survie d'un animal, mais sans doute en même temps préservent son espèce...*

VIII – Vos conseils, Monsieur, ont en effet aiguisé mes capacités d'observation et d'étonnement. Aussi, pendant le cours de mes études sur le sommeil, m'est-il arrivé plusieurs fois d'être surpris par les réactions fort différentes de mes quatre chats et de mes deux chiens en réponse au cri de douleur d'un de leurs congénères. Si l'un de mes chats miaule fortement, à la suite d'une douleur quelconque, les autres chats, qui vivent habituellement chacun de leur côté, accourent immédiatement pour le conforter ou le lécher et si un de mes énormes chiens se trouve à proximité, il est immédiatement attaqué et doit s'enfuir. Par contre, la réponse de mes chiens est totalement différente. Mon saint-bernard et le molosse allemand sont les meilleurs amis du monde qui dorment en compagnie et se lèchent mutuellement leurs plaies. Un jour, le molosse eut la patte avant écrasée par une charrette, dans la cour du château. Il s'abattit en hurlant de douleur. Aussitôt le saint-bernard le saisit à la gorge si férocement qu'il me fallut tirer un coup de mousquet en l'air pour les séparer. Je suppose donc que l'instinct des chats (les félidés ne vivent pas en groupe, sauf les lions) les conduit à venir au secours d'un individu de leur espèce, même au prix d'un combat éventuellement mortel contre un ennemi plus fort. Une telle réponse, qui va au secours de l'espèce, m'apparaît singulièrement désintéressée puisque la fuite semblerait la réponse la plus en conformité avec la survie de l'individu félin. Par contre, chez le chien, il me faudrait admettre que le cri de douleur d'un congénère active les esprits animaux gouvernant l'instinct des canidés. Peut-être, chez ceux-ci, la survie du groupe l'emporte-t-elle sur celle de l'individu puisque, selon M. de Buffon, les chiens sont issus des loups qui vivent en société. Serait-il alors possible que l'élimination d'un individu blessé pût contribuer à protéger la horde des canidés, car celle-ci ne peut se permettre de se ralentir dans sa chasse ou de s'affaiblir ? Il faudrait supposer, Monsieur, que les circuits des esprits animaux gouvernant les instincts des félidés et des canidés fussent singulièrement puissants pour être immédiatement responsables, à la suite d'un cri de leur espèce, de conduites qui ne surviennent habituellement jamais pendant l'éveil. Serait-ce enfin là, Monsieur, la ou une cause finale des rêves ? D'ébranler de façon intermittente, au cours du sommeil, les circuits des instincts ? Les sillons, ou les thalwegs, *qui seraient creusés par les rêves dans la matière corticale et le* sensorium commune *au cours du sommeil, pourraient alors préserver de l'oubli une mémoire de l'espèce qui n'est presque jamais sollicitée au cours de l'éveil chez les animaux domestiques.*

Pardon, cher Monsieur, d'avoir retenu si longuement votre attention par la relation de mes hypothèses sur l'histoire naturelle, sinon sur la nature des rêves. J'ose espérer, mon respectable et illustre voisin d'outre-Jura, que vous trouverez le loisir de m'entretenir des critiques que vous suggère ce manuscrit.

*Je vous prie, enfin, Monsieur et très cher Académicien, de vouloir être bien assuré de la plus haute estime et du très parfait attachement avec lequel j'ai l'honneur d'être, Monsieur
Votre très humble et très obéissant serviteur.*

Hugues la Scève

CHAPITRE XVIII

Réponse de Charles Bonnet

GENTHOD, LE 3 MARS 1776... *Mon secrétaire m'a lu et parfois relu à plusieurs reprises certaines pages de votre manuscrit, Monsieur le Naturaliste de la Dombes, car l'état de mes yeux ne me permet plus, hélas, les plaisirs de la lecture. Je vous félicite d'avoir suivi mes conseils. Vos observations ont permis d'élargir et de préciser un domaine déjà exploré par nos illustres prédécesseurs. Votre manuscrit contient quelques descriptions intéressantes et certaines hypothèses qui m'apparaissent sans doute nouvelles. Cependant, me permettrez-vous, Monsieur, de vous avouer avec franchise que vos observations intéressantes ne sont pas nouvelles et que vos hypothèses originales ne me semblent pas pertinentes.*

Je ne critiquerai point longuement la classification de vos souvenirs de rêve car votre collection, votre « onirothèque », reste l'œuvre d'un seul collecteur et je doute qu'elle puisse constituer les bases d'une nouvelle science. D'ailleurs, sont-ce des rêves ou des hallucinations ? Permettez-moi, Monsieur, de vous résumer l'observation que j'ai publiée dans mon Essai Analytique des Facultés de l'Ame [1]. *Mon aïeul maternel, M. Charles Lullin, avait subi dans un âge très avancé l'opération de la cataracte aux deux yeux. Bientôt, sa vue qui était réapparue se brouilla à nouveau. Alors, en pleine veille et indépendamment de toute impression du dehors, cet homme respectable apercevait de temps en temps devant lui des figures d'hommes, de femmes, d'oiseaux, de voitures et de bâtiments. Il voyait ces figures s'approcher, s'éloigner, paraître et disparaître. D'autres jours, il voyait les tapisseries se couvrir de tableaux représentant différents paysages. Comme les apparitions d'hommes ou de femmes ne parlaient pas et qu'aucun bruit n'affectait son oreille, tout cela paraît avoir son siège dans la partie du cerveau qui répond à l'organe de la vue.*

Alors, Monsieur, où se trouvait la « machinerie onirique » lors de ces visions qui survenaient en pleine veille ? Croyez-vous que l'ablation des cristallins était suffisante pour remonter cette machine pendant la veille comme on remonte une horloge ? Et s'il ne s'agit point de la « machine onirique », il ne m'est pas difficile d'imaginer certaines causes physiques qui eussent ébranlé assez fortement différents faisceaux de fibres sensibles qui retraceraient à l'âme des idées qui la mettraient en état de discerner le vrai du faux. Mais abandonnons là ces vaines disputes pour aborder le chapitre de vos observations des secousses au cours du sommeil. Vos descriptions sont précises et confirment celles d'Aristote, de Pline et de Scipion du Pleix. Je vous accorde, Monsieur, que les deux derniers n'ont fait que recopier le premier. Permettez-moi cependant, Monsieur, de vous poser les questions suivantes :

Vous vous flattez d'être le premier à avoir remarqué le caractère épisodique des rêves, mais les chasseurs savent bien depuis longtemps que les abois des chiens ne sont pas continuels au cours du sommeil. S'il s'agit bien de rêves, ils sont donc épisodiques !

Je suis quelque peu fâché de constater la précipitation avec laquelle vous avez jugé de l'état qui fait suite au coït de votre

lapine à la suite des déclarations de ce paysan de la Dombes.
Qui vous prouve, Monsieur, que ce phénomène soit identique à
celui du rêve de l'espèce lapine, d'autant plus que vous ne l'avez
remarqué ni chez une chatte, ni (si j'en crois certaines de vos
impertinentes allusions) chez quelques femmes. Enfin, et surtout,
Monsieur, vous avez commis une erreur (oserais-je dicter à mon
secrétaire une faute ?) grossière de méthode en étudiant les rêves
de ce Suisse allemand car vous ne l'avez pas réveillé en dehors
des périodes associant étrangement, je l'avoue, les mouvements
oculaires et le gonflement de l'organe de la génération. Comment
pouvez-vous donc être sûr que le rêve n'est pas continuel au
cours de son sommeil ? Vous fîtes ainsi l'erreur d'assimiler ce
phénomène périodique, remarqué chez les chats, les chiens et ce
lansquenet bernois, avec le rêve dont vous ne m'apportez pas la
preuve qu'il n'est point continu.

Enfin, Monsieur, si le gonflement du sexe accompagna deux
fois des rêves non voluptueux, comment pouvez-vous éliminer
l'hypothèse que le rêve de ce cavalier n'ait point d'abord été
consacré à Vénus pour devenir banal lorsque vous provoquâtes
le réveil ? Ces observations ne méritent point, Monsieur, que je
vous soumette une explication, comme vous m'en avez prié. A
la fin de ce chapitre, admettez, Monsieur, que, si l'on ne peut
totalement réfuter votre hypothèse, elle est loin d'avoir été prouvée
de façon aussi rigoureuse que je prouvai la théorie oviste avec
l'observation de mes puceronnes vierges. Vous invoquez, Monsieur,
ma théorie du développement pour en déduire un continuum
entre les épisodes (je n'ose pas dicter les périodes) de mouvements
oculaires de vos chats et chiens, qui n'entraînent pas de mou-
vement de l'organe de la génération, avec ce phénomène qui
gonfle le sexe d'un cavalier bernois ! De plus, Monsieur, vous
fûtes le témoin d'un relâchement des muscles de la nuque au
cours de ce que vous crûtes être le rêve chez une lapine et un

*gros individu qui dormait assis. Et les somnambules, Monsieur !
Ils marchent en rêvant la tête haute* [2]. *Dois-je vous rappeler les
Principes de Bacon ! De ne comparer que ce qui est comparable
par toutes les parties de sa totalité. Enfin, si je me fais relire
vos observations sur le nouveau-né de l'hôpital de la Charité,
comment ne pas en inférer que les irrégularités de la respiration
ne fussent responsables,* ipso facto, *de son sourire et du gonflement
de son sexe ? Un phénomène qu'une nature providentielle aurait
installé pour qu'il devienne un obstacle contre l'urination incon-
tinente de ces nourrissons !*

*Permettez-moi, maintenant, de critiquer votre chapitre phi-
losophique concernant et la conscience et ce que vous baptisez
« l'état de non-entendement ». Avant que de philosopher, Monsieur le Naturaliste, et de lire d'obscurs philosophes allemands,
il eût fallu sans doute ne point me cacher l'athéisme dont vous
me semblez être devenu le champion. Oserais-je, hélas, vous
compter parmi les zélateurs de Monsieur de la Mettrie, cet
homme-machine qui essaya de déshonorer mon ami von Haller
avant d'être étouffé par sa machinale goinfrerie* [3] *? Sans doute,
c'est pour ne point m'attaquer de front que vous prêtâtes à
Diderot cette diatribe contre Marat. Dans son livre, il est vrai
fort médiocre, Marat reprend à son compte certaines de mes
hypothèses. Devrais-je, Monsieur, vous avouer que je trouve assez
déplaisantes ces critiques déguisées ! Il me semble en effet que
vous n'avez point compris l'essentiel de mon travail. Je suis le
premier à avoir affirmé la présence de l'âme dans l'hydre et
même dans les plantes et j'ai écrit que, « si l'âme peut préexister
dans le germe, elle a pu également songer dans le germe mais
l'extrême faiblesse des mouvements ne lui a pas permis de
conserver le souvenir de cet état primitif ». Sans doute en est-
il ainsi de l'hydre et des animaux qui pondent des œufs. Leur
système nerveux, encore imparfait, ne permet pas à l'âme de*

s'exprimer par ces mouvements que vous remarquâtes chez les mammifères, en admettant, ce que je ne crois pas, qu'il s'agisse des songes. De plus, Monsieur, c'est avec regret que je vous vois embarrassé et perdu dans le labyrinthe des instincts. Si, comme vous l'affirmez, la cause finale des rêves était de préserver et de commander les instincts de défense des chats, ou d'attaque de vos chiens, alors, Monsieur, vous m'offrez, in fine, les armes destinées à abattre vos folles hypothèses. Et les insectes, Monsieur le Naturaliste ! Ce n'est point à l'insectologue que je suis que vous apprendrez qu'ils n'ont point d'instincts, alors que je suppose que vous niez l'existence du rêve chez les insectes ? Ainsi, a contrario, *votre dernière hypothèse ruine totalement l'édifice construit sur une « machine épisodique onirique matérielle réservée au mammifère » qui serait le moteur caché des instincts puisqu'il semble exister une relation inverse entre la force de l'instinct chez les insectes et l'absence supposée du songe dans ce monde que je connais si bien. Si je vous propose que l'hydre a une âme, je l'enferme également chez les insectes. C'est elle, Monsieur, qui, perpétuellement éveillée, est la source de leurs instincts...*

Enfin, Monsieur le Naturaliste, pourquoi avoir déterré chez quelques philosophes allemands, comme Lichtenberg et ce Platner (dont je n'ai point encore reçu le livre), de telles aberrations : qu'il existerait un état de conscience et un état de non-entendement qui pourrait gouverner le premier ? Pourquoi ne pas alors, Monsieur, imaginer un état d'« inconscience », bien que ce mot n'appartienne point au vocabulaire de la langue française [4] *? « Ça pense, Ça rêve. » Quels barbarismes ! L'âme, Monsieur, n'est point un Ça. Elle est le Je. Indivisible, impérissable et immortelle.*

Je sais, Monsieur, que ces critiques ne vous offenseront pas. Elles ne déguisent point l'estime que je porte à votre personne.

Laissez-moi vous avouer, Monsieur, que, si je réfute ce que votre « Ça » vous souffla au cours des songes de vos nuits, je prie votre personne, votre Je, de croire à mes sentiments les plus distingués.

Je suis, Monsieur, votre très obéissant et dévoué serviteur.

Charles Bonnet

CHAPITRE XIX

Le poids des songes

AVRIL 1776 – OCTOBRE 1776... Si mes recherches sur la nature des songes m'ont appris quelque chose, c'est à me méfier des physiciens ! Leur science est si avancée, les résultats de leurs calculs si exacts, qu'ils en tirent un orgueil qui ressemble souvent à de la vanité. Ces savants, qui sont capables de calculer l'orbite de Vénus et la date de son passage devant le soleil, n'ont que mépris pour les naturalistes. J'ai pourtant ouï dire que Monsieur de Réaumur, n'avait pas présenté de telles prétentions. Il est vrai qu'il fut l'un des derniers honnêtes hommes de ce siècle, fort savant, à la fois en physique et en insectologie. Je ne l'ai, malheureusement, point rencontré avant sa mort.

Je fis connaissance, à notre cercle, de Monsieur Leduc, physicien et astronome, membre de l'Académie de Lyon. Il était féru de tout ce qui appartient aux rêves et me posait, chaque mois, des questions sur la signification de ses songes. Il rêvait souvent à des nombres irrationnels ou à des courbes fort complexes dans l'espace. Je ne savais où classer de telles images mathématiques, sinon dans les visions fantastiques. C'est à cette occasion qu'il s'aperçut, avec quelque surprise, de mon absence totale de connaissances mathématiques.

– Comment, cher confrère, me disait-il, pouvez-vous classer des milliers de souvenirs de songes sans employer d'outil mathématique, autre que les opérations ?

Je lui répondis que je n'avais rien à faire des logarithmes, fussent-ils népériens, pourvu que je puisse classer mes songes selon un ordre logique. La qualité d'un rêve ne se mesurait pas...

Leduc m'avait invité récemment. Il habitait rue Saint-Jean, un fort bel appartement, doté d'une magnifique vue sur la Saône. Sa femme, une Alsacienne, secondée de nombreux domestiques, occupait une grande partie de son temps à chasser la poussière et à nettoyer les nombreux instruments de physique qu'il possédait : des alidades, sextants, théodolites, lunettes astronomiques, astrolabes, sphères armillaires, thermomètres et baromètres de toutes sortes dont le cuivre brillait comme de l'or. Monsieur Leduc avait la passion de tout mesurer avec précision. Il me montra les courbes barométriques, thermométriques et pluviométriques des années 1765 à 1777. La courbe de la hauteur de la Saône, mesurée au pont du Change depuis douze ans, la courbe du nombre de pigeons qu'il pouvait compter de la fenêtre de sa chambre dans le jardin de l'Archevêché, entre huit et neuf heures.

Il avait aussi calculé la fréquence de passage des cabriolets et chariots, dans le sens nord-sud et sud-nord, sur le quai. Je ne fus point surpris de constater l'augmentation nord-sud du matin et sud-nord du soir.

– Remarquez les dimanches, me dit-il en me montrant les creux hebdomadaires.

Je lui demandai s'il avait vu quelque rapport entre les différentes courbes.

– Bien sûr, cher confrère, ce sont des lois. Tout est mesurable en ce bas monde. Regardez les jours de pluie, il y a une nette diminution des pigeons et des cabriolets !

– Je suppose que le baromètre baisse en même temps que la Saône monte ?

Il me regarda, sans voir de malice à ma question.

– Regardez encore ces courbes. Même si je ne suis pas naturaliste, je tiens le calendrier de mon sommeil et d'autres événements intimes de ma vie que j'ai secrètement consignés.

Il me montra plusieurs calendriers où il avait rempli en noir ses heures de sommeil. Quelques signes cabalistiques s'y distribuaient, trois à cinq fois par mois. Je pensai que ce physicien ne devait point sacrifier trop souvent à Vénus ! Mais je fus surpris de constater une distribution périodique de son temps de sommeil, d'une durée d'environ trois semaines. Une semaine de sommeil de longue durée, de vingt et une heures à huit heures, alternait progressivement avec une semaine de sommeil très court, de deux à six heures. Leduc me révéla que, pendant ces périodes de sommeil court, il travaillait plus facilement et plus rapidement, tandis que son esprit restait embrumé pendant les périodes de long sommeil.

Il avait remarqué, comme moi, cette périodicité de vingt et un jours mais n'en avait point encore trouvé la cause. Je penchai pour une cause située au sein des humeurs de son organisme. Il me répondit qu'il devait s'agir plutôt du mouvement des astres. Mais quelle qu'en fut la cause, me dit-il, il convient d'obtenir plus de données mesurables concernant le sommeil, et surtout les rêves.

Je lui avais parlé, récemment, à l'Académie, de mon observation sur le gonflement du cerveau de Monsieur Monthieu au cours des songes. Il avait paru tellement intéressé sur le moment que je devinai qu'il m'avait invité pour m'en parler à nouveau. Cependant, Monsieur Leduc ne désirait point aborder ce sujet devant sa femme. L'Académie étant située à quelques minutes de chez lui, nous nous y rendîmes en descendant le quai de la Saône et nous nous assîmes en attendant le début de la séance.

– Mon cher confrère, me dit alors Monsieur Leduc, il suffit de bien poser un problème pour le bien résoudre. Vous avez constaté, m'avez-vous conté, une augmentation de la circulation sanguine du cerveau au cours des songes. Cet afflux de sang entraînait une enflure de la partie cérébrale par un trou du crâne. Connaissant le volume du cerveau, il doit être possible de calculer le volume liquidien, c'est-à-dire, me dit-il en me voyant circonspect, la différence entre le poids du cerveau vivant, ou prélevé immédiatement après la mort, et le poids du cerveau sec ou calciné. Cela devrait nous donner le poids du sang et des humeurs aqueuses. Bien sûr, il nous est possible d'extrapoler à partir des cervelles de lapins. Si l'on admet que le cerveau faisait saillie...

– Hernie, l'interrompis-je.

– Donc faisait hernie, d'un pouce, à travers cet orifice de trois pouces de diamètre. Cela voudrait dire que, dans une cavité fermée, il y a eu augmentation du flux sanguin aux dépens de la masse du cerveau. Je gage que l'augmentation du flux sanguin doit, ainsi, entraîner une augmentation du poids de la tête pendant les songes... Or, reprit-il, la tête étant placée à l'extrémité du corps, vous me suivez bien cher confrère, me dit-il en me voyant sourire, la tête, donc, étant placée à une extrémité, il doit être possible, sinon facile, de déceler cette augmentation de poids en mettant un sujet endormi sur une balance, dont le point d'appui serait situé au point d'équilibre entre la tête et les pieds. Vous devriez ainsi fabriquer un pèse-songes qui vous permettrait de connaître, toutes choses étant proportionnelles, l'intensité des songes...

Je lui répliquai qu'en effet la tentation de peser les variations de l'économie de l'organisme était déjà venue à des savants. Ainsi, Sanctorius, un naturaliste italien, vivant il y a plus de cent ans, avait passé plusieurs années de sa vie sur une balance de son invention ! Il avait pesé, chaque jour, ses *ingesta* et ses *excreta* et avait pu mesurer la perspiration de son corps [1]. Cependant, ajoutai-je, la circulation sanguine du cerveau n'est pas la seule à s'accroître pendant les songes et je lui précisai que l'érection devait, également, s'accompagner d'un accroissement notable de sang artériel, et surtout veineux, qui compenserait peut-être l'accroissement du poids du cerveau sur une balance.

Je n'avais pas beaucoup l'expérience de discussion avec des physiciens.

— Cher confrère et ami, me répondit-il avec un petit sourire condescendant, si je suppose que le point d'équilibre du corps se trouve légèrement au-dessus du fondement, ce que nous vérifierons, c'est-à-dire un peu plus haut que l'organe de la génération, il faudrait admettre que l'augmentation du poids de cet organe soit au moins cinq fois plus grande que celle de la tête, ce qui est absurde. Je tiens donc pour négligeable le facteur de la génération dans nos mesures, car il doit être au moins de dix fois inférieur à la variation du poids de la tête. De toute façon, reprit-il, il nous sera loisible de contrôler ce facteur, au cours de l'éveil, en excitant l'organe de la génération et en équilibrant les poids de mesure que nous placerons sous la balance à peser les songes.

C'était la première fois qu'il disait « nous » en parlant de ce projet. Où voulait-il m'entraîner ?

Je lui rétorquai que cela n'était point chose facile, que

mes expériences sur les songes avaient déjà une certaine odeur de soufre, pour les gens bien-pensants, sans que je n'y ajoute quelque parfum de volupté qui me vaudrait, au minimum, l'opprobre de certains de mes confrères et, au maximum, une lettre de cachet.

— Et les femmes ? interrogea-t-il.

— Les femmes, Monsieur, ne sont point des objets pour ce genre d'expérience. Elles finissent toujours par bavarder et par inventer toutes sortes de détails intimes qui me vaudraient, également, de perdre le peu de réputation scientifique que je tiens à conserver !

Mais mon physicien tenait à construire sa balance à peser les songes et son imagination courait la campagne, plus vite que la mienne qui cherchait des obstacles à ce projet.

— Et les eunuques ? Y avez-vous songé ? *Sublata causa, tollitur effectus.* Pas d'organe de la génération, pas de contrepoids aux songes ?

— ... Il y a plusieurs sortes d'eunuques, Messieurs, si vous le permettez !

C'était notre confrère, Monsieur Théophile de Bordeu [2], Médecin de l'Université de Montpellier et Docteur Régent de la Faculté de Médecine de Paris, qui venait de nous interrompre. Il s'était fait connaître par sa thèse inaugurale « Recherches sur les glandes » et avait été invité par notre Académie pour y faire une conférence sur ses « Recherches sur le pouls ».

— ... J'ai beaucoup étudié cette question autrefois, et vous prie de me pardonner si je vous semble impertinent ou indiscret d'avoir écouté votre conversation. Eunuque signifie homme châtré, c'est-à-dire qu'on lui a enlevé toutes les parties extérieures de la génération. Cette amputation est dangereuse et douloureuse. Les Turcs la pratiquent sur des nègres d'Ethiopie, à qui ils confient la garde de leur sérail. Les castrats n'ont que leurs testicules coupés à l'âge de six ou sept ans, mais la partie qui leur est laissée ne prend qu'un petit accroissement et demeure dans le même état qu'elle était dans leur enfance. Néanmoins, il persiste de l'irritation dans ce qui leur reste et en ont tous les signes extérieurs, quelquefois même plus fréquemment que chez les autres hommes.

— Négligeable, tout à fait négligeable, interrompit Monsieur Leduc. Mettons un centième de l'accroissement du poids de leur cerveau, si nous centrons bien notre balance. Mais pourquoi les Italiens fabriquent-ils des castrats ?

— Parce qu'il y a une correspondance entre la voix et les parties de la génération, correspondance que j'ai étudiée dans mes travaux, bien modestes, Messieurs, à côté des vôtres.

— Comment l'expliquez-vous, Monsieur, lui demandai-je ?

— Vous connaissez sans doute, Monsieur, les travaux de l'illustre Monsieur Ferrein sur le mécanisme de la voix ? Ce célèbre anatomiste l'attribue aux vibrations des bords de la glotte, qui ressemblent à des rubans. La hauteur de la voix, aiguë ou grave, serait proportionnelle à ces rubans, gros ou grêles, de même que les instruments à cordes produisent des sons aigus ou graves selon la différente grandeur des cordes dont ils sont composés.

— Voilà une bien belle démonstration, Monsieur, dit Leduc. Mais pourquoi les castrats ?

— J'ai supposé, Messieurs, que le fluide séminal, qui est préparé dans les testicules à l'âge de la puberté, n'était pas destiné uniquement à servir à la génération, hors de l'individu qui le fournit, mais qu'il pouvait aussi être récupéré dans ses réservoirs par des vaisseaux absorbants. Porté dans la masse des humeurs, il s'unit à la lymphe nourricière à qui il donne ce que j'ai appelé « *l'essence des humeurs* ». Ce fluide rend, ainsi, la texture de toutes les parties de l'économie plus forte. Ainsi, les hommes sont plus forts que les femmes. Cette force s'exerce également sur les bords de la glotte qui deviennent plus épais. Les castrats ne subissent pas de changement de voix à la puberté, celle-ci reste aiguë, comme une voix d'enfant. Ils demeurent faibles comme les femmes, ont un tempérament plus délicat et n'ont point de barbe. C'est de cette observation, *a contrario*, qu'est né le proverbe *vir pilosus, et fortis et luxuriosus*. Les castrats sont fort appréciés dans les chœurs religieux en raison de leur voix féminine, et en raison de l'interdiction de faire chanter des femmes dans les églises. Je dois dire, pour en avoir entendu, que l'avantage de leur voix est contrecarré par beaucoup de désagréments. Ces hommes, qui chantent si bien, n'ont pas de chaleur, ni de passion. Ils sont, sur les théâtres, les plus maussades acteurs du monde et prennent un embonpoint dégoûtant. Leur prononciation est fort mauvaise et il y a même des lettres, telles que le z, qu'ils ne peuvent prononcer du tout. On m'a dit que le Pape, Clément XIV, venait de proscrire cet usage détestable, mais il reste encore beaucoup de castrats qui jouent dans les troupes ambulantes. Il ne devrait pas être bien difficile d'en inviter un à participer à vos savants travaux...

Notre discussion fut alors interrompue par le Président qui annonçait le début de la séance et la conférence de Bordeu. J'étais heureux d'avoir fait connaissance avec un savant aussi connu que Bordeu. Lors de mon voyage à Paris en 1770, Diderot me fit lire, sous le sceau du secret, son manuscrit du *Rêve de d'Alembert*. Il me dit qu'il avait choisi son grand ami Bordeu pour dialoguer avec Mademoiselle de Lespinasse et d'Alembert. Il avait ainsi vengé son ami en le mettant à la place de son ennemi mortel, Bouvart, qui était le médecin de d'Alembert.

Malheureusement, les suites de notre discussion devaient me conduire malgré moi dans une aventure ridicule du fait de la monomanie mathématique de mon savant confrère Leduc. Celui-ci ne tenait pas en place et parvint même à m'entraîner à la fin de la séance, avant que je puisse à nouveau saluer et féliciter Bordeu.

— Cher ami, me dit Leduc fort excité, nous allons inventer une nouvelle science. Celle de peser les songes. Laissez-moi vous dessiner les plans d'une balance très précise et vous en envoyer le devis. Nous la ferons construire à l'Atelier de Physique de l'Observatoire. Vous me conseillerez sur la façon de reconnaître l'apparition des rêves et nous tiendrons ensemble un cahier d'observations que nous pourrons publier.

Je lui fis observer qu'il nous fallait d'abord trouver quelque argent pour fabriquer cette balance et que je ne disposais point d'une telle somme. Leduc haussa les épaules.

— Faites-moi confiance, cher confrère, si cette balance peut peser les songes, elle sera une source inépuisable d'écus. Qui refuserait de faire peser ses songes et d'en devenir le champion ou la championne ?

Je le quittai, soucieux, puis distrait et enfin j'oubliai ce mathématicien pour regagner ma Dombes. Je connaissais trop la difficulté à poursuivre de telles expériences pour imaginer que Leduc pût continuer sur cette voie.

Deux mois plus tard, au mois de juin 1776, je reçus de mon confrère le plan détaillé ainsi que le devis d'un pèse-songes. Le prix m'en parut astronomique. Je ne répondis point à sa lettre. Quelle ne fut pas ma surprise lorsque je reçus, au mois d'octobre 1776, envoyé par quelque anonyme correspondant, le libelle suivant sur lequel on pouvait lire, imprimé en gros caractères :

La santé par les songes — Faites peser vos songes

Par le Professeur Leduc
Illustre Académicien de l'Académie des Sciences, Belles-Lettres et Arts de Lyon,
Membre et Correspondant de plusieurs Académies Etrangères.

Des découvertes récentes, et encore inédites, d'Académiciens lyonnais viennent de démontrer que les songes apparaissent quatre ou cinq fois au cours du sommeil nocturne. Le songe s'accompagne d'une augmentation de la circulation sanguine du cerveau. Grâce à une invention prodigieuse, le Professeur Leduc a construit la première balance à peser les songes au cours du sommeil. Des observations scientifiques ont depuis prouvé qu'une bonne santé s'accompagnait d'une augmentation du poids du cerveau au cours des songes, tandis que l'absence d'augmentation témoignait d'une mauvaise santé, provoquée par de méchantes humeurs. Venez dormir une nuit sur la balance pèse-songes du Professeur Leduc à l'adresse suivante : 5, rue Saint-Jean à Lyon.
Vous pourrez ainsi connaître le poids de vos songes et apprendre, si cela est nécessaire, à retrouver une bonne santé en vous exerçant à augmenter la force sanguine de votre cerveau au cours de vos songes.
Le prix de cet examen n'est que de 10 livres pour les hommes et de 8 livres pour les femmes.

Quelle suite devais-je donner à cette plaisanterie, sinon à cette escroquerie ? Je n'avais point demandé de brevet pour la découverte de l'augmentation de la circulation cérébrale au cours des songes et Leduc devait avoir protégé l'idée de sa balance par des hommes de loi. Il me ridiculisait, sans citer mon nom. Comment Leduc pouvait-il reconnaître l'instant des songes ? J'étais sûr que ce pèse-songes ne pesait que des artifices inventés par Leduc car il devait être facile, par le jeu des vis à corriger le point d'équilibre, de faire apparaître des oscillations au cours du sommeil.

Cependant, cette affaire m'apprit une leçon. Il me fallait rapidement publier toutes mes observations. Sans doute, avais-je confiance en Charles Bonnet. C'était un honnête homme, même si je ne lui avais pas pardonné sa lettre, et il n'avait aucun bénéfice à faire connaître ou à s'attribuer mes découvertes qui, bien qu'il s'en défendît, projetaient quelques ombres sur sa théorie. Cependant, si l'invention de Leduc dépassait la ville de Lyon, il serait facile à d'autres naturalistes de refaire quelques expériences et de les publier en me privant d'une priorité que mon isolement dans la Dombes et quelque fatalisme de ma nature m'empêchaient de vouloir défendre avec énergie. De plus, mes recherches infructueuses sur les mécanismes des songes me faisaient repousser chaque fois la rédaction d'un mémoire que j'espérais définitif : *La Nature des Rêves enfin dévoilée* ! Je décidai alors de rassembler mes documents avec l'aide de Béatrix afin d'en faire un long article que j'enverrais à l'Académie des Sciences de Berlin. Les liens que j'avais liés autrefois avec Frédéric II de Prusse m'autorisaient à lui soumettre ce manuscrit.

CHAPITRE XX

Les jeux de dés
et Albrecht von Haller

VINGT ET UN DÉCEMBRE 1776... Décembre aux tisons ! Le printemps avait été chaud et ensoleillé, nous attendions donc un hiver froid. Il le fut plus que de coutume. Surtout dans ce château, impossible à chauffer. Ma femme s'était réfugiée à Lyon chez sa mère, dans le quartier d'Ainay, car elle déteste le brouillard glacé qui monte de l'étang. Il ne restait que deux pièces bien chaudes : la cuisine, où un grand feu de tourbe brûlait jour et nuit, et mon bureau. Sa grande cheminée pouvait accueillir de gros troncs de chêne ou d'acacia et la lumière des flammes illuminait ma bibliothèque à la tombée du jour.

Ce soir-là, j'essayais de résumer mes observations sur l'histoire naturelle des rêves pour l'article destiné à l'Académie de Berlin. Selon son habitude, Béatrix, qui demeurait maintenant avec moi, était accroupie sur le tapis, devant la cheminée. Je la voyais un peu triste depuis le début de la soirée, plongée dans la lecture des livres de physiologie de von Haller. Elle resta un moment immobile, puis s'approcha en rampant vers moi. Je fis semblant de ne pas remarquer son jeu. Se glissant derrière mon siège, elle me pinça très fort le tendon d'Achille de la jambe droite. Je sursautai.

– Béatrix, tu me fais mal. Quelle idée as-tu ?

– Mon cher, je poursuis les expériences de Monsieur Albrecht von Haller [1]. Tu n'es pas comme les chiens et les chats qu'il a opérés. Tu ne devrais rien sentir. Le tendon d'Achille est insensible. Je viens de lire le premier tome de ses protocoles expérimentaux. Monsieur de Haller a démontré que les tendons, comme la dure-mère, le périoste et la plèvre, étaient sans sensibilité. Veux-tu que je te lise quelques lignes, au hasard, des travaux de ces physiologistes allemands, italiens, anglais et même français ? Tu verras que tes expériences sur les rêves ne sont rien à côté des leurs. Pourquoi n'irions-nous pas à Berne, au printemps, visiter ce prince de la physiologie ? Tu ne m'emmènes presque jamais avec toi. Je suis ton élève après tout, même si tu ne fais pas confiance à mes observations sur les oiseaux ! Tu verras comme Monsieur de Haller est gentil avec ses élèves. Veux-tu d'abord que je te lise ce qu'il écrit sur les songes ?

Elle prit le plus gros volume où elle avait fait une marque avec un papier.

« *L'imagination a lieu toutes les fois qu'à l'occasion de quelque espèce qui est en dépôt dans quelque partie du cerveau, il s'excite dans l'âme les mêmes pensées que celles qui seraient produites si le nerf sensible souffrait le changement qui a fait naître cette espèce. Cette définition est confirmée par l'exemple de la fantaisie, par les délires et par les songes pendant lesquels il se produit dans l'âme, à l'occasion des espèces conservées dans le cerveau, des pensées qui sont les mêmes que celles qui ont été produites en premier lieu par les changements que les objets extérieurs ont occasionnés sur le nerf de la sensation. Bien plus, l'attention, le repos, l'absence des autres objets, font qu'on obtient de l'âme un consentement plus fort à l'occasion de ces espèces imprimées dans le cerveau, que par les perceptions que les objets*

*externes produisent sur l'âme. Car la volonté est beaucoup plus
déterminée dans les songes que dans les veilles, et certains muscles
font dans les songes des efforts dont ils ne seraient pas capables
dans la veille. »*

– Qu'en dites-vous, monsieur le naturaliste, ajouta Béatrix ?

– Ma chère élève, j'en dis deux choses. La première partie
de son discours n'est que la traduction, en mauvais langage
philosophique, de l'adage bien connu, qui à travers Locke
doit remonter à Lucrèce : *nihil est in intellectu somniorum
quod non fuerit prior in sensu.* Et, puisqu'il parle d'espèce
excitant l'âme, j'ajouterai, comme Leibniz : *nisi ipse intellectus.* Par contre, je ne partage pas l'avis de Monsieur de
Haller concernant la volonté. Tu sais, aussi bien que moi,
que les muscles au cours des songes ne font pas d'effort et
qu'ils sont plus au repos qu'au cours du repos le plus
complet.

– Pourquoi n'écrirais-tu pas à Monsieur de Haller, insista
Béatrix ? Je veux aller à Berne voir ce Monsieur et travailler
avec lui. Ecoute encore ce qu'il écrit sur le sommeil :

*« ... le sommeil est une suite naturelle de la veille et du
travail. En effet, pendant la veille le sang change son caractère
doux et balsamique en pourriture alcaline... C'est là pourquoi
non seulement le corps s'affaiblit et se fatigue, mais encore les
trop longues veilles causent une certaine ardeur de fièvre, l'acri-
monie des humeurs et enfin l'accablement... »* Qu'en penses-tu ?

– Ma chère Béatrix, je ne peux qu'approuver ce qu'écrit
Haller. Il constate. Sans doute, quelque chose change nos
humeurs dans la veille prolongée. Pourriture alcaline ? Pourquoi pas ! Il y a tellement de portes qui ouvrent le sommeil
qu'elles doivent toutes s'ouvrir sur un ultime vestibule caché
qui contient seul le secret du sommeil. Béatrix, pourquoi

ne t'endors-tu pas en novembre après un repas arrosé du vin de Beaujolais nouveau, et pourquoi dors-tu en été avec du Beaujolais plus vieux ? Pourquoi t'endors-tu en lisant un livre ennuyeux, ou en m'écoutant palabrer sans fin sur la cause des songes ? Ne secoue pas la tête, je t'ai vue ! Pourquoi t'endors-tu si tu as trop longtemps veillé à observer un lapin ? Pourquoi t'endors-tu même le matin en diligence ? Pourquoi t'endors-tu au soleil de l'été, toute nue sur le pré, dès le début de l'après-midi ? Pourquoi t'endors-tu dès la fin du repas du soir, à certains moments de ton cycle lunaire ? Pourquoi t'endors-tu si tu bois du vin de Champagne ? Mais pourquoi ne t'endors-tu pas après avoir fait l'amour ? Les causes du sommeil sont si nombreuses qu'elles dépassent l'entendement. Cependant, je crois, comme Aristote, que s'il y a beaucoup de causes occasionnelles, il n'y a qu'une cause proximale au sommeil et que cette cause doit être si cachée au sein des humeurs du cerveau, et peut-être du sang, qu'il ne nous est pas possible de la deviner encore. Toutefois, chacun trouve une cause au sommeil. L'esprit de l'homme ne peut pas appréhender les causes du sommeil dans leur complexité, mais le désir de trouver des causes est inné et fait partie intégrante de l'âme humaine. Ainsi, sans considérer la multiplicité et la complexité des conditions, dont chacune apparaît être la cause, l'homme s'arrête à la première cause qui lui semble intelligible et s'écrie : *voilà la cause du sommeil*.

— Mon cher naturaliste, je tombais de sommeil et me voilà fort éveillée, me répondit Béatrix.

— C'est qu'il fait plus froid. Allez donc remettre, élève Béatrix, une grande bûche dans la cheminée, lui dis-je. Tu vois, Béatrix, ajoutai-je, les portes du sommeil s'étaient ouvertes sur le vestibule de ton sommeil, y laissant entrer toutes les causes dormitives. Est-ce le froid ? Sont-ce tes sens qui ont retenu fermée la dernière porte, celle du vestibule ? Et maintenant, tu n'as plus sommeil, pourquoi ?

– Parce que certaines forces, en retenant fermée la dernière porte de ce vestibule, ont fait fuir ces humeurs dormitives dans un puits, me répondit-elle.

– Ce n'est pas si simple. Essaie de veiller très longtemps, même avec des boissons excitantes, du café ou du thé, combien de temps crois-tu que tu pourras tenir la dernière porte fermée ?

– Trois jours et deux nuits. J'ai déjà essayé. T'en souviens-tu ? me demanda-t-elle en faisant allusion au début de notre liaison, où nous avions de façon un peu folle associé le plaisir et la surveillance des songes des lapins.

– Trois jours et deux nuits ! mais les portes du sommeil, ouvrant sur le dernier vestibule, étaient restées ouvertes à l'inondation des humeurs dormitives, puisque lorsque nous ne pûmes plus rester éveillés, nous dormîmes si longtemps et si profondément, comme les lapins après trois jours de sauvagine. Il faut donc supposer que les humeurs dormitives s'accumulent dans le dernier vestibule et qu'elles ne s'écoulent pas dans un puits. Rien ne se perd. Chaque minute d'éveil doit se payer en sommeil et en songe.

Je réveillai le feu avec une grosse bûche. Béatrix s'assit devant le foyer.

– Tu m'as dit le comment du sommeil, mais pas le pourquoi.

– Le pourquoi ? Les causes finales du sommeil ? Je ne sais pas. Notre cerveau, ou notre corps, est ainsi fait qu'il ne peut se passer de sommeil. Je pourrais te répondre que c'est comme un instinct, quelque chose d'inné qui fait partie de notre machine cérébrale. Mais ce n'est pas une réponse de naturaliste. Lorsque nous connaîtrons le comment, peut-être connaîtrons-nous le pourquoi, mais ce n'est pas sûr.

— Tu vois, me dit Béatrix, cette fois-ci, encore, je n'ai pas sommeil. Je ne dormirai pas tant que tu ne m'auras pas enseigné tous les pourquoi du sommeil.

— Il n'y a qu'un pourquoi !

— Alors il y a beaucoup de petits comment qui arrivent sur une cause finale qui déclenche le sommeil avec un seul pourquoi.

— Non, la cause finale est le pourquoi. Nous autres naturalistes devons laisser le pourquoi aux philosophes, car ils étudient cela dans des livres qui sont placés sur leur bibliothèque, après ceux de la physique. C'est pourquoi on appelle cette discipline la métaphysique.

— Savoir pourquoi l'on dort est comme l'existence de Dieu, me dit Béatrix en se levant. Il y a du vent froid qui passe sous ta porte.

— Pourquoi as-tu froid ?

— Parce qu'il y a du vent froid.

— Pourquoi ce tapis n'a-t-il pas froid ?

— Parce qu'il ne sait pas. Un tapis n'est pas sur la liste des organes que Monsieur de Haller décrit comme ayant de la sensibilité ou de l'irritabilité.

— Béatrix, pourquoi ressens-tu le froid ?

— Parce que ma peau est sensible au froid.

— Pourquoi ta peau est-elle sensible au froid et non pas à la lumière de la lune ?

— Parce que si je n'étais pas sensible au froid, je pourrais geler et mourir !

— Pourquoi donc ta peau contient-elle des esprits animaux qui sont excités par le froid ?

— Parce que tous les animaux sont sensibles au froid.

— Pourquoi ?

— Parce que Dieu l'a voulu ainsi, sacré naturaliste ! J'ai sommeil. Viens, rentrons dans notre glacière !

Le lendemain, lorsque nous nous levâmes, le brouillard avait envahi notre horizon. Il n'était même plus possible de distinguer l'étang qui cernait le château du ciel gris envahi de brouillard. Aucune lueur n'annonçait le soleil vers le Levant. Nous n'entendions pas un cri d'oiseau, même pas le bruit d'un saut de carpe dans l'eau. Béatrix restait silencieuse. Elle avait retrouvé cet air de tristesse que j'avais déjà remarqué.

— Je vais continuer à lire les livres de Monsieur de Haller. Si le soleil se montre avant midi, me promets-tu de lui écrire et de m'emmener à Berne, me dit-elle ?

— Et si le soleil ne se montre pas ? Il n'y a pas de vent et il fait si froid.

— Alors j'irai toute seule à Berne, travailler avec ce prince de l'économie animale. Tu m'as assez répété que j'étais une élève ! Il me faut donc aller apprendre dans d'autres laboratoires !

La mauvaise humeur de Béatrix m'intriguait. Je fis semblant de prendre ce pari au sérieux et lui fis remarquer qu'il n'était pas équitable puisque, que le soleil se levât ou non, elle me quitterait pour aller à Berne !

Il était neuf heures trente et le brouillard était presque toujours aussi gris et épais. Je proposai alors, par jeu, à Béatrix le pari suivant : ou bien le soleil se levait avant midi et alors elle pourrait mener ses expériences sur la privation de sommeil chez des poules ou des canards et, qui sait, peut-être m'obliger à y admettre quelques signes de rêve ? Ou bien le soleil restait complètement caché derrière le brouillard à midi, alors je promettais d'écrire une lettre à von Haller pour lui demander d'accueillir Béatrix comme aide-anatomiste.

– Que veux-tu dire par soleil complètement caché ? me répondit-elle avec un curieux sourire. Il fera jour et tu pourras toujours me dire que c'est à cause du soleil !

Je compris alors brusquement que Béatrix voulait vraiment me quitter et qu'il ne s'agissait pas d'un jeu. Je restai longtemps silencieux à jouer avec ma canne-épée sur le plancher. J'aimais Béatrix sans le lui avoir avoué mais je la traitais toujours, par plaisanterie, comme une élève. Sans doute ce manège lui était-il devenu insupportable, surtout depuis l'histoire des oiseaux qu'elle ne m'avait pas pardonnée. En outre, Béatrix était quasiment prisonnière du château car nous sortions rarement ensemble pour ne pas renouveler de rencontre comme celle du fauconnier à Paris. Je ne savais si Béatrix connaissait ma liaison avec M... car jusqu'à l'année dernière elle rentrait chez sa mère avant mes absences nocturnes. Mais Madame Monthieu était morte il y a huit mois en laissant en héritage à Béatrix, qui était sa fille unique, une assez grande fortune pour qu'elle puisse vivre de façon indépendante. Je remettais toujours à plus tard une décision qu'il me fallait bien prendre : ou bien garder Béatrix avec moi pour que sa jeunesse et sa gaieté éclairent ce vieux château cet hiver, puisque l'été, nous devrions rendre notre liaison moins voyante si ma femme revenait vivre ici, ou bien nous séparer. Son désir d'aller chez Haller était compréhensible, mais Haller était déjà bien âgé et malade, Béatrix n'achèverait pas ses travaux avant longtemps.

Finalement, je pris le parti de laisser le hasard décider de notre destin et je proposai à Béatrix les trois paris suivants.

J'étais presque sûr de les gagner car il était rare que le soleil ne se levât pas avant midi :

— Béatrix, lui dis-je, si à midi il y a un grand soleil, tu me promets de rester avec moi et je te promets de te laisser libre d'observer ce que tu veux sur nos oiseaux.

— Grand soleil, c'est-à-dire qu'on peut le voir à travers les paupières fermées et qu'on en ressent la chaleur ? D'accord. Et si le soleil ne se lève pas ?

— Alors, Béatrix, on jouera aux dés notre destin tous les quatre.

— Quatre ? Nous ne sommes que deux !

— Non ! Il y a « ce » qui te rêve et « ce » qui me rêve et il y a ce que « tu » veux et ce que « je » veux. Je te propose donc les gageures suivantes : attendons midi. S'il n'y a pas de soleil, tu gagnes un point, ensuite jouons aux dés. D'abord jouons nos « ce ». Si tu gagnes, encore un point pour toi et, enfin, jouons nos « je ». Tu peux gagner trois points, ou deux points, et partir à Berne.

L'horloge sonna dix heures. Le brouillard était encore plus épais et aucun vent ne se levait. Béatrix ouvrit la fenêtre qui donnait sur l'étang du Château. Elle respira longuement l'air humide. Née dans la Dombes, elle devinait le temps qu'il ferait avec l'instinct de ses ancêtres dombistes. Elle savait reconnaître l'arrivée du soleil aux petits cris des oiseaux et aux premières rides de l'eau sous la brise alors que le silence de l'étang sans sauts de carpe et d'autres signes imperceptibles lui permettaient de savoir que le brouillard serait encore là à midi. Béatrix referma la fenêtre.

— Mon cher Professeur, écrivons nos règlements sur un papier. Ce sera notre pacte. « Pas de soleil » égale un point pour moi. Si je gagne le pari des « ce », encore un point pour aller à Berne. Même si tu gagnes le pari des « je », cela fera deux contre un et je partirai. D'accord ?

– D'accord, lui répondis-je.

Nous écrivîmes l'enjeu des paris, que nous signâmes par les empreintes de notre index droit, trempé dans de la cendre mouillée, au bas du pacte.

Béatrix surveillait l'horloge et alla poser mon chronomètre sur la table. Elle semblait craindre que je n'arrêtasse l'horloge.

– Béatrix, je devine ce que ton « ce » te dit secrètement, lui dis-je.

– Moi aussi, me répondit-elle. Entre mon « ce » et mon « je », j'aimerais enfin savoir ce que c'est d'être libre !

Elle fit semblant de se remettre à lire un gros livre de von Haller. Je pensai que nos choix devaient s'orienter selon deux chemins. Le choix de Béatrix, sa liberté, pouvaient être guidés par ses rêves ou par ce qui la rêvait, probablement à travers les germes de tous ses ancêtres. Ou bien sa liberté viendrait d'une décision clairement réfléchie. Etait-ce possible ? N'était-il pas mieux de laisser le hasard l'orienter entre une voie que je décidai de baptiser « onirotrope » et une autre voie qui serait « égotrope ». Le destin de Béatrix était-il commandé par ce que Platner appelait *Unbewußtsein* et que Bonnet m'avait traduit par « inconscience » ?

De mon côté, je savais par mes souvenirs de rêves, par certains gestes que j'exécutais sans y penser, qu'à la fois mon « ce » et mon « je » tenaient à garder Béatrix et c'est pour cela que j'avais essayé de mettre toutes les chances de mon côté avec les jeux de dés. Il me fallait seulement admettre que mon « je » était devenu trop fier pour que je la priasse de rester avec moi. Je lui avais si souvent enseigné que nous étions trop libres, surtout si nous connaissions la cause de nos actions, pour la contraindre.

Je pensai enfin que notre choix, qui serait guidé par le soleil (une force cosmique) et par le brouillard (une autre force aquatique, à la fois étrange, impalpable et fugace), me serait favorable. L'horloge sonna onze heures, dans une salle de plus en plus obscure. Béatrix me montra le livre de von Haller.

— Tu sais, me dit-elle, Haller utilise des étincelles électriques pour exciter les tendons ! Regarde les lettres qu'il a reçues de Fontana, de Caldani, de Cijura et de Verna. Haller reçoit des lettres des naturalistes de toute l'Europe et toi tu restes isolé dans ton château, à chercher la cause finale des songes, sans même tenir compte de mes observations ! Il était presque onze heures et demie. Le brouillard devenait encore plus épais. Nous laissâmes le feu s'éteindre. Je savais que Béatrix allait gagner le premier pari et je commençai à ranger des livres dans ma bibliothèque. Mon désarroi me rendit tellement maladroit que j'en fis tomber toute une rangée. Béatrix, sans doute prise de quelque pitié, m'aida à remettre les livres en place.

— ... Tu sais, me dit-elle, Berne n'est pas si loin et si je ne me plais pas avec ces coupeurs de tendons, je reviendrai vers toi...

— Ton séjour chez Haller sera vite connu et va faire jaser les Suisses. Haller va écrire à Charles Bonnet qui lui conseillera de te garder. Ce vieil oviste aveugle ! Il sera trop content de me savoir seul !

— Tu ne lui as pas pardonné sa lettre ! Et si tu lui avais écrit que les oiseaux rêvaient ?

— Et les couleuvres, et pourquoi pas les grenouilles ou les carpes ! me surpris-je à crier. Ecoute, Béatrix, même si mon « ce » et mon « je » tiennent beaucoup à toi, ils aiment encore

mieux la vérité. Crois-tu que je la déguiserais pour te garder ?
J'étais devenu rouge, presque en colère.

Alors les douze coups de midi retentirent. Béatrix se leva
et ouvrit brusquement la fenêtre du sud. Un brouillard froid
envahit mon bureau.

— Regardez bien, mon cher Maître, voyez-vous quelque
reflet de l'astre solaire qui puisse venir calmer votre cour-
roux ?

— Tu as gagné ce premier pari. Je suis beau joueur. Il
nous faut donc jouer aux dés.

Béatrix alla chercher deux dés sur la table où nous jouions
quelquefois le soir.

— Qui commence ? demanda-t-elle.

— Il faut le jouer.

— Et qui jouera en premier ?

Béatrix tira un trois et un six, je tirai un trois et un deux.

— C'est à toi de jouer, Béatrix.

Ce jeu, qui choisirait notre destin, commençait à me
fasciner et j'avais retrouvé mon calme. Béatrix secoua longuement les dés entre ses mains.

— C'est mon « ce » qui va décider. Encore un trois et un
six.

Je laissai de mon côté les dés rouler de ma main.

— Deux et deux. Tu as gagné, Béatrix, et j'ai perdu.

— Non, il faut aller jusqu'au bout ! Il faut jouer pour nos
« je ». A toi de tirer en premier.

— Alors si je tire un double six, on recommence tout !

Béatrix haussa les épaules.

— On ne change pas le règlement. C'est comme avec les
oiseaux !

Je tirai un neuf (quatre et cinq). Béatrix lança les dés.
Encore six et trois.

– On recommence si tu veux ?

Elle tira alors un sept (quatre et trois) et je lançai enfin les dés pour la dernière fois en la regardant avec un pauvre sourire. Deux et un....

– J'accepte la victoire, dis-je à Béatrix. Je sais que vous voulez partir, toi et ce qui te rêve. Je vais écrire à von Haller que tu partiras au début du mois de janvier.

Béatrix me quitta pour gagner sa maison. Elle remonta bien vite l'escalier pour me crier :

– Le soleil se lève ! avant de disparaître à nouveau.

C'est dans la brillante clarté d'un magnifique soleil de décembre au milieu d'un ciel bleu débarrassé des derniers lambeaux de brouillard que j'écrivis alors une longue lettre de recommandation à Albrecht von Haller. Je m'étonnais du calme et du soulagement que je ressentais, puisque c'était le hasard qui l'avait décidé. Etait-ce de la lâcheté ? Je ne me sentais pas responsable de ce qui arrivait. J'essayai alors de comprendre ce que pouvait être la liberté de mon cerveau. La première condition, pensais-je, est que l'homme sache quelle noblesse et quel fardeau il porte en ce qui concerne son destin...

Béatrix rentra avec la nuit. Sa liberté nouvelle lui avait rendu le sourire. Elle me persuada d'aller chercher du vin de Champagne pour trinquer à sa nouvelle vie. Elle voulait même que je commence à lui apprendre des mots allemands...

Plus tard, je regardai Béatrix dormir à côté de moi. Je pensai que notre partie de dés avait décidé d'une épreuve qu'il nous fallait endurer. Se connaître à travers une partie de dés ? Il m'eût fallu connaître ses rêves, que Béatrix me celait, pour savoir à quel moment le fleuve souterrain de ses songes l'avait engagée à me quitter ou, sans doute, à goûter pour la première fois une certaine liberté. Aurais-je pu alors agir sur ses songes ? Aurais-je su les supprimer pour pouvoir la mieux influencer ? Existerait-il un jour une drogue qui fût capable de supprimer les rêves ? Alors, il n'y aurait sans doute plus de « ce », seulement l'empreinte de la société sur la *tabula rasa* du cerveau. Mais celui qui déciderait d'agir sur la matière cérébrale des autres, celui-là garderait son *Unbewußtsein*. Et si cette inconscience portait en elle de méchants instincts ?

CHAPITRE XXI

Le *loup-garou*
et les dauphins

SIX NOVEMBRE 1778... Cette nuit de novembre, au café du
Jura, rue Tupin, où je me rendais chaque semaine depuis
le départ de Béatrix, la discussion sur la nature des songes
s'était enlisée dans les problèmes des rapports de l'âme avec
le cerveau. Il m'apparut impossible de faire comprendre à
mes amis du Cercle des Curieux de la Nature qu'une approche
expérimentale m'était maintenant possible, puisque j'avais
la possibilité d'essayer de nombreuses drogues chez le lapin.
Si le laudanum, bien qu'il augmentât le sommeil, supprimait
les songes, comme je venais de le constater, c'est que les
songes n'appartenaient pas au sommeil...

Mes propos n'attirèrent aucune réponse, car l'attention de
mes confrères fut attirée par des membres de l'Académie
des Sciences, Belles Lettres et Arts qui venaient d'arriver.
Mon ami F... me présenta à Monsieur B..., un illustre
botaniste. Il devait avoir la quarantaine. Il était petit, chauve,
et portait avec élégance une redingote brune sur laquelle je
remarquai la Croix de Saint-Louis. Notre conversation nous
amena, rapidement, sur les vertus respectives du café et du
thé. Monsieur B... me confia qu'il croyait que les vertus
roboratives de ces deux plantes étaient différentes. Il craignait

le tanin contenu dans le thé noir et me démontra qu'une goutte de citron pouvait éclaircir la couleur d'une tasse de thé. Il pensait que les vertus acides du citron se composaient avec les principes colorants du thé et les dissolvaient. Certains membres de l'Académie des Sciences de Paris (il ne me dit pas lesquels...) lui avaient objecté qu'au lieu d'une dissolution, il devait s'agir d'une précipitation. Il rajouta qu'il avait fait de nombreuses expériences de filtration et qu'il n'avait jamais trouvé trace de précipités, même les plus subtils. Puis B... me quitta fort courtoisement pour aller s'entretenir avec un jeune élève de Monsieur de Jussieu qui désirait lui présenter une nouvelle espèce de fougère. Je le perdis de vue dans la fumée des pipes, des cigares et des chandelles qui obscurcissait l'atmosphère.

Il revint bientôt s'asseoir à ma table en me demandant, fort poliment, si la place qu'il venait de quitter était libre. Je lui demandai alors si la coutume des Anglais de mettre du lait dans leur thé ne pouvait point s'expliquer par le même dessein. Le lait ne pouvait-il pas, également, attirer à lui certains principes de coloration du thé ? Il me regardait en souriant sans me répondre. Je fus surpris de voir qu'il n'avait plus la Croix de Saint-Louis sur sa redingote. Il hocha la tête à nouveau :

– Vous me faites une question, Monsieur, qui est destinée sans doute à mon frère et je n'y peux répondre.

Voyant mon étonnement, il ajouta :

– Je m'appelle Julien B... et je suis le frère jumeau d'Auguste B... Il est botaniste. Je le suis aussi, mais je vis à Paris où je travaille au Jardin du Roy. Je suis venu visiter mon frère jumeau. Depuis notre naissance, personne n'a jamais pu nous distinguer l'un de l'autre, sauf notre mère.

Julien B..., de Paris, ressemblait en effet de façon si

parfaite à son frère que lorsque je les vis ensemble, quelques minutes plus tard, rien ne les distinguait, que l'absence de la Croix de Saint-Louis chez le Parisien. Ils devaient mettre quelque coquetterie à se vêtir mêmement.

J'avais longuement réfléchi au sujet des vrais jumeaux, issus du même germe. Les frères B... avaient été élevés ensemble dans leur famille et étudié dans le même collège de jésuites. Ils ne s'étaient quittés qu'à vingt-cinq ans. Ainsi, la ressemblance de leur tempérament pouvait être due à ce qu'ils aient grandi et appris dans le même milieu. Il en est ainsi des frères non jumeaux quelquefois, comme dans la famille de Bach ou des Bernouilli, ces illustres musiciens et mathématiciens.

Je ne connaissais que depuis trop peu longtemps les frères B... pour oser leur demander quelques traits concernant leur personnalité, leur sommeil ou leurs rêves. Cependant, comme l'heure avançait et que beaucoup de confrères nous avaient déjà quittés, les frères B... me confièrent que leur mère habitait près de la rue Tupin, vers la place des Terreaux, et qu'ils allaient rejoindre sa maison. Nous sortîmes ensemble. Le brouillard, qui s'était abattu sur Lyon dans la soirée, était si humide et froid que je frissonnai. Il était, également, si intense que nous ne pouvions distinguer l'autre côté de la rue. Arrivés au coin de la rue Tupin, je pris congé des jumeaux, car ils devaient tourner à droite, tandis que je devais tourner sur la gauche pour me rendre rue Mercière, chez M... qui m'attendait. C'est à ce moment-là qu'Auguste B..., le Lyonnais, interrogea son frère jumeau :

— Tu te souviens, Julien, de cette vieille maison qui est située au coin de la rue Tupin ?

— Oui, répondit-il, il y avait autrefois une vieille femme,

avec une allure de sorcière, qui nous faisait peur quand nous allions au collège.

– J'y ai souvent rêvé depuis, reprit le Lyonnais.

– Moi aussi, répondit le Parisien. Mes rêves sont toujours les mêmes : je songe qu'elle ferme la porte...

– Qu'elle ferme la porte sur nous et en ouvre une autre dans le fond du corridor pour faire sortir...

– Pour faire sortir des milliers de chats...

– Des milliers de chats noirs qui nous assaillent...

– C'est curieux dit le Parisien, nous n'avions jamais évoqué ce songe jusqu'à ce jour !

Ainsi, ces deux frères jumeaux pouvaient avoir exactement les mêmes souvenirs de songes [1] ! Je les remerciai de ce renseignement précieux, qu'ils venaient de me céder si gratuitement et que je n'aurais jamais osé leur demander. Nous reprîmes alors congé, définitivement, et je les vis s'enfoncer rapidement dans le brouillard et la nuit, martelant le trottoir du même pas.

C'est à tâtons, en effleurant les murs, que j'arrivai à un croisement. Etait-ce déjà la rue Mercière ? Je devais alors tourner à gauche mais je n'apercevais pas l'entrée de la rue. Je mis le bras devant moi, en essayant de m'orienter. J'entendis le grincement d'un cabriolet qui croisait la rue derrière moi, sans pouvoir en apercevoir la chandelle. Je perçus enfin, à l'ombre encore plus noire et à l'écho de mes pas, que je pénétrais dans une rue plus étroite. Je décidai alors de suivre les murs du côté gauche en repérant chaque entrée par leur enfoncement avec ma main gauche. J'espérais ainsi reconnaître le heurtoir, en forme de tête d'angelot, qui se trouvait sur la porte de la maison de M... C'est en fouillant à tâtons, dans une encoignure de porte, que je touchai, à hauteur de mon épaule, une chose énorme, velue et poilue, qui me souffla une haleine chaude sur la main.

Je fus tellement surpris et effrayé que je fis un pas en arrière et portai la main à ma dague, que je porte toujours sur moi lorsque je sors le soir dans Lyon. Ce n'était pas un chien car il était trop grand. Je tenais entre mes doigts quelque chose comme une fourrure, ou des cheveux, et je sentis au-dessous comme une bouche qui s'ouvrait, une langue et des dents, puis des étoffes, comme un col et un habit. La chose grognait. J'essayai de fuir mais la chose me retint par mon habit.

— Halte-là ! criai-je.

J'avais peur. Je pensai frapper la chose d'un coup de dague, de bas en haut, mais où dans cette obscurité ? La chose dut se redresser, car ma main gauche abandonna la forêt de poils de sa face en glissant sur une fourrure soyeuse au niveau de ce que je pensais être le cou.

— Si tu ne parles pas, je te tue. Qui es-tu ? criai-je à nouveau.

La chose me répondit avec une voix très grave :

— Je suis l'homme-chien. Ne me tuez pas, Monsieur, ayez pitié de moi ! Je viens de me sauver de ma cage.

— Allons donc, drôle, tu es un tire-laine déguisé. Sauve-toi ou je te tue.

— Ne me tuez pas, Monsieur, je vous en prie, allons vers la lumière, vous verrez qui je suis. J'ai faim et j'ai froid. Si on me trouve, on m'enfermera à nouveau...

Je fis quelques pas en arrière et m'enfuis à tâtons. Il m'était impossible de savoir si cette créature me suivait dans ce brouillard. Heureusement, j'aperçus les trois fenêtres que M... avait illuminées de toutes ses bougies. Je montai rapidement à l'étage et frappai à sa porte selon le code

convenu. M... vint m'ouvrir, en tenant son grand bougeoir.
Elle poussa un cri horrible en ouvrant la porte :

– Un loup-ga'ou est de''iè'e toi !

Elle voulut refermer la porte mais j'avançai un pied pour
l'en empêcher et m'emparai de son bougeoir. La créature
m'avait suivi silencieusement. C'était bien un homme-chien,
aussi grand que moi, la figure entièrement recouverte de
longs poils bruns et noirs qui ne laissaient apparaître que la
fente profonde de ses yeux foncés et une grande bouche. Ses
cheveux noirs, bien peignés, retombaient sur ses épaules et
une immense barbe noire descendait sur un gilet, d'assez
bonne apparence. Les poils de sa fourrure recouvraient également son nez et ses poignets. Je l'examinai plus attentivement. Il était immobile, la tête penchée en avant. Ses
yeux n'étaient pas sauvages mais intelligents. Son costume
propre, bien que léger pour la saison.

– Je suis un velu et mon nom est Boris. Je suis russe.
On me promène dans une grande cage pour me montrer
dans les foires, avec les sœurs siamoises et d'autres monstres !
Ce soir je me suis enfui. Mon père était gentilhomme à la
Cour de sa Majesté Elizabeth. Ma mère descendait des
Ambras, des velus originaires d'Autriche, il y a cent ans. Je
suis un homme, Monsieur, et vous prie de m'accorder quelque
pitié pour la souffrance que j'endure et de me procurer un
refuge [2].

Il ouvrit toutes grandes ses deux mains, qui étaient
blanches, si bien soignées qu'elles étaient la seule preuve
d'humanité qu'il puisse montrer.

Je n'avais plus peur et le loup-garou avait éveillé ma
curiosité de naturaliste. La monstruosité, pensai-je, n'est pas
contre nature, mais contre ce qui se passe ordinairement
dans la nature. Quels pouvaient bien être les songes de ce

lycanthrope ? Il me fallait convaincre M... de nous laisser entrer. Mes prières, mes supplications restèrent d'abord sans résultat :

— Tu 'ent'es tout seul, sans loup-ga'ou, répondait-elle chaque fois.

— Ecoute, M..., ce monsieur est un comte Russe déguisé, il sait lire dans les astres, il connaît les lignes de la main et l'oniromancie. Il pourra te dire ton avenir, comment gagner de l'argent à la loterie et comment le faire profiter ! Il connaît des recettes pour rendre les femmes plus belles ou plus laides, les hommes plus vigoureux ou impuissants ! Il a connu Cagliostro ! Fais-nous rentrer, je t'en prie, cet homme te tournera le dos.

— Bon ! Qu'il se mette su' la chaise devant la fenêt'e et qu'il ne 'este que dix minutes si tu veux passer la nuit avec moi. Et si tu c'ois qu'ap'ès j'au'ai envie... Je sais bien que c'est un loup-ga'ou ! J'en ai entendu pa'ler aujou'd'hui. Il y a un mont'eu' de monst'es à la foi'e de saint-Augustin. Il y a aussi des sœu's siamoises et des nains...

Nous finîmes par rentrer dans la chaleur dorée de l'appartement de M... L'homme-chien alla s'asseoir sur une chaise et resta immobile, face au mur. J'allai lui offrir une tranche de pâté sur une assiette. Il demanda un couteau et une fourchette, puis une serviette. M... était assise sur son lit, très désirable dans son déshabillé blanc et or sur sa peau noire. Elle restait silencieuse. Je n'avais pas envie de rester longtemps avec cet inconnu, bien qu'il m'intriguât grandement.

— Mon histoire, nous dit-il, après avoir bu un verre de vin, est si triste que je ne vous la conterai pas en détail. Mes parents m'ont abandonné après ma naissance, à Sébastopol où mon père avait une grande propriété. Je fus recueilli par des pêcheurs qui me montrèrent pour gagner quelques roubles. Quand je fus adolescent, j'appris que ma monstruosité attirait certaines femmes, surtout les moins jeunes !

— Tu pa'les ! interrompit M..., même qu'il me donne'ait cent écus, je pou''ais pas !

— Si je vous contais toutes celles qui m'ont pris : comtesses, archiduchesses et même plus... Quand j'eus vingt ans, on ne voulut pas de moi dans l'armée. C'est le seul avantage que j'ai tiré de mon état de monstre !

— Et les duchesses ? s'écria M...

— Les duchesses... Je rentrais dans leur chambre le soir en cachette et quittais toujours leur lit avant l'aube. Souvent, à la fin, elles me battaient comme un chien ou me faisaient faire des actes contre nature...

— Sainte 'ussie ! s'exclama M...

— Finalement, reprit-il, l'une d'elles me garda comme un animal favori. Elle m'accorda de s'occuper de son parc et de son bassin à dauphins. Je devais les dresser. Ainsi, pendant dix ans, j'ai appris ce métier et je crois pouvoir affirmer que je suis devenu le plus grand expert dans l'art de connaître et de dresser les dauphins.

— Comment peut-on d'esser des poissons ? demanda M...

— Ma chère, lui répondis-je, les dauphins ne sont pas des poissons, ce sont des mammifères, comme toi, de l'ordre des cétacés. Les dauphins ont un grand cerveau, presque identique à celui des hommes. Ils doivent être intelligents comme nous, parler, dormir et sans doute rêver je suppose.

— Qu'ils soient intelligents, peut-être plus que nous ! répondit l'homme-chien. Le dauphin ne comprend que la récompense. Jamais la punition. J'ai vite appris à ne jamais les battre sur leur « bec d'oie » lorsqu'ils ne voulaient pas sauter à travers un cerceau au-dessus de l'eau, car le dressage aurait été perdu pour toujours. Au contraire, lorsqu'un dauphin commençait à montrer de l'intérêt pour le cerceau, je lui donnais deux ou trois sardines et il faisait de mieux en mieux, toujours contre récompense. C'est pourquoi les éleveurs de dauphins ont des enfants si bien équilibrés, doux et intelligents. Parce qu'ils les élèvent comme les dauphins. Jamais de cris, de punition, seulement des récompenses dès qu'un début de progrès apparaît.

— C'est pas comme cela que j'ai été élevée, interrompit M... qui s'étendit sur le lit, me montrant ses belles cuisses noires. Des taloches et des c'is. Jamais de 'écompense. J'en suis pas plus bête ! Donne lui un ve''e de liqueu', me dit-elle, pour le 'écompenser !

— Vous m'avez demandé si les dauphins parlaient ? Pas comme les hommes en tout cas. Lorsqu'ils sortent leur bec de l'eau, ils peuvent caqueter ou grelotter comme les cigognes, c'est presque le bruit d'une crécelle. Je pense aussi qu'ils peuvent sûrement communiquer entre eux dans la mer car quand un dauphin isolé est attaqué par des orques ou des narvals, on voit les autres dauphins accourir de très loin pour essayer de le délivrer. Ils peuvent ainsi accourir plusieurs centaines, si bien que l'attaquant doit lâcher prise. Un des plus anciens éleveurs de dauphins m'a conté qu'il avait vu un dauphin blessé soutenu à la surface de la mer par ses congénères. Comment savoir leur langage ? Un marin russe, qui avait sans doute trop bu de vodka, me raconta un soir que des indigènes de la région de Formose ont appris le langage des dauphins.

— Alors les dauphins parleraient le chinois ? lui dis-je.

— Ni le chinois, ni le japonais ! Ces indigènes vivent dans un archipel situé entre Formose et le Japon. C'est un

Royaume. Le Royaume de Kilen, ou de Likou, ou de Likan ?
Je ne me souviens plus du nom.

– Pourquoi les Russes élèvent-ils des dauphins ? demandai-je.

– L'élevage des dauphins est considéré comme un luxe par certains riches boyards de Crimée. Ils les dressent pour les fêtes somptueuses lorsqu'ils se reçoivent entre eux ou lorsqu'ils reçoivent les princes qui descendent de Moscou ou de Saint-Pétersbourg. Les dauphins, bien dressés, savent jouer au ballon, sauter à travers des cerceaux, même enflammés avec du bitume. Ils savent faire des courses d'obstacles. Certains dauphins mâles, adolescents de sept à huit ans, servent à d'autres jeux. J'ai vu des jeunes comtesses se baigner nues avec eux la nuit en les tenant enlacés. Le sexe d'un dauphin, qui est tout petit au repos, devient long de quinze pouces lorsque ses sens s'éveillent...

M... se mit à fredonner une comptine où il était question de la reine d'Espagne et d'un mât de cocagne... Puis elle me fit signe de la rejoindre sur son lit.

Qu'allions-nous faire de ce lycanthrope ? Dès qu'il serait sorti, il serait sûrement repris ! Son histoire était si tragique et si triste que je considérais comme une trahison que de le livrer à nouveau à cette foire.

– Comment dorment les dauphins ? lui demandai-je.

– Ils ne dorment jamais ! Ils respirent au-dessus de la tête. S'ils s'arrêtaient de bouger, ils respireraient de l'eau et mourraient noyés. Je les ai longuement observés le jour et la nuit, à la lumière des torches, dans les petits bassins. Ils ont toujours des mouvements de leurs nageoires et ne s'arrêtent jamais de nager. Ils tournent en rond toute la nuit. Je peux affirmer que si le sommeil est l'arrêt de toute vie animale et cessation des mouvements, les dauphins ne dorment jamais !

– Alo's, s'écria M..., s'ils ne do'ment pas, ils ne songent point !

– Je n'y ai jamais pensé, répondit l'homme-chien. A quoi bon les songes d'un dauphin ?

– Alors à quoi bon les songes si un tel mammifère, aussi intelligent que nous, peut vivre sans rêver ? lui répondis-je.

Cette révélation de l'homme-chien sur les dauphins ouvrait à nouveau le grand mystère du dessein des songes, mais je ne croyais pas que cela fût possible[3]. Je l'interrogeai à nouveau :

– Et les dauphins nouveau-nés, en avez-vous vu ? Comment dorment-ils ?

– Le terme d'une femelle est d'environ huit mois. Elle n'a ordinairement qu'un fœtus à la fois, rarement deux. Elle l'allaite dans l'eau et l'accompagne tout le temps. Mais comme elle tourne en rond jour et nuit, je crois que les nouveau-nés doivent la suivre. J'ai souvent vu leurs orifices, en croissant au-dessus du museau, à côté de l'orifice respiratoire de la mère. Je ne crois pas qu'ils dorment non plus. Il faut bien qu'ils respirent !

– Et les mâles adultes, avez-vous remarqué une érection la nuit quand ils nagent plus lentement ?

– Jamais vu, pourquoi ?

– Parce que, s'ils nous ressemblent, l'érection serait le meilleur signe des songes pendant le sommeil !

– Vous savez, me dit l'homme-chien, ce que je vous dis n'est sans doute valable que pour les dauphins de la mer Noire. Il y a tellement d'autres espèces de dauphins !

– Et les phoques ? demanda M...

– Il n'y a pas de phoques en Crimée, mais un bateau nous en a apporté du Kamtchatka, après un long voyage. Le phoque, ou l'otarie surtout, peut se dresser facilement pour jouer avec des ballons. Nous en avions deux paires pour la grande fête de Saint-Vladimir. Je les connaissais bien. Ils dorment beaucoup, même le jour, en reposant la tête sur le sol et en fermant les yeux.

— Avez-vous remarqué des petits mouvements de leurs moustaches pendant leur sommeil ?

— Moi non, mais un chasseur samoyède, que les Russes avaient emmené avec eux sur le bateau pour s'occuper des phoques, m'expliqua que lorsqu'il chassait le phoque sur la glace, il rampait sous le vent de façon à ne pas être senti. Il attendait alors qu'au cours de leur sommeil les phoques soient complètement aplatis sur la glace et qu'ils aient des mouvements des moustaches. A ce moment, il lui était possible de les approcher plus facilement sans les réveiller.

— Ce brave chasseur samoyède a remarqué le sommeil et les songes des phoques. Il est tout de même étrange que ces deux espèces, qui vivent dans l'eau, aient des sommeils si différents.

— Mais le dauphin vit toujours dans l'eau. Le phoque n'y fait que des plongées, répondit-il.

— Mais les deux espèces, je crois, peuvent rester à peu près aussi longtemps immergées, sans respirer, répondis-je. Ce n'est donc pas au niveau de l'économie de leur respiration qu'il faut rechercher la cause de l'absence des songes ou du sommeil !

— Vous m'ennuyez avec vos poissons, s'écria M... Je me couche. 'etou'nez d'où vous venez tous les deux ! Toi le dauphin qui ne do't pas, et vous le loup-ga'ou, vous devez avoi' sommeil ?

Il fallait résoudre rapidement le problème du refuge de l'homme-chien. Je lui posai une dernière question :

— Tous les deux, le phoque et le dauphin, mangent des

poissons, mais le phoque vit surtout sur la glace. La glace est recouverte de neige. Le phoque absorbe-t-il de la neige ou de l'eau douce ?

— J'ai vu des phoques boire de l'eau douce, sûrement, mais ils peuvent rester pendant des mois dans la haute mer, où ils dorment. Ils doivent donc boire de l'eau salée.

— Bien sûr, le dauphin n'absorbe que de l'eau salée avec les poissons. Il ne boit jamais d'eau douce bien sûr !

Je ne savais plus pourquoi j'avais posé cette question. Peut-être à cause de mes anciennes recherches sur le natrum et les songes des lapins ? Peut-être à cause d'un songe à demi oublié ?... « Le sel de la terre et des songes »... Il faudrait que je retrouve ce vieux songe dans mes cahiers. Quelqu'un me disait, je crois, « le sel de la terre est le sel des songes »...

L'homme-chien restait immobile, la tête penchée en avant. M... s'était endormie sur le côté, les jambes repliées, comme d'habitude. Il me fallait trouver une solution. Je ne pouvais renvoyer cet homme à sa cage. Je pensais aussi de plus en plus souvent aux sœurs siamoises. Me serait-il possible d'en étudier le sommeil ? Je réveillai M...

— M..., tu m'as parlé quelquefois d'une de tes amies qui habite sous les combles et qui travaille chez les canuts du Saint-Nom. Elle devrait bientôt se lever car il est déjà quatre heures. Crois-tu qu'elle prêterait sa chambre, ou plutôt la louerait à ce... ce monsieur, jusqu'à ce que je trouve un cabriolet ? Je sais où le cacher dans la Dombes !

— Ma'gue'ite ? me répondit M... Elle est seule cette nuit. Essaie si tu veux mais donne-lui une grosse somme d'a'gent, de ma pa't, il ne faut pas qu'ensuite elle ait des ennuis à cause de toi.

Je montai par l'escalier noir aux mansardes de la maison.

Je fus surpris d'entendre le chant d'un rossignol. Marguerite devait être déjà levée, car la lueur d'une chandelle brillait sous sa porte. Le chant du rossignol s'arrêta après que j'eus frappé à la porte. Marguerite vint m'ouvrir. C'était une grande et belle jeune femme, aux yeux clairs, bleu-vert, aux longs cheveux blonds, retenus par un ruban. Elle était déjà habillée. Je lui expliquai que je devais abriter un ami qui avait trop bu et qui ne pouvait rentrer chez lui par ce brouillard. Je l'emmènerai avec moi dans la matinée car je désirais finir la nuit seul avec M... Je lui offris quelques ducats, de la part de M..., et Marguerite fit semblant de me croire. Elle passa une grande cape noire sur sa robe.

— Dites à votre ami que mon lit est encore chaud. Je ne rentrerai que vers sept heures ce soir. Mes journées sont longues. Que votre ami range tout et ne salisse rien. Bonne nuit !

Elle me fit un sourire complice et descendit l'escalier. Je retournai, sur ses talons, chercher l'homme-chien. Il n'avait pas bougé. M... le regardait, mi-curieuse, mi-effrayée.

— Monsieur, lui dis-je, je vous ai trouvé un abri pour cette nuit. Je viendrai vous chercher vers neuf heures. Nous vous prêterons une grande cape noire pour vous cacher et gagner ma voiture. Dès que nous serons sur la Dombes, vous ne risquerez plus rien.

— Je vous suis très obligé, Monsieur. Vous connaîtrez un jour toute ma reconnaissance.

Il se leva à reculons. M... lui dit alors :

— Vous pouvez me 'ega'der Monsieur !

Il se retourna. Ses yeux étaient rouges et humides au milieu de sa figure de chien. Cette trace de souffrance le rendait humain.

— Je vous souhaite le bonsoi' et une bonne nuit, dit M...,

qui devait avoir ressenti, comme moi, une grande pitié.
'eviens vite, j'ai sommeil ! ajouta-t-elle.

J'accompagnai l'homme-chien à sa chambre, sous le toit,
et lui demandai des renseignements sur les sœurs siamoises.

– Hélène et Edith ont trente ans. Elles sont intelligentes
et instruites. Nous étions amis. Elles sont attachées par les
fesses...

Nous entrâmes dans la chambre de Marguerite.

– N'ouvrez sous aucun prétexte. Je frapperai trois fois,
puis une fois. Bonsoir !

Je n'osai pas réveiller M... quand je rentrai dans sa chambre
et me couchai à son côté. Les jumeaux aux rêves identiques,
le brouillard, le lycanthrope, la Crimée, les dauphins sans
sommeil ni songe, le sel de la terre... les sœurs siamoises !
L'association de ces événements ressemblait à la trame d'un
songe absurde. Avais-je rêvé ou était-ce réel ? Les rêves sont
toujours réels pendant qu'ils se déroulent. Peut-on dire plus
de l'entendement de la veille ? La chaleur et la douceur de
la peau de M... contre moi me firent décider que ce devait
être bien la réalité et je m'endormis !

CHAPITRE XXII

Les humeurs des songes

HUIT NOVEMBRE 1778... Je me réveillai tôt, après quelques heures de sommeil. M... fut alors si gentille et si caressante qu'elle me fit oublier quelques instants les nombreux problèmes que je devais résoudre cette journée : d'abord mettre en sûreté l'homme-chien, ensuite il me fallait étudier les sœurs siamoises, Hélène et..., je ne me souvenais plus de l'autre prénom. Je savais que de telles erreurs de la nature sont si exceptionnelles que je ne retrouverais, sans doute jamais plus, l'occasion d'en rencontrer. Parlaient-elles le français ou l'allemand ? Accepteraient-elles de répondre à mes questions sur leurs songes ? Mieux, pourrais-je les observer au cours de leur sommeil, afin de savoir si leurs périodes de songes survenaient en même temps ?

Jamais un physiologiste, fût-il Monsieur de Haller ou John Hunter, ne pourrait assortir et conserver deux animaux partageant la même circulation sanguine. Je jugeais que si la nature réalisait de telles expériences, son dessein était, peut-être, d'éclairer la sagacité du naturaliste et que je devais tout tenter pour étudier ces jumelles le plus tôt possible. Le mieux serait assurément de les amener chez M... pour y dormir. J'avais, certes, quelques bons amis à Lyon, mais l'hostilité de leurs épouses à mon égard, du fait de mes diableries que je ne celais point, m'avait valu une proscription dont je m'accommodais fort bien.

M... comprit bien vite mes manœuvres préliminaires lorsque je lui parlai, en m'habillant, des sœurs siamoises.

— D'abo'd cette nuit un loup-ga'ou puis des siamoises ce soi' ! Cette nuit je ne suis pas lib'e. J'attends quelqu'un ! Que vas-tu deveni' avec ta folie des monst'es et des songes ? Tu n'en do's plus, comme un dauphin !

— Ma chère M..., ce sont les exceptions qui nous instruisent exceptionnellement. Ne voudrais-tu vraiment pas rencontrer ces demoiselles siamoises ?

— Je te dis que j'en ai entendu pa'ler, avec le loup-ga'ou, les nains, les géants et tous ces monst'es. Ce sont des filles qui sont attachées pa' le fondement. Non ! Je ne les veux pas chez moi, ni ce soi', ni jamais !

Je lui donnai une chaîne en or, que j'avais fait tresser par les fileurs d'or de Trévoux. Elle sourit :

— Essaie de t'a''anger avec Ma'gue'ite si tu veux... Je lui ai déjà pa'lé de toi... Mais ne viens pas f'apper chez moi. Il y au'a quelqu'un !

Je la quittai. Qui était ce quelqu'un ? Peut-être un de mes vertueux collègues ? Peut-être même l'abbé Bertholon ?

Le brouillard, épais et froid, continuait à recouvrir Lyon. Un jour blanc pâle et estompé se levait. En me rendant à la place des Jacobins, je calculai d'avance les différentes étapes de mes projets. *Audaci natura juvat !*

Je trouvai facilement sur la place les constructions en bois où s'abritaient le montreur de monstres et ses pensionnaires. Des peintures naïves y représentaient l'homme-chien, les sœurs siamoises, en bel habit de velours, une femme à barbe, un homme tatoué sur tout le corps, deux nains, une avaleuse de sabre et un géant. Je remarquai tout de suite le patron qui vérifiait la fermeture des vantaux.

— Sacré brouillard et sacré froid. Nom d'un chien ! lui dis-je.

— Nom d'un homme-chien ! me répondit-il en me montrant le portrait du lycanthrope. Ce sacré velu a filé. Ce n'est pas la première fois !

— Ah ! et où est-il allé ?

— Oh, j'ai mes idées là-dessus, me dit-il. Il est venu plusieurs fois une riche dame, masquée par une voilette, du quartier d'Ainay. Vous voyez ce que je veux dire ! Il cligna de l'œil. Elle a dû lui fixer un rendez-vous, mais il reviendra !

Je me présentai alors comme ancien chirurgien des armées du Roy, naturaliste, écrivain et historien des monstres. Ces titres n'impressionnèrent pas le patron. Il devait avoir eu souvent des visites de curieux et de savants.

— Pour sûr, continuai-je, si je pouvais étudier les deux sœurs siamoises pendant leur sommeil, je les payerais pour leur dérangement et vous dédommagerais aussi.

— Pas question de laisser filer Hélène et Edith, je vous préviens. De toute façon, vous ne pouvez rien faire avec elles. Elles sont pucelles et n'ont qu'un...

Il se remit à ranger les bancs et les tréteaux devant les baraques en bois. Je remarquai alors qu'il boitait de la jambe droite.

— Où avez-vous ramassé cela ? lui demandai-je.

— A Rosbach. Un coup de mousquet des Prussiens. Ce sacré bon à rien de Soubise. Il aurait dû être fusillé, celui-là !

— Rosbach ! J'y étais aussi. J'y ai été blessé d'un coup de sabre, là, au bras. (Je lui montrai ma cicatrice.) Avant ce coup de sabre, j'avais coupé bien des bras et bien des jambes. Peut-être vous ai-je soigné ?

Je devinai que Rosbach serait comme un mot de passe. Il avait rassemblé les survivants, mieux que des amis de collège ou qu'un tour du monde sur le même navire. La vaillance des troupes françaises, face aux Prussiens de Frédéric, aurait dû nous assurer la victoire sans la bêtise, la lâcheté et la trahison du maréchal Soubise !

Le patron fit semblant de réfléchir.

– Laissez-moi les siamoises jusqu'à une heure du matin. Il y a du monde, le soir, à la sortie des cafés. Je vous les enverrai alors dans notre carriole qui ira les rechercher demain matin vers huit heures. Donnez-moi quinze livres, vous leur ferez cadeau de ce que vous voudrez. La même chose aux deux sœurs surtout ! Je vous avertis, vous serez sûrement déçu. Si Hélène s'endort, l'autre ne peut rien faire d'autre que dormir. C'est Hélène qui commande. Si Hélène veut se lever, Edith doit la suivre. Vous savez, ajouta-t-il, vous êtes le premier savant qui s'intéresse à leur sommeil. Quand nous étions à Paris, j'ai eu la visite de beaucoup de ces messieurs de l'Académie. Le comte de Buffon, vous connaissez ? Il les a longuement interrogées sur leurs menstrues. D'autres savants, des anatomistes, les ont examinées sous toutes les coutures. Je ne crois pas qu'elles en gardent un bon souvenir !

– Ne vous inquiétez pas, je me contenterai de les observer. A ce soir minuit, ou une heure. J'espère que vous retrouverez votre homme-chien. Salut l'ancien !

– *Auf wiedersehen, Herr Professor !*

Je gagnai rapidement le marché du quai Saint-Antoine, en face du pont du Change. Il était à peine neuf heures. Le brouillard semblait se lever. Pourvu qu'il ne retombe pas ce soir, pensais-je. Il me fut facile de trouver un cabriolet à louer pour la journée, si tôt le matin.

J'arrivai vite devant la porte de M... Comme je l'avais pensé, elle s'était rendormie et j'attendis longtemps avant qu'elle ne m'ouvre.

— Tiens, le dauphin ! Non seulement tu ne do's pas, mais tu empêches les aut'es de songer, me dit-elle, moitié colère, moitié endormie.

— M..., prête-moi ta plus grande cape, avec une capuche, pour cacher l'homme-chien. Je me sauve. Bonne soirée, ma chère. Si tu vois Marguerite avant moi, peux-tu la prévenir ?

— Je lui ai déjà pa'lé de toi quelquefois. Je c'ois qu'elle se'ait cu'ieuse de mieux te connaît'e, me répondit-elle en souriant.

Je montai les escaliers. L'homme-chien ouvrit la porte à mon signal. Il avait refait le lit, rangé la chambre. Evidemment, pensais-je, il ne se rase pas !

Le velu s'enveloppa de la grande cape noire et rabaissa la capuche sur son visage. Je lui fis signe, devant la porte, lorsqu'il n'y eut personne dans la rue et il s'assit à côté de moi sur le siège, la tête baissée, les mains cachées. Si nous n'étions pas arrêtés par les Echevins de la ville ou du Roy, tout irait bien. Il ressemblait à une vieille femme en deuil, conduite vers un cimetière, et il resta presque muet pendant tout le voyage. Heureusement, à cette heure, les échevins ne contrôlaient que les voitures qui descendaient dans Lyon, à la sortie de la Croix-Rousse. J'étais assez connu pour passer ensuite le péage de la Dombes, à Sathonay, sans y être inquiété. Comme je l'avais prévu, un clair soleil brillait sur le plateau. Nous arrivâmes à Cordieux, dans le couvent des Augustins, vers deux heures. Je connaissais le Père Abbé, Monsieur de Lassalle, depuis mon établissement dans la

Dombes et lui avais donné en fermage, tout symbolique, plusieurs de mes étangs. Avec le Père Abbé, j'avais eu souvent l'occasion de m'entretenir de philosophie lorsque j'allais consulter des traités anciens d'Aristote ou de Pline dans sa bibliothèque. Je l'entretenais aussi de mes investigations sur les songes et il y prêtait toujours une oreille attentive. C'est fort courtoisement qu'il m'avait dit un jour que cette quête de la nature des songes était comme la queste du Saint-Graal à la fin de laquelle je découvrirais la révélation !

Le Père de Lassalle ne parut en aucune façon s'étonner de l'allure de l'homme-chien.

– Mon fils, lui dit-il, vous êtes une créature de Dieu. Notre Seigneur a voulu vous éprouver pendant votre vie terrestre. Vous n'en serez que plus heureux dans votre vie céleste au milieu des saints.

Ce couvent était une prison où nul ne pouvait rentrer, notre homme y serait en sécurité dans une cellule. Il serait assigné aux travaux des champs et pourrait assister avec les frères aux divers offices. J'attendais la question, obligatoire, du Père Abbé, guettant aussi la réponse du Russe.

– Etes-vous baptisé et catholique, mon fils ?

– J'ai été baptisé selon la religion orthodoxe, Monsieur le Supérieur.

Le Père frotta ses grandes mains blanches :

– Nous avons, mon fils, dans notre bibliothèque, tous les actes du Concile de Lyon de l'An Mil. Vous y trouverez tous les éléments vous permettant de juger de la question du Filioque, qui entraîna ce malheureux schisme. Vous pourrez les relire, en même temps que vous suivrez la catéchèse réservée à nos frères. Cela occupera votre entendement et je ne doute pas que l'Esprit Saint ne descende en vous pour vous éclairer. Suivez le frère tourier, mon fils.

Je fis mes adieux au lycanthrope. Que pouvait-il penser ?
Il me redit curieusement, comme hier :

— Un jour, Monsieur, vous connaîtrez ma reconnaissance.

Puis, je saluai le Père Abbé en le remerciant chaleureusement.

— Ne me remerciez pas, c'est moi qui devrais vous remercier. Vous m'avez confié une belle âme mais, cher ami, vous semblez las. Prenez-vous assez de repos ? Rentrez donc à Lyon par la route de Sainte-Croix et Montluel. Vous y rencontrerez moins d'Echevins.

— Je dormirai mieux cette nuit, mon Père, ou la nuit prochaine. J'ai rendez-vous avec le mystère de la sainte dualité.

Il sourit. Je crois qu'il ne se formalisait pas de mes plaisanteries impies et me fit un grand signe d'adieu. Je quittai le couvent muni d'un morceau de pain et du bon fromage de chèvre que fabriquaient les frères. Mes deux chevaux marchaient d'un bon pas et la descente sur Sainte-Croix, Montluel, Miribel et Lyon fut rapide. J'atteignis le marché Saint-Antoine où je devais rendre le cabriolet quand l'horloge de la Charité sonnait les huit coups. La nuit était tombée depuis longtemps. En arrivant sur la place des Jacobins, mon attention fut attirée par un groupe de badauds qui entourait un cercle de lumière. Une chandelle était posée par terre et je vis un joueur de foire prendre un clou, de l'épaisseur d'une grosse plume, long environ de cinq pouces et arrondi par la pointe. Il le mit avec sa main gauche dans une de ses narines et, tenant un marteau avec sa main droite, il annonça qu'il allait enfoncer le clou dans sa cervelle ! Effectivement, il l'enfonça presque entièrement par plusieurs petits coups de marteau. Il en fit autant avec un autre clou dans l'autre narine. Ensuite, il pendit un seau plein d'eau par une corde sur les têtes de ses clous et le porta ainsi, sans aucun secours. Ces deux opérations me parurent si surprenantes que je pensai qu'elles étaient déguisées par quelque artifice ou industrie caché [1] ! De l'autre côté de la place, le montreur de monstres faisait recette. Il y avait deux joueurs de pipeau et de viole, habillés en fols, sur l'estrade. J'entendis le patron excuser l'absence de l'homme-chien... « à cause d'une maladie si rare que les plus grands médecins et chirurgiens de Lyon s'interrogeaient pour savoir si l'affection était humaine ou canine » !

Les sœurs siamoises devaient être dans la petite baraque du milieu. Elles attiraient à elles seules autant de badauds que les nains, le géant, le tatoué et l'avaleuse de sabres. Et l'homme-chien, qui attirait-il ? Je songeai, à nouveau, à son histoire extraordinaire. Il ne m'avait pas conté comment il avait quitté ses dauphins pour se retrouver dans cette foire. Je le reverrais sûrement au couvent de Cordieux. Où pouvait-il trouver meilleur refuge, pensai-je en remontant l'escalier de M... En passant devant sa porte, j'entendis quelques éclats de rire. J'eus un petit pincement au cœur. Deviendrais-je jaloux ? Marguerite m'ouvrit sa porte. Sa chambre était chaude. Bien éclairée par de très grands cierges, elle me sembla plus grande. Marguerite était déjà en robe de nuit, ses cheveux blonds dénoués. M... l'avait mise au courant quand elle était rentrée.

— J'irai chercher les deux sœurs vers une heure. Voulez-vous que nous allions dîner ? lui demandai-je.

— Merci, je n'ai pas faim... Il paraît que vous êtes comme les dauphins, vous ne dormez jamais ?

La chaleur de sa chambre était si forte que j'ôtai ma veste et mon gilet. Je commençais à avoir sommeil. Pourquoi avais-je décidé d'étudier les songes de ces jumelles dès cette nuit ?

— Tout dauphin que je suis, Marguerite, j'ai bien peur de m'endormir, car il fait si chaud ! Comment pourrons-nous nous réveiller à une heure ?

— Regardez mon horloge. (Elle me montra une grosse horloge bressane, dont l'un des poids était muni d'un long index perpendiculaire.) Je peux régler le poids à la hauteur désirée, me dit-elle. Dans quatre heures, il sera une heure. Bien sûr, l'horloge va sonner, mais je ne l'entends jamais lorsque je dors car je m'y suis accoutumée. L'index viendra appuyer légèrement sur ce levier qui va ouvrir la porte noire à ressort de cette petite maison. Derrière cette porte, il y a un rossignol qui dort dans une cage, dans l'obscurité. Lorsqu'il verra la lumière de mon bougeoir, agrandie par cette grosse loupe, il va chanter, comme s'il voyait le lever du soleil. C'est ainsi que je me réveille toujours, au chant du rossignol !

Je fus stupéfait de cette ingéniosité.

— Est-ce vous qui l'avez inventée ?

— Vous ne croyez pas une femme capable de cela ? me demanda-t-elle en riant. Chez les canuts, savez-vous, il y a des mécanismes beaucoup plus compliqués et beaucoup ont été inventés par des ouvrières...

Marguerite installa un grand cierge sur la table, fait avec de l'huile de baleine, me dit-elle, qui ne fumait pas. Des ombres bougeaient dans tous les sens et sa chambre me sembla pleine de vie dans la lumière dorée de la flamme.

— Moi aussi, j'ai sommeil, me dit-elle. Etendez-vous sur mon lit.

Je me couchai contre la cloison. J'aperçus alors l'ombre de son corps nu qui dansait à la lumière des bougies.

– Embrassez-moi, Monsieur le dauphin, me dit-elle en m'attirant sur son corps de la couleur du miel...

– ...Maintenant, tu peux dormir, me dit-elle ensuite, le rossignol nous réveillera !

Je caressai doucement Marguerite qui s'endormait. Son ventre était rond et ferme.

– Es-tu enceinte ? lui demandai-je.

– Oui, il a quatre mois et demi. Il bouge déjà.

Je laissai ma main sur son ventre et la regardai s'endormir. Sans le vouloir, Marguerite me procurait une nouvelle clef des songes. J'avais déjà observé les songes des nouveau-nés de la Charité, ainsi que ceux des chatons, mais ils étaient séparés de leur mère. Etait-il possible qu'un fœtus rêvât et bougeât *in utero*, au même rythme que le rêve de leur mère ? Marguerite devait avoir bien sommeil car j'aperçus les premiers signes des songes moins d'une heure après qu'elle se fut endormie. Lorsque sa respiration devint irrégulière et que ses yeux se mirent à bouger, je ressentis très nettement les petits coups de pied que lui donnait le fœtus. Je voyais bien l'horloge et pus compter une dizaine de coups, petits ou plus violents, dans une minute. Je fus si intrigué que mon envie de dormir disparut d'un seul coup. Pourquoi le fœtus bougeait-il quand sa mère songeait ? Veillait-il ou songeait-il lui aussi [2] ? Je savais que les fœtus peuvent remuer en tous sens lorsque leur mère est éveillée, mais celui-là n'avait pas bougé pendant le premier sommeil de Marguerite.

Après quinze minutes, la respiration de Marguerite reprit un rythme lent et régulier. Elle se tourna vers moi sans s'éveiller. Les mouvements du fœtus avaient cessé. Je regardai l'heure à la grosse horloge, il était presque onze heures. Si le rythme des songes suivait son cours normal, Marguerite devrait rêver à nouveau vers minuit, minuit et demi. J'aurais donc le temps d'observer encore une période avant le chant du rossignol. Je laissai ma main droite appuyée sur son ventre. Mon tact était si aiguisé que je sentais les battements du cœur de Marguerite, transmis par l'artère aorte.

La seule voie de communication entre les esprits animaux ou le fluide nerveux de la mère au cours des songes et les esprits animaux de la motricité du fœtus est la voie sanguine, pensais-je [3]. Il fallait donc que les songes de la mère libérassent dans ses humeurs des grains infiniment petits qui passent dans le sang et traversent le placenta, qui est l'organe nourricier du fœtus. Comment le cerveau pouvait-il agir sur les humeurs de la mère ? Contenait-il quelques glandes qui fussent seulement excitées par les esprits animaux des songes ? Existait-il quelque humeur qui fasse dormir le fœtus en même temps que sa mère ?

J'essayai de me représenter un fœtus de dix-huit semaines. Il devait être déjà presque entièrement formé, avec des yeux et des doigts. Je me souvenais des planches du grand embryologiste Wolff sur le développement du cerveau de l'homme. La matière médullaire et la *medulla oblongata* étaient achevées, mais les sillons de la surface du cerveau n'étaient pas encore profonds, ni complets. Si ce fœtus songeait, comme les petits chatons nouveau-nés ou les nourrissons de l'Hôpital de la Charité, par quelle porte la *tabula rasa* du cerveau avait-elle été excitée ? Pouvait-on concevoir un songe sans intellect excitant la seule machinerie des muscles ? Qui était, alors, le mécanicien qui jouait de cette machinerie ? Etait-ce le cerveau de la mère ? Cette machine, pensais-je, peut créer des liaisons entre les fibres nerveuses, elle peut créer des sillons, des *thalwegs*. Les humeurs de la mère peuvent-elles commander l'organisation de cette architecture ? En ce cas, ce serait la mère qui serait, en quelque sorte, le « laboureur » de ces sillons tracés par les esprits animaux du fœtus. Il faudrait ainsi que le caractère de l'enfant qui allait naître ressemblât beaucoup à la personnalité de la mère. Peut-être, pensais-je, les fœtus, qui ressemblent plus tard à leur père, sont moins soumis aux humeurs maternelles ?

Je ressentis brusquement un petit coup du coude ou du genou du fœtus. Il fut suivi par trois autres, très brefs. Presque au même moment, Marguerite cessa de respirer et l'arrêt dura au moins vingt secondes. Voilà les trois coups qui annoncent le drame onirique de sa mère, me dis-je. Les coups redoublaient, beaucoup plus intenses que lors du premier songe, et je notai que les mouvements des yeux de Marguerite étaient, eux aussi, plus intenses. J'aperçus également des secousses de ses doigts.

Alors l'horloge sonna une heure, puis il se fit un déclic. La porte noire de la petite maison s'ouvrit et, quelques secondes après, le rossignol chanta. Son chant résonnait si fort dans la petite chambre que Marguerite ouvrit les yeux. Elle me sourit. Je lui fis signe de ne pas bouger. Les petits coups du fœtus persistaient et ne s'étaient pas arrêtés, comme à la fin du premier songe. Je les sentis encore pendant presque dix minutes, puis le fœtus redevint immobile. J'étais très intrigué mais un peu déçu. Pourquoi, cette fois-ci, l'éveil brusque de la mère, au cours d'un songe, n'avait-il pas entraîné l'arrêt du songe et des mouvements du fœtus ?

— Ma chère Marguerite, je crois que ce sera une belle petite fille, qui te ressemblera. Elle aura ton caractère. Tu lui imprimes ta personnalité quand tu rêves !

— Crois-tu qu'elle sache à quoi je rêve ?

— Pas encore. A quoi rêvais-tu lorsque le rossignol a commencé à chanter ?

— Je ne peux pas te le dire. Je ne sais plus.

Marguerite se leva et alla fermer la porte du rossignol, qui s'arrêta de chanter immédiatement.

– Et maintenant, je te fais du café bien fort. Il faut que tu ailles chercher les jumelles en bas.

La carriole était arrêtée devant la porte. Le cocher en descendit et ouvrit la porte arrière. L'obscurité était trop profonde pour que je distingue les jumelles. Elles descendirent péniblement du marchepied et rentrèrent en se balançant dans la maison. Je donnai quelques pistoles au cocher en lui demandant de revenir au matin. Il me confia qu'il avait ordre de rester devant la maison toute la nuit, pour surveiller qu'on n'enlevât pas les siamoises. L'ancien de Rosbach n'avait pas eu grandement confiance en moi ! Il devait être inquiet de la fuite du loup-garou, pensai-je.

J'aidai les siamoises à monter l'escalier obscur. L'une commandait les mouvements de l'autre. Ce devait être Hélène. Elle montait une marche puis tordait le corps afin de permettre à Edith de monter également. Je les entendis parler entre elles une langue inconnue, probablement du hongrois. Nous fîmes halte devant la porte de M... Il n'y filtrait aucune lumière et tout était silencieux. Je montai quérir Marguerite pour qu'elle puisse assister Edith tandis que j'aidais Hélène à gravir l'escalier. Nous arrivâmes enfin dans la chambre bien chaude et les jumelles s'assirent sur le lit, à bout de souffle.

Hélène et Edith étaient brunes avec des yeux noirs, plutôt petites, assez jolies. Leur visage ovale était régulier, leurs regards aigus et intelligents. Elles portaient chacune une blouse identique avec des bordures de couleurs, comme on en voit en Hongrie ou en Russie. Cependant, elles partageaient la même robe longue, brodée de motifs de fleurs, qui recouvrait l'endroit de leur union en y faisant une grande bosse.

Je leur expliquai la raison de mon intérêt pour elles. Je désirais seulement les observer pendant leur sommeil de façon à reconnaître chez chacune d'elles l'instant de leurs songes. Je leur remis alors, en commençant par Hélène, une bourse de dix ducats. Je devais être plus généreux que les autres savants qui les avaient si souvent étudiées car elles me remercièrent avec beaucoup de chaleur.

Hélène nous raconta leur histoire. Edith approuvait en hochant la tête et regardait sans arrêt les détails de la chambre. Elle semblait fort intriguée par la maison noire du rossignol.

Les deux sœurs, me dit Hélène, étaient nées il y a trente ans en Hongrie et depuis leur enfance on les montrait dans les foires. C'est ainsi qu'elles avaient visité l'Europe entière. Elles pouvaient parler le français, le latin, l'italien, l'allemand et le hongrois. Elles comprenaient également l'anglais.

Les savants qui les avaient examinées leur avaient déclaré qu'elles étaient des « pyopages ». Elles étaient réunies extérieurement dans la région fessière et une partie des lombes. Hélène m'apprit qu'elles étaient vierges et qu'elles n'avaient qu'un seul... *utriculus ille in foeminis in quo fœtus fit conceptus* nous dit-elle en latin.

Adhuc ardens rigidae tentigine vulvae, me dis-je en me souvenant d'une poésie polissonne de Juvénal. Elle ajouta également, en italien, qu'elles n'avaient que *uno buco, donde esce il purgamento del ventre*. Il était placé entre la cuisse droite d'Hélène et la gauche d'Edith. On leur avait dit que leur colonne vertébrale se réunissait sur un seul sacrum, terminé par un unique coccyx. Elles possédaient chacune un cœur différent, qui ne battait pas à l'unisson.

Hélène me conta l'examen que lui avait fait subir Monsieur de Buffon, à l'Académie des Sciences de Paris. Il avait montré à Edith des images terrifiantes pour l'apeurer, tout en palpant leur pouls respectif. Puis, il avait interpellé triomphalement l'un de ses confrères, Monsieur des Essarts, en lui faisant sentir l'accélération du pouls d'Hélène. Celui-ci lui avait répondu que rien ne prouvait qu'Hélène ne fût pas effrayée à son tour par son seul manège. Il en était résulté une méchante querelle sur les émotions, le *sensorium commune* et les humeurs.

Je leur demandai quelle existence elles menaient de foire en foire. Hélène répondit qu'elles n'avaient jamais connu que ces représentations, mais qu'elles pouvaient faire quelques économies et qu'elles se retireraient bientôt dans un couvent en Bavière. Elles avaient préféré les voyages dans les pays du sud de l'Europe car les badauds y étaient plus généreux et s'apitoyaient sur leur sort. Elles gardaient un mauvais souvenir de l'Angleterre où un lord les avait conduites chez lui et fait assister à des scènes de débauche. Leur patron actuel était bourru mais leur fournissait de belles robes.

— Et l'homme-chien ? demandai-je.

— Il n'est dans notre compagnie que depuis cinq ans. Il est très gentil avec nous. Nous dînons ensemble le soir. Il est très triste et très mélancolique. Je crains, nous confia Hélène, qu'il ne se soit noyé dans le Rhône ou la Saône. Nous ne l'avons plus revu.

Elles détestaient le géant qui était stupide, tandis que les nains les amusaient par leurs plaisanteries. Je crus comprendre que l'avaleuse de sabres partageait le lit du patron.

Je m'habituais peu à peu à ces jumelles et à leur robe commune. Elles se ressemblaient fort mais j'aurais tout de suite reconnu Hélène d'Edith si elles avaient été séparées, alors que je n'avais pu, hier, reconnaître le botaniste lyonnais de son frère. Peut-être que la croissance d'un germe avait favorisé Hélène aux dépens d'Edith ?

Hélène bâilla discrètement, en mettant sa main devant sa bouche. Edith l'imita en bâillant fort ouvertement. Je regardai Marguerite qui se mit aussi à bâiller. Cette contagion, me dis-je, n'était pas transmise par les humeurs du sang !

Nous les invitâmes à se coucher sur le lit. Si la lumière des cierges ne les gênait pas, je pourrais, c'était mon seul souhait, observer leur respiration.

J'eus alors l'idée de demander à Marguerite de me donner deux billes (elle en gardait un grand sac pour les gones du quartier). Je priai Hélène et Edith, qui s'étaient étendues dos contre dos, de garder une bille dans la main qui pendait, de chaque côté du lit, et je plaçai une large assiette de faïence au-dessous de chaque main, sur le plancher.

– Tu vois, ma chère Marguerite, c'est comme cela que fut éduqué Alexandre. Lorsqu'il s'endormait, il lâchait une bille qui tombait dans un large bouclier de bronze. Le bruit l'éveillait alors et il se remettait à ses études. Je ne pense pas que le bruit de chute d'une bille dans tes assiettes soit suffisant pour les éveiller, mais je pourrai ainsi deviner le début de leur sommeil, à quelques secondes près, car la perte de l'entendement ne permet plus aux mains de serrer un objet.

Quand Edith s'endormit la première, nous entendîmes nettement le choc de la bille dans l'assiette. Il était trois heures du matin.

Marguerite fit à nouveau chauffer de l'eau sur son poêle. Il nous faudrait beaucoup de café pour ne pas nous endormir. J'étais heureux qu'elle ne travaillât pas le lendemain.

A trois heures et cinq minutes, Hélène laissa tomber la deuxième bille. *Sunt geminae somni portae* ! pensai-je.

Nous nous assîmes pour les regarder dormir. J'avais emprunté un large papier sur lequel je notai en travers les heures et les minutes et fis deux grandes colonnes verticales destinées à Hélène et Edith. J'avais placé ma montre à côté de moi, une très belle montre, que m'avait donnée Madame de C..., dont le mouvement était signé par Nicolas Nicod à Paris, en 1760. A l'envers, une belle peinture sur émail représentait Cléopâtre, à demi nue, se faisant mordre par une vipère.

— Tes seins sont aussi beaux que ceux de Cléopâtre ! dis-je à Marguerite.

— Peut-être était-elle aussi enceinte ? me répondit-elle.

Les respirations des jumelles étaient semblables. Le même rythme de dix-huit-dix-neuf par minute. Parfois, pendant quelques minutes, il me semblait qu'un même poumon soufflait l'air à travers leurs narines. Puis, peu à peu, un rythme l'emportait sur l'autre et l'une inspirait alors que l'autre expirait. A quatre heures vingt-cinq, exactement, Hélène, qui nous faisait face, s'arrêta de respirer pendant une dizaine de secondes. Je saisis alors ma loupe. Quelques mouvements oculaires inauguraient son rêve. Je m'approchai plus près de la tête du lit pour observer Edith. Elle ne commença à songer qu'à quatre heures trente. Pendant quinze minutes, les deux sœurs rêvèrent en même temps. Je montrai à Marguerite combien il était facile de reconnaître les mouvements des yeux car la lumière oblique des cierges agrandissait l'ombre des globes oculaires. Le songe d'Edith fut plus court et prit fin à quatre heures quarante-cinq, tandis que sa sœur jumelle continuait à haleter, comme si son rêve était pénible. Il se termina quand l'horloge se mit à sonner cinq heures.

La nuit s'écoulait rapidement et j'étais heureux de partager mon observation avec Marguerite. Je n'aurais sans doute plus jamais la chance d'observer les songes de jumelles siamoises et j'essayai de persuader Marguerite de la richesse des signes du sommeil.

— Regarde les petites gouttes de sueur qu'elles ont toutes les deux sur le front, en même temps que leur respiration est la plus lente et la plus profonde. Leur pouls est ralenti. Celui d'Hélène bat à soixante par minute, celui d'Edith à soixante-quatre. Leur front est chaud mais, lorsqu'elles rêveront à nouveau, la sueur s'évaporera tout de suite. Observe bien l'ombre des globes oculaires. Regarde ce mouvement très lent vers le bas, comme si Hélène regardait ses pieds. C'est un signe de sommeil profond, mais pas de songe. Bien sûr, ajoutai-je, si nous avions pu observer des frères siamois, nous aurions pu observer si leur érection survenait en même temps.

— A moins que les deux n'aient partagé le même sexe, comme ces demoiselles, me dit-elle. Crois-tu que cela soit possible? Que des jumeaux siamois puissent faire l'amour ensemble et avoir du plaisir en même temps? Comment imaginer une telle scène? C'est horrible! Et qui serait le père s'ils avaient un enfant?

— La nature ne fait rien d'horrible, Marguerite. Elle ouvre nos yeux. Pour le reste, fais confiance à la casuistique religieuse et à celle des hommes de loi. L'enfant n'aurait qu'un seul père!

— On dit que si une femme enceinte a une envie très forte, de fraises par exemple, son petit aura une tache de fraise sur la peau. Le crois-tu?

– Je ne sais pas. Ce n'est pas impossible, pensais-je, si la mère communique avec son fœtus pendant les songes et si les songes sont en rapport avec quelque désir.

– Et mon petit ? Si c'est un garçon, est-ce que tu crois qu'il... qu'il a de l'érection quand je songe et qu'il en a du plaisir ? Mon petit lapin ! Mon cher petit coquin !

– Je crois que oui, Marguerite. Les nouveau-nés ont une érection. Pourquoi pas les fœtus ? Ils n'ont pas l'entendement du plaisir, mais ils en conservent, peut-être, un souvenir secret, comme une source souterraine peut irriguer un pré sans qu'on la voie ! Ils sont bien tranquilles, au chaud dans le ventre de leur mère, et en reçoivent ce plaisir chaque nuit alors que leur cerveau se développe peu à peu. Peut-être ce plaisir peut-il orienter certaines fibres nerveuses, tandis que se tisse l'étoffe cérébrale ? Tu dois connaître cela chez les canuts ?

– Alors, le fil de trame et le fil de chaîne seraient tissés avec le plaisir, comme par une navette manœuvrée par la mère ? Sans que le plaisir n'y laisse plus de trace que le passage d'une navette dans une étoffe ? Sauf pour celui qui connaît les secrets des étoffes ! Crois-tu que l'on saura, un jour, défaire cette étoffe pour en connaître le métier et le tisseur ?

– Peut-être, répondis-je. Dans bien longtemps...

– Attention ! Edith songe à nouveau, m'avertit Marguerite.

Il était six heures cinq. J'observai alors, attentivement, Hélène qui respirait calmement. Je fus un peu surpris de ne remarquer l'apparition de son rêve qu'à six heures quinze. Le rêve d'Edith prit fin à six heures vingt, lorsqu'elle tenta de se retourner vers sa sœur. Celui d'Hélène à six heures trente-cinq. Il y avait ainsi un intervalle de plus en plus grand entre les rêves des deux sœurs.

Nous bûmes un nouveau café, bien chaud et sucré. Marguerite devinait que j'étais un peu déçu par les horaires des rêves que je venais de marquer sur le papier.

– Pourquoi veux-tu comparer les songes de la mère et du fœtus et ceux de sœurs siamoises ? Elles ont toutes les deux des cerveaux différents qui règlent, à leur façon, l'horloge de leurs songes, alors que c'est moi qui commande celle de mon petit, ou de ma petite ! C'est comme pour mon horloge et le rossignol. Sans le poids de l'horloge, pas d'ouverture de la porte, pas de chant de rossignol !

L'intelligence et la grâce de Marguerite m'avaient fait oublié la vivacité gaie et superficielle de M... Cette belle fille m'intriguait et m'attirait, différemment de M... Je n'osais pas lui demander qui était le père de son enfant.

– Tu as raison, Marguerite. Ton fœtus est comme un petit rossignol. Mais pourquoi a-t-il continué à bouger alors que tu étais réveillée par le rossignol ?

Elle réfléchit en buvant son café :

– Tu sais, me répondit-elle, le système de l'horloge et du rossignol n'est pas encore parfait. Il faut que je me lève pour refermer la porte de sa maison, sinon il chanterait jusqu'au jour. Suppose que je mette un mouvement d'horlogerie qui referme la porte de sa maison après cinq minutes, ce qui est très facile, lorsque le poids de l'horloge déclenchera l'ouverture, le rossignol chantera pendant cinq minutes, quoi qu'il arrive, même si le poids de l'horloge s'arrête. Je me suis réveillée, au début de mon rêve, mais mon cerveau avait enclenché le chant du rossignol de mon petit et il a continué à rêver parce que son mouvement d'horlogerie était réglé d'avance. Sans doute l'a-t-il fait aussi longtemps que durent habituellement mes songes ?

Je sentais, confusément, ce que l'intuition remarquable

de Marguerite essayait de me faire comprendre. Il n'était donc pas vrai que les humeurs de la mère commandent, mais commander n'était pas exact, dirigent? éduquent? mieux, manœuvrent simultanément le métier où se tissait la trame du jeune cerveau, puisque ce métier continuait à fonctionner après la fin du songe maternel. Il fallait, sans doute, qu'au début du songe, le sang maternel agisse sur l'assemblage des fibres nerveuses du fœtus, non pas sur toutes, peut-être, mais plus subtilement sur celles qui fussent les plus adéquates à recevoir ces humeurs. Cette action élective excitait à son tour la machinerie propre du songe dans le fœtus. S'il n'était déclenché par les humeurs de la mère, pensais-je, le songe ne pourrait pas se produire chez le fœtus. Quelles en seraient les conséquences? Et comment le savoir? Certaines maladies de la mère, ou une mauvaise alimentation, ou l'abus de laudanum, par exemple, ne pourraient-elles pas, alors, parce qu'elles suppriment les songes de la mère, retentir sur la formation de l'entendement de son petit?

— Si tu peux, Marguerite, commander le début des songes de ton enfant, as-tu remarqué s'il peut, de son côté, agir sur tes songes?

— Je ne sais si je rêve plus, mais certainement que je dors beaucoup plus. Je m'endors souvent à midi, à la fabrique. Sais-tu pourquoi et comment?

— Ni l'un ni l'autre, lui répondis-je. Tu dors davantage parce que peut-être le fœtus qui dort, lui, tout le temps, en dehors des songes et des rares mouvements d'éveil, a un sang plus riche en vertus dormitives. Il est possible que le développement d'un nouvel organisme, parasite, entraîne l'épuisement plus rapide des substances nutritives de ton sang. Conséquemment, la nature a prévu qu'il fallait plus de sommeil pour les économiser. Voilà mon comment et mon pourquoi ! Tu sais, Marguerite, nous ne savons pas encore ce qu'est le sommeil. Nous ne savons même pas s'il est nécessaire à la vie ! M... a dû te parler des dauphins...

Un petit jour filtrait à travers sa lucarne et les bruits familiers des marchands ambulants de ce quartier montèrent jusqu'à nous. Il fallait réveiller les jumelles. A ce moment-là, Edith commença son dernier rêve de la nuit. Il était sept heures trente-cinq. Je montrai à Marguerite l'intensité des mouvements oculaires des songes du petit matin, comme si les esprits animaux se frayaient plus facilement un chemin préparé par les premiers songes. Hélène entama son dernier rêve juste au moment où Edith terminait le sien, à huit heures. Il fut également plus long, car il ne se termina qu'à huit heures trente. Je la réveillai doucement et lui demandai à voix basse le sujet de son rêve :

– Nous nous baignions dans une rivière, toutes les deux. C'était très agréable. L'eau était tiède. Je ne sentais plus le poids de ma sœur qui nageait auprès de moi. Je crois que l'eau était verte...

Elle essaya de se retourner vers moi. Edith se réveilla aussitôt. Elle ne se souvenait pas de ses songes.

Nous leur offrîmes du café. Je leur demandai si elles rêvaient parfois d'être seules ? Non, elles se rêvaient toujours ensemble. Elles ne pouvaient pas s'imaginer seules, me répondit Hélène. Sinon dans les cauchemars !

Nous les aidâmes à descendre. M... nous attendait devant sa porte.

– Bonjou' Mesdemoiselles siamoises. Vous avez bien 'êvé ? Et toi, Ma'gue'ite ? Si not'e dauphin avait un f'e'e siamois, on pou''ait se le pa'ta'ger !

CHAPITRE XXIII

L'électricité des songes

DIX MAI 1779... J'aime le printemps à Lyon. J'y suis revenu hier pour essayer de guérir la mélancolie qui ne me quittait plus depuis le départ de Béatrix. Je parcourus les livres de la bibliothèque de l'Académie, au Palais Saint-Jean. Je pensais y trouver de nouveaux articles sur la chymie mais les progrès récents de Priestley ou de Lavoisier ne m'intéressent guère. Comment les lois de la combinaison des gaz peuvent-elles contribuer à faire connaître la composition du cerveau ? Je suis monté, vers midi, sur la colline au-dessus de Saint-Jean et suis resté longtemps à regarder la ville de Lyon qui s'étalait au-dessous. Je songeais que Lyon avait des aspects d'Europe du milieu, comme Budapest ou Prague, et d'Europe du Sud avec ses tuiles romaines. Je pouvais voir toute la chaîne des Alpes et le Mont-Blanc très distinctement. Il allait donc bientôt pleuvoir. J'empruntai en descendant une traboule pour arriver au Gourguillon que je descendis jusqu'à la Saône.

C'est alors que j'entendis derrière moi quelqu'un qui fredonnait :

Pin Panicaille, roi des papillons,
Se faisant la barbe, se coupa le menton.
1.2.3. Deux bois
4.5.6. Deux buis...

Je me retournai. Mon vieil ami Leclerc, ancien enseigne de cavalerie du IXe Hussards, était là. Je ne l'avais pas revu depuis l'occupation de la Saxe, en 1757. Nous avions formé alors un cercle de philosophes avec des officiers originaires, pour la plupart, de la Dombes, de la Bresse ou du Lyonnais, sauf Leclerc qui était parisien. Comme signal de reconnaissance, l'un de nous avait proposé cette comptine que fredonnait sa fille et qui sert aux petits enfants pour apprendre à compter. Vingt ans après, nous ne l'avions pas oubliée. Leclerc était resplendissant. Perruque poudrée, redingote vert bouteille, chemise brodée, bottes vernies et canne à pommeau d'ivoire. Je m'aperçus qu'il faisait glisser celle-ci difficilement dans sa main gauche lorsque je lui serrai la main avant de l'étreindre. J'entendis alors un cliquetis, comme dans un mécanisme à remonter les grosses horloges, et Leclerc me montra son bras droit et sa main artificielle.

— C'est de l'atelier de Vaucanson. J'ai perdu mon bras d'un coup de sabre à Clostersaven, en 1757. Un grand diable de cavalier anglais ! Quelle tuerie que cette bataille, mais nous avons bien rossé les Anglais ! Heureusement, j'ai été bien soigné par les Saxons. Ensuite, on m'a mis cet appareil à l'Hôpital des Invalides, parce que j'avais un beau moignon !

— Que deviens-tu maintenant ?

— Mon cher, je suis l'assistant de l'abbé Bertholon. Et toi ?

— Je cherche la cause des songes... Mais que fais-tu chez un abbé, cela ne te ressemble guère ?

— Mon abbé se moque complètement de la religion. C'est

un philosophe. Un naturaliste. C'est l'homme le plus cultivé de ce pays dans la science de l'électricité. Il m'a engagé pour ses enquêtes.

– Qu'est-ce que tu peux bien enquêter ? Les orages ? Les éclairs ?

– Je vais te raconter. Tu n'as pas soif ?

Nous entrâmes dans un petit restaurant de la place Saint-Georges. Je l'invitai à déjeuner. Il me conta longuement l'histoire suivante qui m'intrigua beaucoup :

– Lorsqu'on m'a mis mon bras et ma main artificiels, me dit Leclerc, j'ai ressenti néanmoins des douleurs effroyables à mon moignon, des douleurs de la main que je n'avais plus ! Je la ressentais comme si je tenais toujours serrée la poignée de mon sabre. Les chirurgiens des Invalides ont bien essayé tous les traitements, y compris l'opium et le laudanum, mais la douleur revenait vite après la torpeur de l'opium. Aussi ai-je quitté les Invalides à la recherche de la cure électrique d'un certain Mauduyt, dont j'avais entendu parler par un autre mutilé. J'allais donc chez ce Mauduyt, dans le faubourg Saint-Honoré. Il se nomme en réalité de la Varenne. Il me fit asseoir sur un banc de bois et me baigna avec différentes sortes d'électricités positives ou négatives. Ce n'est pas un bain de liquide, mais un véritable bain de fluide électrique qui est émis par un générateur à friction qu'il fait tourner par un assistant. Ce traitement m'améliora un peu mais pas complètement. Encouragé par ce demi-succès, Mauduyt essaya sur moi deux nouvelles méthodes. Il commença par des étincelles, en me touchant le bras avec une baguette de cuivre reliée à la terre humide par une chaîne. Bien sûr, il devait tenir cette baguette avec un gant de cuir pour ne pas recevoir le fluide. Comme cette nouvelle méthode m'avait encore un peu soulagé, et que je recommençai enfin à dormir sans laudanum, Mauduyt me fit revenir la semaine suivante. Cette fois-ci, il y avait beaucoup de monde pour regarder le traitement : des médecins, qui venaient apprendre l'art de la thérapeutique électrique, un nommé Comus, qui s'appelle en réalité Ledru, le docteur Marat, un Suisse de Neuchâtel je crois, plutôt antipathique. Il y avait également toute une rangée de célèbres médecins et académiciens qui procédaient à une enquête sur les traitements par l'électricité. J'ai oublié la plupart de leurs noms, bien qu'on me les ait présentés fort courtoisement. Je me souviens seulement du docteur Guillotin, de l'Académie de Médecine, et de Monsieur de Lavoisier, de l'Académie des Sciences.

— Eh bien, l'interrompis-je, tu as de belles relations ! Il vaut mieux, sans doute, avoir l'amitié de Lavoisier plutôt que celle de ce Guillotin que je ne connais point.

— Ou de cette crapule de Marat, dont je te reparlerai. Donc on m'installa à nouveau sur le banc de bois et Mauduyt me toucha cette fois le moignon avec une tige reliée à une bouteille de Leyde. Je ressentis un éclair de douleur effroyable et aperçus un ciel noir éclairé de milliers de chandelles avant de m'évanouir. Lorsque je revins à moi, aspergé d'eau vinaigrée, j'aperçus les têtes des vénérables médecins et académiciens penchées sur mon visage. Ils semblaient soulagés de me voir vivant ! J'avais mal à la tête, mais depuis ce terrible choc électrique, je ne souffre plus à ma main fantôme.

— C'est une chance pour toi de ne pas avoir été électrisé à mort car on dit que l'on peut tuer un bœuf avec la décharge d'une grosse bouteille de Leyde.

— Un hussard est plus solide qu'un bœuf ! Après cette guérison électrique, Monsieur Mauduyt m'invita souvent chez lui car il était fier de me montrer pour que je raconte

mon histoire. C'est là que j'ai fait la connaissance de beaucoup de gens illustres : l'abbé Nollet, le papa Franklin, dont
je ne suis jamais arrivé à savoir si son avis était favorable
ou défavorable aux traitements électriques tellement il est
diplomate ! Il y avait aussi beaucoup de jeunes et moins
jeunes femmes de la Cour qui venaient faire traiter leur
stérilité par des bains électriques. Entre nous, je crois bien
que quelques « enfants de l'électricité » doivent ressembler
à ce sacré lapin de Mauduyt !

— Et sans doute à toi, sacré hussard !

— Une fois ou deux peut-être... Mais Mauduyt était très
jaloux ! Finalement, c'est là que je fis la connaissance de
l'abbé Bertholon qui avait aussi traité quelques femmes avec
le fluide électrique. Bertholon me parla alors d'un concours
de l'Académie des Sciences, Belles Lettres et Arts de Lyon
concernant l'influence de l'électricité atmosphérique sur la
santé publique et il m'engagea comme assistant.

— Et que fais-tu ?

— Je recherche les registres de naissance de la région de
Lyon, entre 1768 et cette année, et j'essaie de reconstituer
le temps qu'il a fait au cours de ces douze années.

— Et alors ?

— Et alors je ne sais pas encore ! Je confie ces résultats à
Bertholon qui va écrire un grand mémoire pour l'Académie
des Sciences de Lyon [1].

— Mais tu dois bien avoir déjà une idée ?

— Très floue, mon cher. J'ai entendu chez Mauduyt, il y
a un mois, l'abbé Bertholon qui exposait les premiers résultats. D'après lui, il y aurait plus de naissances, y compris
les bâtards, les années où la bise est plus fréquente. Comme
le vent du nord est favorable à l'électricité, Bertholon est
d'avis que l'électricité est favorable à la fertilité ! Bien mieux,

d'après l'abbé, la lune étant responsable du temps qu'il fait, ce serait ainsi que la lune commanderait le rythme des menstrues chez les femmes !

— Ton abbé me semble avoir oublié les principes de Bacon concernant l'investigation scientifique, s'il les a jamais lus, répondis-je. Quelles furent les réactions de l'auditoire à la théorie de l'abbé ?

— En général polies et favorables, sauf Marat, qui s'est livré à une attaque en règle : « que tout cela n'était qu'un tissu de spéculations et d'inexactitudes, que l'atmosphère électrique n'avait aucune action sur les fonctions de l'économie animale », etc. Il a fallu que Mauduyt interrompe la séance. Si je te présente un jour à l'abbé, ne lui parle pas de Marat !

— Je suis sûr que ton abbé aimerait faire prendre à Marat un bain électrique, avec une bonne décharge d'une bouteille de Leyde ! lui répliquai-je.

Nous sortîmes sur le quai de la Saône, à l'heure où le soleil éclairait les maisons de la rive gauche. Les marchés se terminaient. Les chevaux tiraient des chariots presque vides, tandis que des barques, remplies jusqu'au bord de marchandises, suivaient le cours lent de la Saône.

— Il faut nous revoir, me dit Leclerc. Si tu étudies les mécanismes des songes, tu devrais le faire avec des méthodes modernes, comme l'électricité. Tu serais ainsi en avance sur les autres naturalistes. Tu es un peu perdu dans ta Dombes, et même à Lyon ! Profite de la présence de l'abbé pour tout savoir sur l'électricité. L'abbé revient dans quinze jours. Je lui parlerai de toi. *Auf wiedersehen !* me salua Leclerc.

... Perdu dans la Dombes ! A Lyon ! Sacré Parisien de Leclerc, pensai-je.

Je me dirigeai alors vers la place de Louis-le-Grand pour

y prendre la diligence de la Dombes. Je devais être bien distrait par ma conversation avec Leclerc car je manquai d'être écrasé par un cabriolet que je n'avais pas entendu venir. Heureusement, je fus retenu par quelqu'un qui me tira par le derrière de ma veste. Je me retournai pour le remercier.

— Mille mercis, Monsieur, je vous dois la vie, ou au moins d'avoir échappé à quelque méchante blessure..

Un homme me sourit et s'inclina. Il ressemblait à un Chinois. Il était petit, aux yeux noirs et vifs, coiffé d'un bonnet de mandarin et vêtu de la longue robe que l'on voit dans les livres sur la Chine. Il me répondit dans un curieux mélange de portugais et de français.

— *Nào è nada,* je suis heureux, *las ruas de Lyon sào pèrigosas.*

Nous fîmes quelques pas ensemble et j'essayai de l'interroger. Il me répondait en souriant. Son nom était Chen. Il venait de Macao où il avait été élevé par des Jésuites portugais. Il avait débarqué à Lisbonne, il y a six mois, et venait d'arriver à Lyon pour y conclure une affaire avec des négociants en soie. Il se plaisait ici et cherchait à y utiliser ses talents.

— Que savez-vous faire ? lui demandai-je.

— Presque tout, me répondit-il.

Il connaissait les mathématiques, un peu de chymie et de physique, l'élevage des *bicho da seda* (les vers à soie), un peu d'astronomie et d'astrologie, un peu de médecine, car il avait appris les secrets de l'acupuncture. Il était aussi habile dans l'art de travailler le cuivre. Enfin, il savait préparer les mets chinois les plus délicieux, surtout les serpents !

Je lui contai mes études sur les rêves.

— *Sonhos,* me répondit-il. Je sais les interpréter.

– Ce n'est pas ce qui m'intéresse, lui répondis-je. Je cherche seulement à en connaître les mécanismes et les desseins en étudiant le rêve des animaux.

– Alors les animaux rêvent à Lyon ?

– A Lyon, et certainement en Chine.

Il ne parut pas me croire !

Nous nous assîmes au soleil, en face du départ des diligences.

Chen me plaisait. Il paraissait intelligent. Il était soigné de sa personne, cultivé et de commerce agréable et il semblait disponible...

Quel âge avait-il ?

– *Tenho quaranta anos,* me répondit-il.

Pourquoi ne pas inviter Chen à me rejoindre au château ? Ma solitude me pesait à Bouligneux car ma femme habitait presque constamment à Lyon chez sa mère. Elle s'était trouvé depuis peu un intérêt étrange pour la botanique, si bien qu'elle se rendait de plus en plus souvent à Paris, au Jardin du Roy, pour y herboriser et, si j'avais bien compris, participer aux travaux du chevalier de la Mark et à l'achèvement du plus grand monument de la botanique : la Flore Française. C'est par une de ses amies, Madame de M..., que j'avais appris, il y a deux mois, que ma femme avait aperçu Béatrix à Paris. Cette langue de vipère de Madame de M... me fit comprendre, avec quelques ricanements, que le vieux Buffon s'était entiché de Béatrix. Je connaissais la réputation de « coureur de jupons » de ce célèbre naturaliste et j'essayai de chasser de mon esprit l'image de Béatrix dans les bras de ce septuagénaire.

Je recevais bien, tous les deux ou trois mois, une courte lettre, ironique et tendre, de Béatrix. Elle ne s'était pas beaucoup plu dans le laboratoire de Haller, car il était devenu très malade et ses élèves intriguaient sans cesse pour lui succéder. Après la mort de Haller, en décembre 1777, Béatrix m'avertit qu'elle gagnerait directement Paris. Quelle autre ville pourrait-elle choisir pour y apprendre l'histoire naturelle ? Elle me confia qu'elle y trouverait beaucoup d'oiseaux au Jardin du Roy et qu'elle pourrait enfin *sérieusement* y étudier le sommeil des autruches. Elle désirait, également, consacrer sa thèse au sommeil des plantes depuis qu'elle avait lu l'article de Mairan. Où aurait-elle pu aller en effet ? Boerhaave était mort et je ne la voyais pas étudier chez John Hunter. Béatrix chez des Anglais ! Ses lettres étaient devenues plus rares depuis deux mois. Combien de temps allait-elle demeurer à Paris ?

Oui, pensai-je, pourquoi ne pas inviter Chen à me rejoindre ? Je perdais mon temps à classer, herboriser et essayer de trouver quelques lois mathématiques dans la périodicité de mes rêves, sans avancer dans la rédaction de mon article pour l'Académie de Berlin.

Les histoires d'électricité, que Leclerc m'avait contées, me revinrent à la mémoire. L'électricité et les songes ? Pourquoi pas ? L'électricité pouvait bien exciter les esprits animaux dans un sens ou dans l'autre.

Chen était si industrieux qu'il pourrait devenir mon assistant et m'aider à installer un cabinet de physique au château.

Chen accepta immédiatement ma proposition. Nous devions nous retrouver à ce même endroit de la place de Louis-le-Grand dans une semaine.

C'est ainsi que Chen entra au château de Bouligneux le 17 mai 1779.

CHAPITRE XXIV

L'oniron et l'orgasmon

QUINZE JUILLET 1780... Est-on jamais sûr de ce que l'on trouve ? Ma vaine recherche d'humeurs, qui fussent la force vive des rêves, m'avait appris le doute. L'électricité, pensais-je, était peut-être la force cachée des songes. Mais il fallait la mettre en évidence. Comment cela serait-il possible ? Ce que j'avais appris récemment des découvertes de Galvani me faisait supposer que l'opposition de deux électricités, de sens contraire, permettrait d'obtenir quelque preuve, par exemple une étincelle entre deux sphères.

Quel serait l'état le plus adéquat à opposer aux songes ? Ce ne pouvait être le sommeil, car s'il crée le rêve, son électricité doit être, par conséquent, soit neutre, soit de même sens que la sienne. Il fallait donc choisir un moment de l'éveil qui fût à la fois analogue au rêve par sa durée, mais contraire par son intensité. Me rappelant alors que l'érection était un signe commun aux songes et au commerce érotique, je me dis que le plaisir, qui dure de quinze à vingt minutes et s'achève brusquement, pouvait avoir quelque analogie avec le songe, qu'il faudrait donc essayer de relier les électricités d'un rêveur avec celles recueillies chez un couple pendant l'amour et, qu'additionnées, ces électricités se combineraient l'une avec l'autre plus facile-ment.

Depuis que j'avais eu cette idée, la recherche de l'oniron, j'avais décidé d'appeler ainsi l'électricité du rêve, et de l'orgasmon, l'électricité du plaisir amoureux, m'occupait continuellement. J'étais aidé discrètement par quelques col-lègues physiciens qui attendaient du résultat positif de ces expériences un nouvel éclat pour la science toute neuve de l'électricité, car les escroqueries de Leduc avec son pèse-songes avaient jeté quelque discrédit sur les physiciens de l'Académie.

Depuis que je vivais seul à Bouligneux, j'avais fait trans-former le premier étage des deux ailes du château en labo-ratoire. Son entrée en était interdite à quiconque, sauf bien sûr à Chen et à moi. Des batteries de bouteilles de Leyde et deux machines à friction occupaient une partie de la salle est. Il y a longtemps que nous ne nous en étions pas servis. L'autre salle, à l'ouest, avait été préparée pour mettre en évidence l'énergie des rêves.

Dans le coin ouest étaient disposés deux grands berceaux métalliques en cuivre, d'une taille suffisante pour accueillir un ou deux rêveurs chacun. Leur construction m'avait coûté beaucoup de temps et d'argent. Les connexions entre les berceaux et les tresses de cuivre qui s'en échappaient étaient en argent et j'avais vérifié qu'un fluide parasite n'existât point entre les sphères de cuivre creuses qui terminaient les tresses de cuivre et la terre. Les deux berceaux étaient isolés du sol, en carreaux de brique, par deux étages de madriers de chêne en bois sec vieilli de plus de cinq ans. Un grand poêle avait chauffé, en hiver, cette salle afin d'en éliminer toute trace d'humidité. Le berceau des rêves, qui était destiné à recueillir la force électrique de l'oniron, était placé au sud, tandis que le berceau de l'amour, qui devait recevoir les fluides de l'orgasmon, était au nord. Mais nous avions prévu d'interchanger les berceaux si nos expériences étaient troublées par le fluide électrique qui circulait entre les deux pôles de la terre. J'avais enfin jugé utile d'obscurcir complètement cette chambre, de peur que le rayonnement de la lune ne fournît une lumière trop crue qui estomperait les étincelles entre les deux sphères.

La première expérience fut prévue pour le 13 juillet. La lune n'y apparaissait pas, la bise et le temps sec, qui étaient prévus par l'Almanach, étaient propices à l'entretien de l'électricité de l'air, selon les travaux de l'abbé Bertholon.

Nous avions choisi, comme dormeur et rêveur, le jeune Thévenet, de Villars. C'était un neveu de l'apothicaire, un petit gros au cou court comme son oncle, assez hardi dans ses allures. Il s'était engagé chez les chevau-légers mais un accident de tir au mousquet l'avait rendu aveugle. Je pensais que sa cécité, bien qu'elle ne l'empêchât point de rêver, lui cacherait la vue de nos visiteurs et visiteuses, ce qui nous assurait de sa discrétion. Afin de le maintenir dans l'état du plus profond endormissement et du plus grand besoin de rêver, j'avais décidé de l'occuper la nuit d'avant l'expérience par des jeux auxquels il pouvait se livrer, tels que les osselets. J'avais fait, également, graver en relief des dés et des cartes, de façon à ce qu'il puisse les sentir avec ses doigts car il était enragé à ces jeux de hasard. Enfin, je lui avais proscrit tout alcool lors de cette veille prolongée car je ne désirais point que quelques vapeurs, distillées par son économie, ne viennent troubler ou ses songes, ou bien l'oniron qu'il devait émettre.

J'avais longuement hésité sur le choix des partenaires qui seraient destinés à nous fournir le meilleur orgasmon. Il nous les fallait jeunes et se connaissant déjà intimement. Il fallait également que leur commerce ne fût point ralenti par la situation où ils se trouveraient, de façon qu'ils puissent entrer en jouissance pendant un intervalle de temps d'une quinzaine de minutes, au plus, après l'apparition des premiers signes de songe chez notre rêveur. Il fallait, enfin, que la jouissance de la femme ne fût pas feinte, de façon à être certain qu'elle puisse émettre aussi l'énergie de l'orgasmon. Afin de gêner le moins possible leurs relations amoureuses, j'avais fait confectionner deux ceintures, très fines, de cuivre qui seraient attachées à leur taille. Ces ceintures seraient reliées à la tresse de cuivre terminée par la sphère.

Cependant, c'est afin de recueillir le maximum d'énergie électrique que j'avais fait confectionner les berceaux de cuivre. La couche interne était faite d'une maille si légère et si douce que je pensais, après l'avoir essayée, qu'elle ne gênerait ni les amours de nos sujets, ni les songes du dormeur, quelle que soit leur position dans le berceau, qui serait caché par un grand voile violet de façon à respecter les inventions et les jeux amoureux de nos sujets.

Chen avait essayé plusieurs fois de me convaincre d'être le sujet mâle, émetteur de l'orgasmon :

– Vous seriez mieux à même de savoir si votre partenaire émet vraiment des *ondas* d'orgasmon. *Toda a nossa esperiencia descausa solre as ondas du macho e da femea,* disait-il.

J'avais refusé car je devais observer par moi-même l'étincelle et je savais comment on pouvait être abusé par une croyance ou des hallucinations à ce sujet. Ma confiance en Chen était presque absolue mais je ne désirais pas fonder une nouvelle science sur des observations hasardeuses que je ne visse pas moi-même.

Chen, de son côté, avait décliné la place dans le berceau

de l'orgasmon. Il me confia que la coutume en Chine était de retenir sa semence lors du commerce amoureux et que l'on pouvait vivre plus de dix mille années si dans la même nuit on pouvait procurer la jouissance à dix vierges sans avoir perdu une goutte de sa liqueur séminale. C'était une prouesse qu'il n'avait malheureusement pu encore réaliser !

C'est ainsi que nous choisîmes le comte de S... et sa maîtresse. Ecrivain non édité, facteur de libelles athées et libertins sur l'anarchie, le comte de S... s'intéressait fort aux choses de la nature. Il assistait assez régulièrement aux séances de l'Académie de Lyon et nous l'avions invité quelquefois à notre cercle. C'était un beau parleur, âgé de trente à trente-cinq ans. Son caractère était fantasque et il s'emportait souvent à la suite de la plus minime vexation. Il m'avait approché pour me livrer un cahier de ses songes et j'avais reconnu quelques traits authentiques dans la relation qu'il faisait des souvenirs de songes lors de ses voyages. Il décrivait, ainsi, deux souvenirs de rêves concernant l'ouïe, en accord avec mes observations, mais je lui avais promis de ne point les livrer à ce recueil sans son autorisation.

Le jeune comte de S... habitait un hôtel de la rue de la Charité, chez son oncle fort riche. Nous savions qu'il sortait avec sa maîtresse, une jeune Italienne qu'il avait ramenée de Naples. Elle n'avait que dix-sept ans mais son origine méditerranéenne lui avait fait développer la poitrine comme chez une femme de trente ans. Certains de mes confrères ajoutaient même, malicieusement, que sa taille allait s'arrondir rapidement à cause de son goût prononcé pour les pâtisseries et les glaces. Cette jeune dame, du nom d'Olivia, était plaisante à regarder, ses yeux noirs étaient vifs et elle portait une longue chevelure noire qu'elle avait plaisir à balancer lorsqu'elle se promenait avec le comte.

Je m'entretins avec celui-ci de ma théorie concernant l'émission d'énergie électrique par le cerveau au cours du songe, et je lui expliquai pourquoi nous aurions plus de chances de succès en faisant entrer en contact des électricités de signes différents. D'autre part, ma théorie m'assurait que le plaisir amoureux devait émettre une électricité de sens contraire. Ainsi, l'orgasmon devrait voir doubler sa force par le commerce simultané de deux plaisirs et renforcer la décharge lors de sa rencontre avec l'oniron.

Le comte m'objecta que, s'il y avait une décharge au niveau des sphères, celle-ci pouvait se transmettre à la fois au songeur et aux partenaires engagés dans les rapports amoureux.

— A cette objection j'ai souvent pensé, lui dis-je, mais il m'apparaît impossible que la quantité d'électricité fût si forte qu'elle incommodât les sujets.

Je lui rappelai que, depuis des milliers d'années, des hommes et des femmes songent ou entretiennent des commerces amoureux directement sur la terre, même mouillée, sans en ressentir la moindre décharge. C'est pourquoi j'avais dû inventer un dispositif très sensible pour additionner les forces électriques de sens contraire.

— Pour la science de l'électricité, et pour elle seule, Monsieur, me dit brusquement le comte, je suis votre homme.

Il me fit promettre le secret sur son nom et celui de sa maîtresse et ajouta que si nous devions publier cette expérience, il nous serait reconnaissant de donner le nom de O, O comme Olivia, à la force amoureuse. Je lui promis, d'autant plus facilement que O était aussi le symbole d'orgasmon. Il nous faudrait choisir un autre symbole pour oniron. Je pensais que si l'expérience réussissait, nous pourrions utiliser les termes de O^+ et O^- pour chacune des forces électriques mais qu'il nous faudrait, sans doute, plusieurs essais avant de connaître le côté de la positivité et celui de la négativité.

J'aurais aimé savoir, par-devers moi, si Olivia était aussi consentante que le comte, mais il me cachait si bien sa maîtresse, lors de mes voyages à Lyon, que cela me fut impossible.

C'est ainsi que nous vîmes arriver, sur la fin d'un bel après-midi du 13 juillet 1783, le comte de S... et sa jolie maîtresse, dans un beau cabriolet dont l'intérieur était garni de cuir rouge, décoré de dorures aux armes de l'oncle du comte. Je leur fis les honneurs du château et du laboratoire. Olivia caressa, en faisant la moue, le treillage de cuivre du berceau d'amour.

– Comment croyez-vous que je pourrai dormir sur ces épines ? me dit-elle.

Le comte la reprit, sur un ton que je trouvai peu amène, en lui rappelant avec brusquerie qu'ils ne devaient point dormir et que si elle le désirait, il occuperait le fond du berceau et qu'elle pourrait s'étendre sur lui.

En attendant la tombée du jour, je les entraînai au bord de l'étang. C'était l'heure de la rentrée des oiseaux, de toutes sortes, et de leur pêche. Le spectacle champêtre ne semblait pas leur plaire, tous accoutumés qu'ils étaient à la vie des salons et, pour comble de malchance, Olivia tordit son petit pied, qu'elle avait fort joli, dans les roseaux. Elle y perdit son soulier, qu'il me fallut repêcher rempli de boue. Le comte restait silencieux. Je jugeai, à leur humeur, qu'il me fallait conclure la promenade, sinon le déclenchement de leur plaisir amoureux risquait d'être retardé.

Nous regagnâmes le château à la tombée de la nuit. La bise, qui avait soufflé tout le jour, se calmait et l'étoile du

Berger était déjà brillante au sud. C'est alors que j'aperçus, de l'autre côté de l'étang, une forme étrange. Je connaissais trop bien mon étang pour croire que ce fût un tronc d'arbre, mais cette forme immobile, que je n'avais point remarquée auparavant, y ressemblait fort. Brune et étroite, on aurait dit un tronc ou un homme, mais il n'y avait pas de tache claire au niveau de la face et la silhouette de la tête était trop large pour être humaine. Je me retournai à plusieurs reprises pour examiner cette ombre immobile qui disparaissait de plus en plus dans l'obscurité mais je ne désirais point augmenter l'anxiété de mes hôtes que je sentais nerveux.

Je les invitai à partager mon repas, que j'avais choisi pour entretenir leurs ardeurs :

Du caviar de Tartarie, des écrevisses en bouquets dans un court-bouillon de vin blanc parfumé au poivre de Cayenne, au thym, au laurier, au romarin, à la lavande et avec beaucoup de persil, une pintade, garnie de muscade et de girofle, sur un lit de cresson, un rôt de bœuf bien saignant, fort assaisonné de poivre, entouré de gelée de corne de cerf et un gâteau à la cannelle dans lequel j'avais ajouté six gouttes d'essence d'ambre gris.

J'arrosai ce repas, bien qu'il y eût de la viande, du seul vin de Champagne, car mon expérience personnelle m'avait appris que les vins rouges n'excitent les ardeurs que fort brièvement, avant que de stimuler les humeurs soporifiques.

Je fis prolonger ce petit repas aux chandelles assez long-temps pour être averti de l'arrivée de notre songeur, Monsieur Thévenet, par le bruit du cabriolet que conduisait Chen. J'avais pensé qu'il valait mieux coucher notre homme derrière son rideau avant que de faire rentrer le comte et Olivia dans leur berceau.

C'est à ce moment-là que me vint l'idée qu'il eût mieux

valu choisir un sourd puisque, caché derrière son rideau, l'aveugle pouvait entendre les bruits du plaisir du couple, alors qu'un sourd n'aurait rien vu et rien entendu.

J'expliquai une dernière fois au comte et à Olivia combien leur aide était capitale pour la science de l'électricité et que leur pudeur serait respectée car nous nous tiendrions, Chen et moi, loin des rideaux et manœuvrerions les sphères. Je leur donnerai le signal du début de leurs ébats lorsque je constaterai le début des songes de notre dormeur. J'espérais, en effet, que leur plaisir pourrait survenir dans un délai de quinze minutes, ce qui amena un léger sourire sur les lèvres d'Olivia. Certes, le jeune homme, privé de sommeil, pourrait présenter quatre à cinq, peut-être même six, périodes de songe dans la nuit, mais je n'espérais pas, bien sûr... Le comte me semblait devenir de plus en plus contrarié. Il me fallait abréger ces explications.

— Bien sûr, eus-je l'imprudence d'ajouter, si vos ardeurs y consentent, vous pourrez profiter de la deuxième période de songe pour recommencer une deuxième fois. *Bis repetita placent !*

Le comte rougit violemment :

— Je ne suis pas un lapin, Monsieur, me répondit-il. Le commerce amoureux est comme le sentiment, la volonté n'y règne pas !

Des lapins ? Bien sûr que j'y avais pensé, mais il me semblait impossible de commander le rêve et le coït des lapins. La nervosité croissante du comte et les bâillements d'Olivia me firent brusquement regretter les lapins !

Un vieil instinct de naturaliste m'avait appris qu'il valait mieux ne pas commencer une expérience lorsque l'on ressent des appréhensions. Je venais de regretter de ne pas avoir choisi un sourd ou des lapins. Dans quelle catastrophe cette expérience allait-elle m'entraîner ?

Le sourire calme de Chen me réconforta lorsque nous entrâmes dans le laboratoire. Il avait mis sa blouse bleue en soie et un calot de mandarin. Il se courba fort cérémonieusement devant Olivia, puis devant le comte. Je le présentai comme mon assistant, un savant mandarin de l'Empire du Milieu. Sa vue augmenta la nervosité du jeune couple.

— Le Sieur Thévenet est déjà couché derrière le rideau. Il avait fort sommeil et je lui ai attaché la tresse, me dit Chen.

— Comment ça va, Thévenet ? demandai-je. Dormez-vous ?

— Et s'il vous répondait oui ? me dit Olivia en souriant.

Thévenet ne répondit pas. Il devait déjà dormir à poings fermés. Il fallait faire vite car, souvent, après une nuit sans sommeil, les songes peuvent apparaître moins d'une heure après l'endormissement.

J'expliquai une nouvelle fois au comte, qui semblait excédé, comment attacher sur sa peau nue et sur celle d'Olivia les deux tresses en cuivre. J'annoncerais le signal du début du rêve de Thévenet en disant à haute voix « *oniros* » ; je lui demandais simplement de dire « *Eros* » juste avant le climax de son plaisir, tandis que je serais fort reconnaissant à Olivia de bien vouloir m'annoncer le maximum de son plaisir en criant « *Aphrodite* » !

Le comte grommela quelque chose et enjamba le rebord du berceau, tandis qu'Olivia attendait.

Chen et moi leur souhaitâmes le bonsoir en tirant les rideaux. Notre aménagement, longuement calculé, nous permettait, sans déranger les amours du couple, de tirer le rideau du dormeur. Un grand bougeoir nous permettait de bien lire les signes des songes.

Nous nous assîmes, chacun de nous tenant avec des gants

une boule reliée aux tresses de cuivre. J'essayais de me concentrer lorsque des secousses parvinrent du côté du berceau d'amour :

— Nom de D..., jura le comte, f...-moi ces bougies en l'air.

Il valait mieux ne pas répondre. De toute façon, nous aurions éteint les bougies au début du songe pour observer l'étincelle entre les deux sphères. Je soufflai les bougies. Il nous faudrait, maintenant, reconnaître le début du songe de Thévenet au seul bruit de sa respiration. J'avais suffisamment d'expérience pour le faire. Pour le moment, notre dormeur ronflait assez fort et régulièrement. J'espérais que ce ronflement n'atteindrait pas les affreux bruits d'orgue inondé qu'émettent certains dormeurs, sinon, pensais-je, les pattes du comte en seraient coupées !

Le ronflement cessa brusquement. Une apnée ? Je me penchai sur le berceau de Thévenet. Il ne respirait plus. C'était, seulement quarante minutes après son endormissement, le début d'un songe. J'étais stupéfait.

— *Oniros,* m'écriai-je !

Nous entendîmes alors un bruit de balancement et quelques halètements précipités pendant quelques dizaines de secondes. Nous approchâmes les deux sphères.

— *Eros,* s'écria le Comte, juste au moment où Thévenet reprenait son ronflement, avec un bruit affreux de gargouillement !

Nous entendîmes encore quelques bruits, puis une petite voix s'écria « *Aphrodite* » et bâilla !

L'arrêt respiratoire de Thévenet n'avait été qu'une apnée de ronfleur. Je l'aurais deviné si j'avais pu mettre ma main sur sa poitrine car, au contraire du début des songes, les mouvements respiratoires persistent et même augmentent pour vaincre les obstacles du larynx.

— Alors, s'écria le comte, vous l'avez vue cette sacrée nom de D... d'électricité ?

Chen, qui ne manquait pas d'esprit, calcula que le coït du comte était aussi bref que celui d'un lapin ! J'étais de son avis, mais dans une telle situation qui aurait pu le blâmer !

— Nous l'avons presque vue, répondis-je. Tout était parfait de votre côté, mais le songeur a peu rêvé. Je rallumai les bougies. Thévenet dormait toujours.

— C'est votre affaire, répondit le comte. Vous n'aviez qu'à mieux choisir votre rêveur. Nous avons rempli notre contrat avec la science, Olivia et moi. Où peut-on dormir dans cette sacrée baraque ? ajouta-t-il.

Nous n'y avions pas pensé mais je pouvais offrir ma chambre au comte et à Olivia jusqu'au lendemain matin.

— Chers amis, dis-je, encore une petite demi-heure ? Le songe de Thévenet va réapparaître bientôt, encore plus fort. Ne pourriez-vous pas essayer encore une fois ? Ensuite vous pourrez dormir, soit dans le berceau d'amour, soit dans ma chambre. Que n'avais-je pas dit !

— Tu l'entends, mais tu l'entends, se mit à crier le comte. Et je recommence, et encore, et pas assez, et trop vite, et pas au bon moment, et pas en même temps... Que le vieux c... et son Chinois aillent se faire f... avec leur sphère et qu'ils se la f... au c...

Que faire ? Comment calmer ce fou furieux qui devait être humilié de s'être conduit comme un lapin !

Chen, qui avait deviné dans le comte un être imprévisible et violent, me conseilla d'être prudent. Il s'éclipsa discrètement. Je sus, plus tard, qu'il était allé chercher une arme.

— Je vous en prie, dis-je, calmez-vous, Monsieur. Vos sens sont échauffés, sans doute par les flux de l'électricité. Nous allons déconnecter les sphères.

— Vieux fou, il y a longtemps que j'ai enlevé ta ceinture. Et maintenant, tu vas raconter à tout le monde que je baise comme un lapin ?

Je vis le comte sortir brusquement nu du berceau d'amour, les yeux hagards, livide. Il vint vers moi en me fixant droit dans les yeux.

— Saleté de naturaliste, tu m'as déshonoré devant Olivia et devant ce Chinois. Tu vas voir...

La fixité de ses yeux et le geste de son bras droit, qui devait tenir un objet lourd, ne me trompaient pas. Il allait me frapper. Il recula pour prendre un peu d'élan, à l'instant où j'aperçus l'éclat métallique d'un lourd bougeoir. Il avait déjà dû tuer. Au moment où il allait bondir, Olivia, qui se dressait dans le berceau, poussa un cri horrible :

— Là... là... Horreur !

Elle se précipita vers le comte, en brisant son élan, si vivement qu'elle fut légèrement blessée au bras. Les rideaux s'étaient brusquement ouverts et la grande silhouette de l'homme-chien, revêtu d'un costume brun de frère des Augustins avec son capuchon, apparut. Seuls brillaient ses yeux. Tout le reste était sombre.

Le comte laissa tomber son arme. Je remarquai alors qu'Olivia, le buste nu, avait de fort jolis seins et que du sang coulait de son bras. Thévenet, réveillé par tout ce bruit, s'était assis sur son lit, lorsque Chen réapparut une dague dans la main. Je lui demandai d'apporter des bandages.

— Merci, frère Boris, lui dis-je. *Muito obrigato,* répéta Chen.

— Je vous l'avais dit, Monsieur, qu'un jour vous sauriez ma reconnaissance.

Je tendis ma main au comte, qui restait comme paralysé.

— C'est moi le coupable, Monsieur, de vous avoir entraîné dans de telles expériences, sans y avoir mieux réfléchi. Dans de telles conditions, aucun homme n'aurait pu mieux agir que vous. Je vous prie d'accepter les excuses du naturaliste et les regrets de votre hôte.

Il finit par me serrer la main, pendant que Chen mettait un bandage sur le bras d'Olivia.

— Je fais confiance à la discrétion de l'homme d'honneur que vous êtes, me dit le comte. Quel est cet... homme ?

Nous sortîmes du laboratoire, en y laissant seul Thévenet qui s'était rendormi et qui commençait enfin à rêver ! Je leur racontai brièvement l'histoire de l'homme-chien avant de les laisser s'en retourner dans leur cabriolet.

— Comment avez-vous su, frère Boris, que j'étais en danger ?

— Tout se sait, Monsieur. Surtout chez les Augustins ! Lorsque j'ai appris votre expérience de ce soir, j'ai décidé de l'empêcher car cette électricité est démoniaque. Je ne voulais pas vous laisser la réussir, parce que cette force ouvrira les portes du mal. Le Père Abbé m'a laissé sortir. Il croit, lui aussi, que vous vous perdez et que vous en perdrez d'autres. Je vous ai vu, depuis l'étang, et vous ai suivi jusqu'au laboratoire, dans l'obscurité. Je suis venu vous sauver deux fois. Une fois de la mort terrestre par la fureur du comte, une autre fois de la mort céleste en vous priant de ne plus essayer de tenter ces forces immenses, sinon infinies, qui unissent Dieu avec les songes de l'âme et le Diable avec la force de la chair.

— Je vois, mon frère, que vous avez eu de bonnes lectures chez les Augustins. Si j'abandonne ces expériences, ce n'est pas par peur du Diable, c'est parce qu'elles m'apparaissent bien difficiles. Un jour, peut-être, quelqu'un d'autre les refera...

– Pour prouver quoi ? demanda le frère-chien.

– Juste pour voir, frère Boris. La curiosité est ancrée dans notre cerveau, sinon nous ne serions point ici, ni vous, ni moi, ni le comte, ni Olivia, ni Chen, ni les rats du château... Ni Béatrix à Paris, pensais-je.

Chapitre XXV

La pituitaire et les songes

AOÛT 1781... Ce mois dernier, j'ai relu les livres de physiologie de Boerhaave, Hunter et Haller. Je crois que la recherche des causes du sommeil et des songes constitue un domaine à part qui ne ressemblait à nul autre de la physiologie.

Aristote avait sans doute raison en écrivant que la nature a un dessein. La plupart des phénomènes étudiés par les écoles de physiologie, comme celle de von Haller et de Hunter, ont des causes finales évidentes.

Le dessein de la circulation sanguine est d'apporter le sang et les humeurs nutritives aux tissus. Il ne reste plus de mystère sur l'anatomie de la circulation depuis Harvey et surtout depuis que Leeuwenhoek et Malpighi ont décrit la circulation capillaire. Le seul problème consiste à connaître quelle est la force qui fait se mouvoir le cœur, même en l'absence du système nerveux.

La chair sensible du cœur serait irritée par l'abondance, la chaleur et la pesanteur du sang et cette irritation la forceraient à se contracter. C'est l'hypothèse de von Haller. Qu'elle soit juste ou non, cela n'empêche pas les physiologistes de la circulation d'en connaître les fonctions.

A propos de la nutrition, von Haller explique comment une dissipation perpétuelle des corps vivants se produit. Evidemment, la nature doit nécessairement pourvoir à ces pertes. L'anatomie de la nutrition, depuis la digestion jusqu'au chyle et la rosée lymphatique qui s'exhale dans le tissu cellulaire, est aussi bien connue.

Le but de la respiration ainsi que la mécanique des muscles du soufflet du poumon n'ont plus de secret, sinon qu'il importe de connaître l'esprit contenu dans l'air et qui passe à travers les poumons. Sans doute, ce n'est pas le nitre aérien de Haller mais le principe découvert par Priestley et Lavoisier.

Bien sûr, nous ne savons qu'une partie minime de l'organisation des esprits animaux dans le cerveau mais, même si nous ne connaissons point les mécanismes de son fonctionnement, nous en connaissons les fonctions. Quel naturaliste pourrait ignorer la cause finale des opérations suivantes du cerveau : les sensations qui sont causées par l'impression de l'objet sensible sur les esprits animaux qui la transportent au *sensorium commune* ? Qui nierait l'utilité de la douleur puisque celle-ci nous avertit de l'attaque de nos tissus, même si certaines douleurs violentes surviennent sans utilité après amputation ? Mais ce domaine appartient à la pathologie de la douleur survenant chez un organe mutilé et non à la physiologie. Qui peut s'interroger sur le dessein de la mémoire, même si son siège est inconnu ? Qui mettrait en doute le but des mouvements musculaires ? Qui refuserait aux organes de la génération mâle et femelle l'intention de contribuer à la propagation de l'espèce, soit par l'ovule, les animalcules spermatiques ou la combinaison des deux ?

Il ne reste en fait que le sommeil et les songes pour lesquels nous pouvons trouver à la fois une infinité de causes et une infinité de fonctions. Les causes sont trop nombreuses et contradictoires et ne permettent point d'en isoler une qui apparaisse comme la cause proximale. Doit-on penser que toutes ces causes occasionnelles agissent sur la cause proximale du sommeil ? Même si celle-ci était trouvée, elle ne nous dirait rien des causes finales du sommeil. Dire que la cause proximale de la circulation du sang est la contraction du ventricule ne permet point de deviner que le sang nourrit tous les tissus. Dire que la cause de la respiration est le mouvement des muscles respiratoires ne permet pas de savoir que la fin de la respiration est de mélanger un esprit vital de l'air avec le sang.

Ce n'est donc point parce que les causes du sommeil et des songes nous sont inconnues que l'étude des rêves constitue une partie séparée de la physiologie, mais c'est parce que la fin, ou les causes finales du sommeil et des rêves, nous demeure totalement inconnue. Les fonctions que l'on a attribuées à ces deux mystères depuis Aristote sont si souvent contradictoires, ou naïves, qu'elles ne résistent pas à l'examen. Dois-je dire que je n'en propose aucune ?

Si je devais trouver quelque analogie entre la science des songes, c'est-à-dire l'étude d'un phénomène bien délimité dans le temps, sans cause ni fonction, ce serait celle de l'étude de certains organes, parfaitement connus dans leur anatomie, mais dont la fonction demeure obscure. Il ne s'agit point du pancréas puisque sa fonction est maintenant connue. On sait en effet, d'après Haller, que le suc pancréatique, aqueux, insipide et fin, vient déterger la bile et transformer ce savon visqueux en un suc plus fluide et mobile. Par contre, le rôle assigné à la rate par Haller, de délayer et d'empêcher le sang de se coaguler, est moins certain. Mais, surtout, c'est la glande pituitaire qui m'apparaît comme l'organe à la fois le mieux connu dans ses rapports avec le sang et les ventricules et celui dont le rôle reste totalement obscur. Comment une telle glande, si bien protégée par la selle turcique et si fortement irriguée par le sang, n'aurait-elle point de fonction importante ? Y aurait-il quelque rapport entre le mystère des fonctions de cette glande et l'énigme du sommeil ou du rêve ?

Descartes s'était aventuré à trouver une fonction à la glande pinéale. Son hypothèse fut détruite avec quelque impertinence par le grand anatomiste Stenon. Pourquoi la pituitaire, organe impair, en relation à la fois avec les esprits animaux et les humeurs de l'économie comme l'écrivait Bordeu, ne pourrait point commander la machinerie des rêves ? Cet organe, pensais-je, est à la fois capable d'exciter le cerveau et d'agir sur les humeurs. Cette double action pourrait expliquer pourquoi le rêve de Marguerite se transmettait à son petit fœtus.

Il me fallait alors, et ce serait un avantage sur Descartes, essayer d'enlever la pituitaire chez quelques lapins pour y observer des altérations, ou la suppression de leurs rêves. Encore fallait-il prouver que l'ablation de cette glande n'entraînât pas la mort de mes lapins. Enlever la pituitaire ? Je consultai tous mes traités. Personne ne l'avait tenté. J'expliquai à Chen, devant un plat de riz cantonais qu'il m'avait cuisiné avec beaucoup de talent, la difficulté et aussi la grandeur de nos expériences. Si nous réussissions, le lustre que nous en aurions acquis nous vaudrait une gloire au moins égale à celle de Haller ou de Hunter et dépasserait, j'en étais sûr, la renommée de Charles Bonnet.

Le lendemain, un clair matin d'août, je vis rentrer Chen dans la cuisine inondée de soleil. Il se dirigea silencieusement vers les trois lapins qui venaient d'être tués et préparés par

Maria. Leur peau était enlevée et ils étaient attachés par les pattes, suffisamment haut pour que ni chiens, ni chats, ne puissent y toucher. Chen prit un grand couteau, coupa la tête d'un lapin et sortit, toujours sans mot dire. Intrigué, je le suivis hors du château, jusqu'au pré qui borde l'étang. Il repéra alors une grosse fourmilière et y enfouit la tête du lapin.

– Demain soir, me dit-il, ce crâne sera aussi propre que si ce *coelho* était mort il y a cent ans...

Le surlendemain, Chen se mit à tourner le crâne dans tous les sens.

– Il faut aller là, lui dis-je en lui montrant la selle turcique. Pas question de passer par-dessus, à cause de la membrane fibreuse qui la recouvre, ni par l'arrière. Peut-être par le côté ? Je me souvins alors du joueur de foire que j'avais vu se planter des clous dans le crâne par le nez. Et par le nez ?

Nous essayâmes d'enfiler une grosse aiguille de cordonnier à travers l'ethmoïde. A condition de bien l'orienter dès le départ, il était possible d'effondrer la paroi antérieure de la selle turcique et d'y pénétrer. Il n'était pas difficile de repérer la profondeur à laquelle nous devions enfoncer l'aiguille en prenant des repères sur le crâne sec, en admettant que des lapins de même poids et de la même race eussent des crânes identiques. Il était beaucoup plus ardu, par contre, de repérer l'angle de rentrée de l'aiguille, soit par rapport à un plan sagittal perpendiculaire au milieu du crâne, soit surtout l'azimut par rapport au plan horizontal, car nous ne trouvions pas de repères osseux qui fussent invariants.

Nous essayâmes de modeler un support prenant appui sur le nez et les incisives supérieures mais celles-ci ont des longueurs variables. Il suffisait d'une plus courte, de quelques lignes, pour que l'angle de l'aiguille fût déplacé de plusieurs secondes et arcs. Le rebord inférieur de l'orbite osseuse nous apparut comme un invariant osseux, ainsi que le rebord de la mâchoire supérieure.

Dès le lendemain, nous avions fabriqué un modèle en laiton et en cuivre. J'admirai encore une fois la précision et l'habileté de Chen. Il me confia qu'il avait travaillé autrefois dans une bijouterie à Macao.

Notre premier modèle fut ainsi constitué par une sorte de heaume de casque en laiton durci d'où partaient trois arceaux. Celui de devant servait à assurer la fixation du crâne avec un ergot mobile pénétrant de chaque côté de la mâchoire supérieure, au niveau des molaires. Il se continuait, en bas, par une lame rigide qui pouvait être fixée par une vis sur un gros support en laiton. Le deuxième arceau descendait au niveau des yeux et il s'arc-boutait également par un ergot sur le rebord inférieur de l'orbite, une lame le continuait également, qui pouvait être fixée au support. Cet arceau était la pièce principale de notre dispositif. Nous lui fixâmes un demi-quadrant portant l'aiguille de visée. Ce quadrant pouvait être mobilisé par rotation sur une vis, mais nous envisageâmes de pouvoir en mobiliser l'angle par un système de vis sans fin, comme sur les appareils de visée des astronomes. Enfin, le dernier arceau en cuivre servait à serrer la nuque du lapin et s'ancrait également sur le support.

— Et maintenant, mon cher Chen, comment va-t-on détruire la glande pituitaire ?

— Par les éléments, me répondit-il. *O ar, dinheiro e o fogo.* Nous pourrions faire une *maquina* aspirante, comme une *bomba* qui aspirerait le tissu mou de cette *glandula.*

— D'accord, mon cher Chen, mais il nous faudrait un vide très fort pour aspirer à travers ma petite aiguille et nous n'avons point d'aiguille creuse de cette longueur. En outre, nous risquerions d'aspirer le cerveau de la base et les artères du polygone de Willis.

— Essayons *o dinheiro*. Certains sels nitreux d'argent peuvent brûler les tissus. Il suffirait d'introduire ce sel nitreux dans les *narinas* et de le pousser avec notre stylet.

— Pour créer une lésion tout le long du trajet ? Nous ne serons pas sûrs que le sel arrive bien dans la selle turcique. D'autre part, le sel nitreux d'argent pourrait se diluer dans les humeurs et inonder la base du cerveau. Je réprouve ce procédé, mon cher Chen.

— Alors, il nous reste *o fogo*. Introduisons le stylet, après l'avoir chauffé, pour détruire les tissus de la *glandula*.

— Et tout brûler sur notre passage ! Non ! Ce qu'il nous faut c'est délivrer le feu seulement à l'extrémité du stylet.

— Il nous faut seulement isoler le stylet, sauf à son extrémité, répondit Chen. Par exemple avec une gaine en bois ou en *céramico*.

— Trop gros. Le diamètre du stylet peut difficilement dépasser une demie-ligne. J'ai calculé qu'il faut chauffer l'extrémité à 80°C pour détruire la glande. Il faudrait trouver un moyen indirect pour que le feu n'apparaisse qu'à l'extrémité du stylet.

Nous sortîmes alors pour visiter les lapins et nous passâmes devant le parc aux sauvagines. Il avait fallu le perfectionner, car certaines sauvagines parvenaient à fuir en grimpant le long des parois extérieures du déambulatoire. J'avais demandé à « l'Anguille » de me confectionner un grand toit en osier afin de pouvoir le fixer au-dessus du parc. Nous entendîmes le bruit du chariot et « l'Anguille » arriva avec Damien. L'aveugle avait bien travaillé. Je ne lui avais livré que le diamètre du déambulatoire et pensais qu'il n'aurait tressé qu'un toit plat en ajoncs. Il avait voulu sans doute me montrer ce qu'il savait faire car il avait confectionné un véritable dôme en osier, une demi-sphère qui s'adaptait parfaitement au déambulatoire. Nous l'attachâmes avec Damien et Chen. Le dôme d'osier brillait sous le soleil, dans la cour du château. Les proportions en étaient si harmonieuses que Chen s'écria :

— Voilà *nossa nova catedrale dos sonhos* !

« L'Anguille », qui ne pouvait contempler son œuvre, était resté à l'écoute. Je le menai par la main pour qu'il la touche une dernière fois.

— Merci « l'Anguille ». Tu m'as fait une belle cage à sauvagines, mais jamais je n'aurais pensé que tu puisses construire un dôme aussi parfait.

— C'est un hémisphère, me répondit-il. Le calcul de la longueur des brins d'ajoncs est plus facile...

— Un hémisphère ! Quelque part dans mon cerveau des circuits des esprits animaux de ma mémoire s'ébranlèrent : Hémisphère — Magdebourg — Leyde — la bouteille de Leyde — l'électricité ! Je criai à Chen :

— Chen, nous pouvons électriser le bout du stylet avec une bouteille de Leyde. L'isolement du stylet sera plus facile.

J'invitai tout le monde à inaugurer le nouveau dôme des sauvagines en débouchant les meilleures bouteilles de vin de l'Etoile.

Nous examinâmes nos projets dans l'après-midi avec Chen.

— Je peux trouver facilement une bouteille de Leyde à l'Académie de Lyon. Il nous faudra l'appareil pour la charger. Il est facile à construire. Certaines bouteilles peuvent délivrer suffisamment d'électricité pour électriser un bataillon de gardes se tenant par la main. L'étincelle devrait pouvoir détruire la glande pituitaire, surtout si la surface est petite.

Il faudra mettre le lapin à la terre avec une chaîne de cuivre attachée sur un muscle.

— Et l'*isolamento* ? me demanda Chen.

— Ce n'est pas comme la chaleur. Il suffit d'une membrane qui ne conduise pas l'électricité. J'ai lu que des gants fins suffisent pour toucher le fil électrisé sans ressentir les décharges.

— Des gants sur le stylet ? me dit Chen.

— Chen ! Pour une fois l'ingéniosité française l'emporte sur la chinoise. Chen, un petit doigt de gant ! Je crois pourtant que c'est vous les Chinois qui l'avez inventé ?

Il me regarda en plissant des yeux.

— Des intestins de petits requins. *Para ir ver as mulheres.* C'est si mince que les sensations ne sont pas effacées.

— Dans notre cas, mon cher Chen, le stylet est moins gros. Que diriez-vous d'intestins de petits poissons-chats ? Il faut essayer, allons chercher la puisarde.

C'est ainsi que nous essayâmes, grâce à l'habileté de Chen, d'habiller le plus étroitement possible notre stylet. Chen poussa même la perfection à retourner complètement un segment d'intestin sur une paille et à l'enfiler sur le stylet, où il adhérait si finement et si solidement que le diamètre n'en était pas augmenté.

Il nous fallut plus de deux semaines pour apprendre à nous servir de la bouteille de Leyde. Chen la chargeait en tournant la manivelle de friction. Je reçus, un jour qu'il pleuvait, une décharge dans la main. L'électrisation fut si intense que je tombai sans connaissance pendant quelques secondes et mes doigts furent brûlés superficiellement. Il nous fallut ensuite faire des essais d'électrisation sur des cerveaux frais de lapin. Les résultats furent décevants car la lésion d'électrisation était peu visible. J'eus alors l'idée d'enfermer la liqueur nourricière qui entoure le germe de l'œuf de poule dans un verre. Nous y plongeâmes le stylet. L'électrisation y laissa une boule blanche de *coagulum*, bien visible, dont nous pûmes mesurer le diamètre. Nous pûmes ainsi tracer une courbe proportionnelle entre l'intensité de la décharge, qui était dépendante à la durée de la charge par la machine à friction, et le volume du *coagulum* de la liqueur des œufs. C'est à cette occasion que nous remarquâmes que la position dans le verre de la chaîne de cuivre, reliée à la terre, n'avait pas d'influence sur le diamètre des sphères de *coagulum*. J'en demeurai assez surpris, mais mes connaissances dans le fluide électrique étaient limitées.

Nous décidâmes alors le projet d'expériences suivantes :

– qu'il ne servirait à rien de sacrifier des lapins, immédiatement après l'électrisation de la glande pituitaire, parce que l'échauffement de l'électricité pourrait n'y être point visible.

– qu'il valait mieux électriser cinq lapins et surveiller leur sommeil pendant sept jours, à raison de huit heures par jour.

– qu'enfin, les lapins seraient sacrifiés entre le septième jour et le dixième jour et que l'attention la plus extrême serait portée à l'examen de la base de leur cerveau et de la glande pituitaire, car il était possible que les dérangements de la substance du cerveau fussent plus évidents à cause du tissu fibreux qui occuperait la lésion.

– que, pendant cette période, nous devions inventer une méthode meilleure pour que l'ablation du cerveau permette facilement l'examen de la glande pituitaire sans que la tige pituitaire ne se cassât, comme cela était malheureusement le cas jusqu'à présent à cause du toit fibreux qui recouvrait la selle turcique.

Nous commençâmes à opérer les lapins dès le lendemain et nous dûmes vaincre de très nombreuses difficultés. Malgré la léthargie provoquée par le lavement au laudanum, il était difficile de fixer l'appareil de contention céphalique car l'ouverture de la gueule du lapin provoquait la fermeture réflexe des mâchoires. De plus, notre appareil de contention, qui avait été calculé sur les dimensions d'un crâne sec de lapin, ne s'adaptait plus sur le crâne d'un lapin vivant. Enfin, il nous apparut que des erreurs importantes pouvaient survenir dans nos visées puisque Chen et moi-même trouvions toujours des différences de quelques degrés.

Il nous fallut ainsi perfectionner chaque étape. J'associai au laudanum de la poudre de datura qui entraîna un plus grand relâchement des muscles masticatoires. Nous perfectionnâmes notre appareil de contention en le doublant de cuir aux endroits où il était en contact avec la peau du lapin. Une meilleure fixation de l'appareil de visée et l'emploi d'un viseur nous permirent d'apprécier l'azimut du stylet à quelques secondes d'arc. Tous ces perfectionnements nous coûtèrent chaque fois un lapin, que nous n'osions pas manger car mon chien, Gothard, était resté endormi pendant plus de deux jours après avoir dévoré un de nos lapins sacrifiés à la fin d'une expérience.

Ces épreuves, jointes à des contretemps de toutes sortes, retardèrent nos véritables expériences à plus de trois mois après le premier essai.

Le premier lapin mourut quelques minutes après l'électrisation, bien que la pénétration du stylet, ganté d'intestins de poisson-chat, nous eût semblé parfaite.

Le deuxième lapin présenta une hémorragie nasale si importante, à la sortie du stylet, que j'estimai avoir électrisé une grande artère du polygone de Willis. Il mourut dans la soirée.

Pour le troisième lapin, nous n'observâmes pas la grande

secousse de l'électrisation. L'enlèvement du stylet n'entraîna pas de saignement abondant, mais nous nous aperçûmes que la chaîne de cuivre, enfoncée dans la terre, s'était détachée accidentellement des muscles de la nuque du lapin. Celui-ci fut gardé et recommença à manger de l'herbe deux jours après. Quelques observations intermittentes nous prouvèrent qu'il songeait. Il ne fut pas sacrifié.

La chance nous sourit enfin pour les deux derniers lapins. L'enfoncement du stylet dans la narine droite, l'électrisation et l'enlèvement du stylet s'effectuèrent parfaitement. Ces deux lapins furent ensuite observés avec autant de soin qu'il nous avait été difficile de réaliser l'opération. Ils se réveillèrent le deuxième jour et tous deux recommencèrent à manger de l'herbe. Leur évolution fut cependant différente :

Le quatrième lapin se portait excellemment. Nous pûmes observer facilement, Chen et moi-même, des périodes de songe dont la durée était normale.

Le cinquième lapin n'était, par contre, pas en excellent état. Nous fûmes surpris de le voir boire très souvent, comme s'il était perpétuellement altéré. Il semblait aussi uriner beaucoup. Nous aperçûmes bien quelques épisodes de songe, le troisième jour, mais cela fut presque impossible le quatrième jour car les mouvements des yeux étaient absents lorsque le lapin devenait mou. Nous fûmes enfin certains qu'il ne songeait point les cinquième, sixième et septième jours. Peut-être était-ce dû à la diminution de son sommeil car il était perpétuellement agité, à la recherche d'eau ou fouillant son arrière-train ?

Nous sacrifiâmes alors les deux lapins. Nous fixâmes leur cerveau conservé dans le crâne dans de l'esprit-de-vin.

Que faire de ces résultats ? Etions-nous sûrs d'avoir détruit la pituitaire chez les lapins qui survécurent ? Comment pourrions-nous situer exactement les lésions de l'électricité ?

Nous sectionnâmes sagittalement le crâne avec une scie très fine. Il n'était pas facile d'obtenir une coupe sagittale parfaite de la pituitaire et, même avec une loupe, il était difficile de remarquer une lésion. Il eût fallu utiliser le microscope. Mais comment couper l'infundibulum et la pituitaire en coupes si fines qu'elles puissent être observées avec cet instrument ? Nous essayâmes avec un rasoir, sans autre résultat que de déchirer la partie inférieure du troisième ventricule sur le cerveau du cinquième lapin le plus important et il nous fut alors impossible de délimiter de façon exacte les traces de l'électrisation.

J'étais désappointé. Je m'en voulais de n'avoir pas pensé plus tôt à ce problème car je croyais que la lésion serait facilement visible, soit à l'œil nu, soit avec une loupe. Une nouvelle lecture des anatomistes ne m'apprit rien. Chen, qui s'était plongé dans la lecture de l'oviste genevois comme il aimait dire, me lut alors ce passage de Charles Bonnet :

... « les Malpighi, les Swammerdam, les Morgagni, les Haller ne nous ont montré que la première superficie des plantes et des animaux. Cette superficie exigeait pourtant tous les talents et toute la sagacité de ces grands maîtres pour être bien vue. Quelle intelligence, quelle capacité, quels moyens seraient donc nécessaires pour atteindre la seconde superficie »...

Ce sacré Genevois a raison. Ces anatomistes ne font que regarder avec leurs yeux ou une loupe. Il faudrait une anatomie microscopique ! Mais comment faire ?

Chen continua la lecture :

« Nous autres anatomistes, disait avec autant d'esprit que de vérité l'un des meilleurs scrutateurs de la nature », il s'agit de Mery en 1742, me précisa Chen en regardant en bas de la page.

– Que disait Mery ?

Chen poursuivit en souriant :

... « nous sommes comme les crocheteurs de Paris, qui en connaissent toutes les rues jusqu'aux plus petites et aux plus écartées, mais qui ne savent pas ce qui se passe dans les maisons »...

Crocheteur de la Dombes !

– Chen, on arrête ces expériences. Tu vas me préparer ton meilleur plat chinois, le plus épicé qui soit. Je descends ce soir à Lyon.

L'esprit des songes

OCTOBRE 1782... J'avais rencontré Béla Gabor à Heidelberg lors de mon voyage à Berlin en 1765. C'était un Hongrois qui parcourait l'Europe à la recherche des différentes espèces de phosphore. Je me souviens encore de notre longue discussion dans une *Bierstube* fréquentée par les étudiants. Gabor me racontait la découverte de Hensing qui avait montré, en 1719, que le cerveau contenait du phosphore. Le Hongrois, qui avait été l'élève de Homberg, pensait que le phosphore cérébral devait être le moteur des esprits animaux. Je lui expliquai que je ne m'intéressais au cerveau que par le biais de mes souvenirs de songes. La bière ayant échauffé nos esprits, j'encourageai Gabor à continuer ses recherches sur le phosphore et lui donnai mon adresse à Villars pour qu'il puisse me communiquer ses résultats.

J'ai reçu de lui, il y a trois mois, cette lettre que je recopie :

« *Sans doute, Monsieur, avez-vous oublié notre conversation dans une* Bierstube *d'Heidelberg, il y a dix-huit ans, mais j'ose espérer que vous vous souvenez d'un savant chymiste hongrois qui vous importuna par son idée fixe : rechercher quelque dessein à la présence du phosphore dans le cerveau. Le mystère est maintenant en voie d'être résolu. Grâce aux secrets de mon Maître Homberg, j'ai pu, en effet, mettre au point une méthode permettant de déceler le phosphore dans de petites quantités de cerveau. Durant mon séjour actuel à Berlin, j'ai eu l'occasion d'entendre parler des magnifiques résultats que vous avez obtenus dans l'étude des souvenirs de rêves. J'ai ouï dire, également, par un ami commun de Monsieur Charles Bonnet, de Genève, et de Monsieur von Haller, de Berne, que vous aviez expérimenté chez le lapin à la recherche des mécanismes des songes. Votre but, Monsieur, est le plus louable et le plus grand qui soit pour un naturaliste. Si la connaissance du cerveau est encore à l'état fœtal, c'est parce que les chymistes ne fréquentent point les naturalistes. Oserais-je dire qu'un certain ostracisme de la part des observateurs de la nature les relègue souvent à leurs cornues ? Je suis convaincu, Monsieur, que la distillation ou la fermentation des cerveaux accomplie selon notre art pourrait être utile à la science du cerveau, et encore plus à la science des songes. Je crois être enfin, Monsieur, l'un des plus grands experts en cet art ayant servi sous Monsieur Homberg qui n'a point laissé d'autres élèves.*

Appelé par diverses affaires à me rendre en France, puis en Italie, j'aimerais vous entretenir à nouveau de mes projets. Pourrais-je, à cette occasion, avoir l'honneur de vous rendre visite ? Je suis sûr que ma rencontre avec l'un des plus grands connaisseurs des mystères du cerveau et des songes me permettrait de mieux orienter les expériences de chymie que je me propose d'entreprendre.

Je suis, Monsieur, etc. »

Je répondis aussitôt à ce savant que sa visite me serait agréable, qu'il serait fort bienvenu dans mon château, et pourrait y demeurer tant qu'il le voudrait. J'ajoutai que, bien qu'ignorant totalement la science nouvelle de la chymie, celle-ci me paraissait en effet tout à fait adéquate pour essayer de procurer une réponse aux questions que je me posais sur la nature des humeurs sécrétées par les songes.

C'est ainsi que je vis arriver, il y a un mois, dans la diligence de Villars, Monsieur Béla Gabor. Le souvenir que j'en avais était celui d'un homme dans la force de l'âge. Je fus surpris de rencontrer un octogénaire aux cheveux blancs mais son tempérament enjoué et son enthousiasme étaient ceux d'un homme encore jeune.

Béla Gabor, qui était accompagné de quelques maigres bagages, s'installa au château. Sans tarder, je lui expliquai ce que je pouvais attendre de la chymie. La transmission du songe de la mère au fœtus ne pouvait point s'expliquer par les esprits animaux. Il fallait que le cerveau de la mère puisse communiquer avec le fœtus par les humeurs. Comment la chymie pouvait-elle reconnaître un facteur du songe dans le sang ? La chymie avait-elle, d'autre part, le pouvoir de reconnaître un esprit subtil qui soit présent chez les lapins songeurs et absent chez les lapins privés de songe ou chez les oiseaux qui ne rêvent pas ? Enfin, j'avais imaginé que, si le phosphore était le moteur des esprits animaux, comme le supposait Gabor, cette substance mystérieuse pourrait être responsable des images phosphorescentes des rêves.

— A la première question, me répondit notre chymiste, je ne puis répondre car il s'agit de l'homme et nul ne peut oser y faire quelques expériences. A la seconde question, je pense que notre science peut répondre pour savoir s'il existe un esprit subtil qui soit responsable des songes du lapin, ou qui en soit l'émanation. Nous possédons deux méthodes que nous devons à mon Maître Homberg : il faut d'abord isoler les esprits volatils par distillation, ce qui est aisé. Il faut ensuite longuement, par distillations successives, ou peut-être par fermentation, isoler les principes qui composent le mixte et qui se trouvent mêlés au phosphore. Nous aurons donc deux principes, les esprits volatils et l'huile, qui pourront contenir l'esprit des rêves. Enfin, nous pourrons isoler le phosphore cérébral pour voir s'il existe chez vos lapins rêveurs et s'il est absent chez les poules.

Je n'entendis que peu de chose à sa démonstration, mais mon enthousiasme fut plus fort que mes hésitations. Nous allâmes, avec Chen, chercher des cornues et des alambics à Lyon. Je lui fis fabriquer un four à belvédère dans une salle avec des briques de la Dombes. En un mois, Béla Gabor m'avait insufflé une telle envie des expériences de chymie que je voyais déjà quelques gouttes d'esprit des songes au fond d'une cornue !

Notre laboratoire de chymie étant terminé, nous commen-çâmes nos expériences un beau matin d'octobre. Nous prîmes quatre têtes de lapins, privés de songe pendant trois jours par la méthode de la sauvagine, quatre têtes de lapins rêveurs, qui étaient restés dans les cages de sommeil en dormant autant qu'ils pouvaient, et vingt têtes de poules. Pour chaque groupe, après avoir enlevé les peaux, les chairs extérieures et ouvert le crâne, nous retirâmes tout le cerveau. Nous plaçâmes le tout dans trois grandes cornues de verre pleines à moitié. Les cornues furent placées dans mon fourneau à belvédère et nous y adaptâmes un grand flacon de verre en lutant exactement les jointures.

Puis nous allumâmes sous les cornues un petit feu de charbon pour faire distiller goutte à goutte la partie flegmatique du cerveau où nous pensions que devait se cacher la force des songes. Cinq heures après, il fallut augmenter le feu jusqu'au troisième degré. Il sortit alors des nuages blancs qui remplirent les récipients, puis de l'huile noire et du sel volatil qui s'attacha aux parois.

Nous laissâmes alors le feu s'éteindre et lorsque les cornues furent refroidies, nous les délutâmes et séparâmes. Les récipients contenaient beaucoup de flegme, de sel volatil et de l'huile noire et puante. En les agitant, nous dissolvâmes le sel volatil, adhérant aux parois, puis nous jetâmes toute la liqueur dans un entonnoir garni de papier gris et posé sur une cucurbite de verre. L'esprit alors se filtra. Nous recueillîmes l'huile noire et puante dans une bouteille. Il était évident qu'elle ne pouvait pas contenir les forces si subtiles des songes mais qu'elle pouvait renfermer, peut-être, des principes du sommeil puisque celui-ci engourdit les esprits animaux.

Nous rectifiâmes à nouveau la liqueur, qui contenait le sel volatil, en adaptant à la cucurbite un chapiteau et un récipient et en en faisant distiller environ la moitié. A la fin de ces opérations, nous eûmes, dans deux bouteilles bien bouchées, de l'esprit de cerveau de lapins songeurs, de lapins privés de rêve et de poules non rêveuses.

J'aurais voulu arrêter notre expérience à cette étape mais Gabor me persuada que l'huile pouvait aussi contenir l'esprit des songes. Aussi, le lendemain, nous poursuivîmes notre travail sur l'huile noire et nauséabonde du cerveau. Il faisait, heureusement, un fort vent d'ouest qui entraînait des nuages gris sur la Dombes, si bien que nous pûmes ouvrir toutes les portes et fenêtres de la salle de chymie. Il nous fallut rectifier cette huile en la faisant distiller toute seule, à quinze ou vingt reprises, en nous servant chaque fois d'une nouvelle cornue de verre et d'un récipient qui n'ait point encore été utilisé.

Malgré les distillations successives et les rectifications, je trouvais l'atmosphère de la salle de chymie de plus en plus irrespirable et j'avais peur que les exhalaisons pestilentielles ne finissent par gagner l'étage du dessus où demeurait ma femme. Il y avait longtemps que Chen nous avait quittés pour se réfugier à la cuisine car cette puanteur l'incommodait fort.

— Cela n'est rien à côté de l'odeur des distillations que j'ai pratiquées, il y a bien longtemps, avec Homberg, me dit le vieux chymiste.

Il s'assit à côté d'une fenêtre, renifla, ses yeux bridés de Hongrois plissés au-dessus d'un visage plein de rides.

— Non ! Cela n'est rien ! Je ne crois pas vous avoir jamais conté l'histoire de Homberg [1] !... Ce fut l'un des plus grands chymistes que j'ai connus. Plus grand que Hensing, que Lemery, ou que ce jaloux de Baron ! Nous avons le temps, me dit-il, en regardant les cornues. Cette rectification prendra bien encore deux heures. Si vous voulez, nous pouvons descendre et abandonner cette odeur. Je vous raconterai, pour passer le temps, l'histoire de mon Maître Homberg. C'était l'être le plus imaginatif et ingénieux que j'aie jamais connu et je n'ai pas rencontré de chymiste qui ait fait tant avancer notre art. Je lui dois tout...

Nous descendîmes à la cuisine où nous attendait Chen. Le vieux Hongrois s'assit et commença à me conter l'étrange histoire de Guillaume Homberg.

— Mon Maître, raconta le vieux, naquit en 1652 à Batavia, dans l'île de Java. Bien que son père l'ait placé, dès l'âge de quatre ans, caporal d'une compagnie, la chaleur excessive des Indes néerlandaises ne lui permit pas d'avancer dans ses études. Heureusement, son père quitta le service de la Compagnie des Indes et s'en retourna à Amsterdam. Guillaume étudia le droit à Leipzig et fut reçu avocat vers 1674 à Magdebourg. Cette profession d'avocat ne lui plaisait guère et sa curiosité l'amena à herboriser le jour et à observer les astres la nuit. Mais Magdebourg, cela doit vous rappeler quelque chose? me demanda le vieux, interrompant son récit.

– Les hémisphères! répondis-je.

– Les hémisphères! C'est Otto von Guericke, qui était alors le bourgmestre de Magdebourg, qui les avait inventés. Vous avez entendu parler de ces deux demi-sphères qui étaient tirées, chacune de leur côté, par huit chevaux. Elles ne se séparaient pas parce qu'on avait fait du vide avec la machine pneumatique inventée par le bourgmestre. Bien sûr, ce jeune curieux de Homberg s'attacha à lui, si bien que von Guericke lui révéla les secrets de son génie. Mais Guillaume avait en lui le démon de la connaissance. Il s'en alla d'abord en Italie, s'arrêtant à Bologne où il travailla sur la pierre qui porte le nom de cette ville et qui contient une sorte de phosphore que je vais d'ailleurs aller bientôt examiner. D'Italie, Homberg s'embarqua pour l'Angleterre où il travailla quelque temps avec le fameux Boyle, dont le laboratoire était l'une des plus savantes écoles de physique. Ensuite, il passa en Hollande où il se perfectionna sous l'illustre Graff. Enfin, il alla à Wittemberg prendre le degré de docteur en médecine...

Le vieux Hongrois s'arrêta. Il avait dû souvent raconter cette histoire. Nous remontâmes pour changer à nouveau les cornues et procéder à une nouvelle rectification. L'air était toujours aussi infect et les cornues vides étaient recouvertes dans leur fond d'une croûte blanche qui adhérait au verre si fortement qu'on ne pouvait l'enlever.

Nous redescendîmes et Chen nous offrit du thé de Ceylan. Le vieux continua son histoire :

– Naturellement, Guillaume avait envie d'aller en Allemagne. Comme il avait acquis une grande science dans les phosphores à Bologne, il se rendit à Berlin pour y rencontrer Kunkel qui lui donna son phosphore. C'était le phosphore urineux, celui que nous allons chercher, si vous le voulez bien, dans l'urine de vos lapins, dès que nous aurons fini de rectifier l'humeur noire du cerveau.

Je fis une grimace, qu'il fit semblant de ne pas remarquer. C'est que je n'avais aucune envie de distiller les urines de mes lapins ! Le vieux continua :

– Après maintes péripéties, Guillaume Homberg rentra en Hollande, puis en France. C'est là que Monsieur Colbert, persuadé que les gens d'un mérite singulier étaient bons pour le Royaume de France, lui fit des offres si avantageuses qu'il décida de rester. Une fois l'obligé de Colbert, continua le vieux, Guillaume dut abjurer sa foi protestante, ce qui lui valut d'être déshérité par son père. Puis, après la mort de Colbert, en 1683, il s'abrita auprès de l'amitié de l'abbé de Chalucet, évêque de Toulon, fort curieux en chymie.

Je l'interrompis :

– C'est l'heure d'aller changer les cornues.

L'atmosphère du dessus était un peu moins pestilentielle. Nous changeâmes à nouveau de cornues. L'humeur noire du cerveau était devenue brun clair.

– Encore trois ou quatre rectifications, me dit le vieux. Nous devrions avoir terminé vers minuit.

Nous redescendîmes. Je fis préparer par Maria un petit repas de pâté de poisson froid, arrosé de vin blanc, que nous partageâmes avec Chen. Le vieux Hongrois se taisait mais buvait sec. J'eus alors l'idée d'envoyer chercher du Château-Châlon. Il le sentit, le huma, avec son grand nez de vieux chymiste, et le goûta :

— Du Tokay ?

— Oui, du plant de Tokay, apporté de Hongrie il y a deux cents ans. Il pousse sur les terres à fossiles ensoleillées de Menetrux et de Château-Châlon, en Franche-Comté, à soixante lieues au nord d'ici.

— C'est bien le germe du Tokay, son parfum, sa robe. Il est devenu un peu différent mais il est bon.

— Et Homberg, que devint-il ?

— Il finit par rester à Paris. Son expérience en chymie, en optique et en physique, lui valut rapidement l'estime des savants. C'est ainsi que l'abbé Bignon, qui avait la direction de l'Académie des Sciences, le fit entrer en 1691, à l'Académie et lui donna le laboratoire de chymie. C'était l'époque où l'Académie était tombée dans la plus grande langueur et, souvent, les quelques académiciens ne pouvaient pas occuper les deux heures de séances. Dès que Homberg eut été reçu, il contribua beaucoup à soutenir la compagnie jusqu'à son renouvellement de 1699. Vers 1702, on le présenta à Monseigneur le duc d'Orléans qui se piquait de pénétrer les mystères de la chymie et de la physique. Monseigneur lui installa le plus beau, le plus fourni, le plus superbe des laboratoires de chymie. Il allait voir Homberg presque chaque jour pour discourir de philosophie...

La nuit était tombée et aussi le vent. On commençait à sentir, dans le parc, les émanations des cornues. J'espérais que les odeurs descendraient plus qu'elles ne remonteraient. Soudain nous entendîmes le bruit de chevaux dans la cour, l'aboiement des chiens et le grincement des roues de notre cabriolet. Maria vient m'avertir que Madame était partie et Chen me tendit une lettre :

« Mon ami,

J'ai tout supporté de vos folles expériences, les animaux, les puces, vos relations grossières, vos absences nocturnes, jusqu'à l'odeur de lavande. Cette fois-ci, je ne peux plus souffrir cette pestilence démoniaque. Vous vous perdez et le château avec vous ! Je rentre définitivement chez ma mère. J'y apprendrai la botanique en suivant l'enseignement de mon bon ami de Jussieu. Les plantes ne songent point, heureusement !

Que Dieu vous accorde un instant de lucidité avant qu'il ne soit trop tard.

Adieu »

Ce n'était pas la première fois que ma femme me quittait et je m'étais habitué à ses absences. Je fus malgré tout un peu intrigué par la référence à Monsieur de Jussieu qu'elle avait dû rencontrer à Paris, mais je pensai que cette nouvelle relation devait lui permettre d'enrichir son orangerie en espèces rares. Je demandai à Maria d'atténuer la pestilence de notre huile de cerveau en répandant à nouveau de l'essence de lavande dans les appartements de ma femme.

Sans porter la moindre attention à cet incident, le vieux chymiste continua :

– C'est à cette époque, vers 1716, à quinze ans, que j'ai connu Homberg. J'avais été recommandé par mon oncle, qui connaissait un officier sous les ordres du duc d'Orléans, et je fus assigné comme aide-chymiste à Homberg. Il me conta alors qu'il connaissait un moyen de parvenir à gagner beaucoup d'argent en transformant le mercure commun en argent fin. Une personne qu'il avait rencontrée, et qu'il ne

voulait pas nommer, lui avait demandé, avec beaucoup
d'insistance, de voir s'il ne pouvait pas tirer de la matière
fécale une huile distillée, sans mauvaise odeur, claire comme
l'eau de fontaine. Cette eau, avait juré cet inconnu, pouvait
fixer le mercure en argent.

— Est-ce possible ? dis-je.

— Je n'en savais rien, mais Homberg le croyait. Nous
louâmes une maison aux environs de Paris, à Choisy, et
Homberg embaucha alors quatre hommes robustes, jeunes
et en bonne santé, qu'il enferma pendant trois mois avec
moi. Je devais surveiller qu'ils ne mangeassent pas autre
chose que du meilleur pain de Gonesse et qu'ils bussent
tant qu'ils voudraient du meilleur vin de Champagne. C'est
à ce moment que j'ai également commencé à goûter le vin
de France.

— A votre santé, me dit le vieux en vidant son verre de
Château-Châlon !

— Je m'étonnais, poursuivit-il, que la quantité de matière
qu'un homme fait à la fois, qui pèse dix à douze onces
environ, ayant été desséchée au bain-marie, se réduisît à une
once, ou dix gros, tout au plus. Je ne vous décrirai pas en
détail toutes nos opérations de distillation, de rectification,
de filtration et d'évaporation sur l'athanor. Chaque fois, nous
obtenions une huile fétide qui prenait feu dans la cornue.
Enfin, Homberg eut l'idée d'abandonner la violence du feu
pour la voie de la fermentation car, dans celle-ci, les principes
qui composent le mixte se dégagent peu à peu les uns des
autres. Nous avons donc mis au bain-marie, pendant six
semaines, les dix-neuf onces de poudre qui restaient dans
les cucurbites. Le résidu sec avait une odeur agréable et
aromatique. Nous avons distillé à nouveau cette poudre.
Ainsi, à la fin, nous avions près d'une once d'une huile

blanche, qui devint rouge comme le sang dans le flacon où nous l'avions enfermée. Bien sûr, nous avons employé l'huile blanche ou rouge pour la joindre au mercure, mais jamais le mercure ne s'est changé en argent ! Par contre, nous remarquâmes que ces huiles avaient une facilité surprenante pour s'enflammer sans le secours d'aucun mouvement, ni d'un feu étranger. C'est pourquoi Homberg proposa de les placer au premier rang des phosphores qui étaient alors connus dans la relation qu'il fit de son travail, en 1714, à l'Académie des Sciences de Paris. Hensing adopta ensuite la méthode de Homberg et ne publia sa découverte du phosphore cérébral qu'en 1719 dans un opuscule qui parut à Giessen, en Hesse [2].

Au petit matin, nous nous trouvâmes en présence de trois flacons de sel volatil et de trois petits flacons d'huile blanche. Elle avait des ressemblances avec celle de Homberg car elle pouvait s'enflammer spontanément et elle devenait rose dans les flacons bouchés. Béla Gabor était heureux.

– C'est du phosphore cérébral ! Nous venons de découvrir du phosphore dans le cerveau des lapins et des poules, alors que Hensing n'en avait isolé que dans le cerveau d'un bœuf !

J'étais déçu ! J'aurais désiré que le phosphore ne fût présent que dans le cerveau des lapins et absent dans celui des poules. Il me fallait donc abandonner mon hypothèse des rêves phosphorescents.

Je décidai de ne point attendre que l'huile fût devenue rouge. Si Gabor avait obtenu le résultat qu'il attendait, je m'impatientais à l'idée d'essayer l'esprit volatil et l'huile sur mes lapins.

Nous dissolvâmes alors les sels volatils issus des lapins songeurs, de ceux privés de rêve et des poules, dans de l'eau de pluie. Puis nous injectâmes cette solution, par clystère, à trois groupes de quatre lapins. Aussitôt après, nous fîmes de même pour l'huile blanc rosé que nous administrâmes à douze autres lapins. Nous n'en gardâmes qu'un quart de flacon « pour montrer à l'Académie des Lynx de Rome », me dit Gabor.

Ces vingt-quatre lapins étant chacun dans leur cage, je m'assis avec Chen de façon à les bien observer. Le vieux chymiste me quitta. Il avait sommeil et mes résultats ne l'intéressaient guère. La science de la chymie, avec ses dissolutions et fermentations successives, ne pouvait s'accommoder du raisonnement de la physiologie. Il jugeait que le sang du lapin était trop froid pour conduire les huiles jusqu'au cerveau et n'imaginait point que la nature vivante pût digérer de telles huiles. Le principe qu'elles renfermaient était comme une essence – impalpable – comme une fin de soi. « Comment une fin pouvait-elle devenir un moyen ? » m'avait-il dit. Après avoir pris un peu de repos, il prépara ses bagages car il devait me quitter à la fin de la journée.

Oubliant ma fatigue, je reconnus bien vite, à l'état des lapins, que les huiles et les sels entraînaient des effets différents. Les douze lapins qui avaient reçu les huiles s'arrêtèrent bien vite de manger de l'herbe. Ils se couchèrent sur le côté et se mirent à respirer de plus en plus vite, cependant qu'ils semblaient gagnés par un profond sommeil. Pendant quelques dizaines de minutes, je crus que nous avions peut-être isolé le principe soporifique. Peu à peu, je dus me convaincre que ce sommeil si profond était un véritable état de léthargie. J'assistai à la mort successive des douze lapins entre dix heures et midi.

Il était évident, me dis-je, que nous avions administré une trop grande quantité de cette huile blanche puisque les lapins ayant reçu l'huile aussi bien de lapins dormeurs, de lapins privés de songe et de poules étaient morts dans le même délai. Je devais donc conclure que le principe inflammable, le phosphore cérébral, était responsable de ces morts.

J'observai donc plus librement les douze lapins qui avaient reçu les sels volatils. Ils me semblaient normaux et l'alternance des périodes d'éveil ou d'assoupissement était identique dans les trois groupes. J'espérais remarquer des périodes de songe plus longues chez ceux qui avaient reçu les esprits volatils distillés des cerveaux de lapins rêveurs. Il me sembla que c'était l'inverse car j'aperçus un gros lapin, ayant reçu les esprits de lapins mis à la sauvagine, les oreilles baissées, s'étaler à plat et présenter une longue phase de rêve avec mouvements oculaires intenses pendant six minutes.

Lorsque je quittai mon observation, à seize heures, je consultai mon cahier avec quelque dépit :

1) quatre lapins – huile de lapins songeurs : tous crevés entre dix heures et douze heures

   quatre lapins – huile de lapins à sauvagine : tous crevés entre dix heures quinze et onze heures quarante-cinq

   quatre lapins – huile de cerveau de poule : tous crevés entre onze heures trente et midi quarante-cinq

2) quatre lapins – esprit volatil de cerveau lapin songeurs : quarante-huit minutes de songe observées

   quatre lapins – esprit volatil de cerveau lapin sauvagine : cinquante-huit minutes de songe

   quatre lapins – esprit volatil de cerveau de poule : cinquante-deux minutes de songe

Ces résultats, qui allaient en sens inverse de mon hypothèse, pouvaient fort bien s'expliquer par le hasard, pensai-je.

Ainsi, à la suite de cette première et longue expérience de chymie, je pouvais conclure que ni l'huile blanche du cerveau ni les esprits volatils des cerveaux de lapins songeurs ne peuvent augmenter la quantité de songes des lapins.

Devais-je continuer de telles expériences ? Elles m'avaient coûté bien cher et avaient empuanti mes appartements. Fallait-il m'assurer à nouveau que l'augmentation de songes observée chez les lapins ayant reçu des esprits volatils de cerveaux de lapins mis à la sauvagine était véridique ? Un tel résultat était tellement étrange qu'il était sûrement dû au hasard. Il me faudrait étudier les lapins plus longtemps, avant et après le clystère. Si nos distillations avaient isolé le principe des songes, ce principe eût entraîné des résultats tellement nets que j'aurais observé des périodes de songes presque continuelles.

Je redescendis dans la cour accompagné de Chen qui portait les cadavres de mes douze lapins. Le vieux fumait sa pipe au soleil, ses bagages à son côté car mon cabriolet devait venir le chercher pour le conduire à Trévoux d'où il prendrait le coche d'eau pour Marseille. Il tapa sa pipe sur son talon :

— C'est l'huile, hein, dit-il en montrant les cadavres des lapins.

— Mais pourquoi ? dis-je. L'huile ne contenait que ce qu'il y a dans les cerveaux. Comment le cerveau peut-il tuer le cerveau ?

— Et la distillation ? Ce poison, le phosphore, était enfermé sans doute dans les fibres du cerveau. Avez-vous jamais vu un cerveau s'enflammer spontanément ? Nous avons extrait le principe qui gouverne les esprits animaux, un véritable feu. Comment pensez-vous que le cerveau réchauffe le sang ? Comment imaginez-vous que la glande pituitaire repose dans un véritable bain-marie s'il n'y a pas un principe de chaleur comme le phosphore ? Votre clystère a dû échauffer tellement le cerveau qu'il a cuit ! Je vous l'avais bien dit...

— Les autres lapins vont bien. Les esprits volatils...

— Les esprits volatils se sont envolés avec la respiration, reprit le vieux. Ils se combinent avec l'air. C'est dans leur essence. Ils ne sont sûrement pas allés jusqu'au cerveau.

— Alors, que pouvons-nous faire, lui demandai-je en soupçonnant que le vieux chymiste avait obtenu ce qu'il voulait et qu'il se moquait bien des songes ?

— Rien, dit le vieux. Les songes sont immatériels. Comment voulez-vous les distiller ?

Sacré chimiste !

— Ce ne sont pas les rêves que je veux distiller, ce sont les humeurs du cerveau qui les font apparaître. Pourquoi une mère qui songe déclenche-t-elle des mouvements de son fœtus ? Pourquoi un lapin privé de songe pendant huit jours rêve-t-il deux fois plus qu'un autre ? Ne craignez-vous pas que vos distillations ou vos fermentations aient détruit le principe qui eût pu déclencher le songe ?

— Alors faites de la poudre. Desséchez et pilez sans chauffer.

— Mais comment réduire un cerveau en poudre ?

— Pas tout le cerveau. Il doit y avoir un endroit du cerveau plus important qu'un autre.

— Peut-être la pituitaire, ajouta Chen qui était resté silencieux car il se méfiait de Gabor.

— Enlevez donc les glandes pituitaires et laissez-les sécher à l'ombre, surtout pas au soleil, me dit-il. Pulvérisez-les ensuite dans un mortier. Il se pourrait que l'esprit de songe y reste emprisonné. On emploie bien de la poudre de corne de cerf râpée avec le même résultat que l'eau de tête de cerf qui a été distillée contre les crachements de sang et pour résister à la malignité des humeurs !

Je m'assis sur le banc, à côté de Gabor, et me mis à réfléchir. Juste séchées à l'ombre et pilées dans un mortier ! Je pensais que Gabor m'avait fait construire ce laboratoire de chymie uniquement pour trouver son propre phosphore cérébral ! C'était un vieux malin, que d'autres naturalistes avaient dû éconduire. Je me promis à l'avenir d'être plus prudent dans tout commerce avec les chymistes !

Cette aventure m'apprit cependant quelque chose : un curieux des choses de la nature ne peut plus, de nos jours, pensais-je, posséder une connaissance universelle. Celle-ci est réservée aux philosophes qui masquent leur ignorance par des écrits obscurs. J'osais croire que ma science dans la connaissance des rêves n'était pas égalée en Europe et que ma recherche de leurs causes, bien qu'encore stérile, ouvrirait un jour une voie d'investigation qui deviendrait féconde. Cependant, lorsque je consultais les Mémoires de l'Académie des Sciences de Paris, il me fallait bien admettre mon ignorance devant les comptes rendus de mathématique, physique et chymie. Comment développer alors mes recherches ? Je ne connaissais point quelque esprit universel, comme Leibniz, capable d'en savoir autant que moi sur l'économie du cerveau, même s'il était le prince des mathématiques. J'avais une fois discuté avec Bernouilli, le grand mathématicien, et avais été surpris de son ignorance de la mécanique du cerveau. Il me fallait donc admettre que le savoir allait se fragmenter au sein des différentes disciplines. Je reconnaissais que j'avais été dupé par mon chymiste, après avoir été dupé par ce physicien de Leduc ! Dans l'avenir, pensai-je, qui duperait qui ? J'avais rencontré à Paris, dans les couloirs de l'Académie des Sciences, un jeune correspondant, fort protégé par la Cour, qui s'était acquis quelque lustre en disséquant l'anguille de Surinam. Ses connaissances de l'organisation des fibres électriques de ce poisson lui avaient permis d'élaborer une théorie du cerveau qui avait servi de matière à un gros *in quarto*. Il avait construit avec son imagination un grand édifice qui reposait sur ce poisson. Il n'y avait aucun domaine de l'économie cérébrale qui n'échappât à sa pensée impératrice. A chaque chapitre, il lui fallait étonner les ignorants. La conclusion de son monument était que la pensée tenait son siège dans le cerveau ! Je voyais dans ce genre d'ouvrage un grand danger. Celui de reconstruire le fonctionnement du tout à partir d'un élément infinitésimal de ses parties et celui de faire croire aux lecteurs cultivés, mais ignorants des complexités des mécanismes cérébraux, que la clef du fonctionnement du cerveau est si simple qu'elle se trouve cachée dans les arêtes d'une anguille !

Si l'on ne pouvait reconstruire le cerveau par sa seule imagination à partir de la connaissance d'une de ses parties fort réduite, comment fallait-il faire ? Il me semblait évident que l'association de zoologistes, de médecins, de naturalistes, de chymistes et même de physiciens experts dans la nouvelle science de l'électricité ne serait pas de trop pour s'attaquer au mystère du songe. Quelle serait la forme de cette collaboration ? Qui en serait le maître d'œuvre ? Comment ferait-il, celui-là qui devrait diriger les recherches, pour que les autres disciplines ne s'engagent pas dans toutes les directions à la recherche de leur propre bénéfice ? J'enviais la discipline qui régnait dans les universités allemandes ou prussiennes. Dans ces pays, sans doute, il serait possible de construire une force combinée de savants capable d'attaquer selon des plans précis la forteresse des songes.

— Pourquoi, Monsieur Gabor, n'avez-vous pas essayé de

chercher votre phosphore en Allemagne ? Les laboratoires de Wittenberg ou de Giessen y sont mieux organisés que le mien et la discipline y règne.

Le vieux chymiste me prit la main.

— Permettez, Monsieur, à un vieillard comme moi de vous donner quelque avis. Je vous suis infiniment reconnaissant de n'avoir mesuré ni votre temps, ni votre argent, à mon égard. Vous m'avez donné ma dernière joie en ce monde avec ce phosphore auquel je rêvais depuis cinquante ans mais, Monsieur, vous ne connaissez point le mal que peut faire la discipline dans les recherches en Allemagne. Il est vrai que des professeurs célèbres y commandent d'importantes équipes qui obéissent *perinde ac cadaver*. La puissance de Kunkel, à l'Université de Wittenberg, fut celle d'un potentat intellectuel. Nulle vérité en dehors de sa doctrine ! La discipline allemande vous semble bénéfique parce qu'un maître d'œuvre unique impose ses idées à ses élèves. Mais, cher Monsieur, si le stratège se trompe, parce qu'il est devenu obtus ou parce qu'il déteste les idées d'un de ses concurrents, il conduira ses troupes à la défaite. Et que faites-vous du hasard et de la fantaisie comme la vôtre, Monsieur ? Croyez-vous qu'une idée nouvelle, qui germerait dans le cerveau d'un jeune étudiant, puisse se développer si elle est enfermée dans le carcan d'une recherche dont les plans ont été tracés à l'avance par un *Herr Professor* ? Après avoir visité maints pays, maints chymistes, maints laboratoires, le vieil homme que je suis en est arrivé aux trois conclusions suivantes :

— que ce ne sont pas obligatoirement les grands laboratoires qui font les grandes découvertes,

— que le hasard compte plus que l'organisation,

— qu'il est donc impossible d'organiser à l'avance et de prévoir le but de toute recherche.

Le cabriolet venait d'entrer dans la cour. Ce vieux malin de Gabor, pensai-je, essaie de me faire oublier cette aventure du phosphore, des huiles et des esprits volatils. Le vieux chymiste m'était cependant sympathique.

— Qu'allez-vous faire de votre phosphore cérébral ? lui demandai-je.

— Avec votre permission, Monsieur, notre phosphore ! Je vais repartir pour Bologne où l'un de mes neveux doit me recueillir. J'y finirai ma vie, sous le soleil de l'Italie. Je compte envoyer le résultat de nos travaux à l'Académie des Lynx de Rome. J'irai même leur montrer comment notre huile de cerveau peut s'enflammer. Je vous serais infiniment reconnaissant, Monsieur, si vous vouliez bien signer cette note avec moi.

— Je regrette de ne pouvoir vous demander la même chose, cher ami. L'échec de mes expériences sur les lapins ne vaut pas une note. Peut-être aurai-je plus de chance avec la poudre de pituitaire !

— La poudre des songes ! Je vous souhaite bonne chance, Monsieur.

Gabor était ému. Il se leva en même temps que moi, me serra les deux mains. Je crois qu'il aurait voulu m'embrasser...

— Surtout, faites sécher à l'ombre, jamais au soleil !

Il monta dans le cabriolet. J'aperçus une dernière fois sa chevelure blanche et sa main levée vers moi. Je ne le reverrai plus, pensai-je en agitant ma main en signe d'adieu.

Avant de disparaître, le cabriolet ralentit au tournant de la route, laissant passer la diligence qui arrivait au même moment. Elle s'arrêta devant ma porte et le cocher me tendit un paquet.

— Il vient de Paris, me dit-il.

Encore des livres, pensai-je, mais le poids en était fort léger. Je montai ouvrir le paquet dans mon bureau. Il contenait un énorme œuf d'autruche, recouvert d'un bonnet de couleur verte. L'œuf était vide et ouvert par un trou circulaire à sa base. J'en sortis une petite lettre parfumée :

Bonnet avait raison, les œufs d'autruche rêvent...
Je te reviens bientôt et je t'embrasse

Béatrix

CHAPITRE XXVII

Die Zweckmässigkeit der Träume

SEPTEMBRE 1785... La fête était finie. Il devait être deux ou trois heures du matin. Je sortis de la tour pour aller sur le balcon qui dominait l'étang. L'air était encore chaud et le silence de la nuit n'était troublé que par le saut de carpes dans l'eau. C'était une belle nuit sombre. Le premier quartier de la lune n'atteignait pas encore le dessus des roseaux. Béatrix venait de me rejoindre. Je mis la main sur son épaule. J'avais trop bu et trébuchais un peu dans le noir de la nuit. Je finis peu à peu par m'accoutumer à l'obscurité et aperçus en fermant à demi les yeux l'ordre immuable des étoiles dans le ciel. Je pensais alors à la conversation que j'avais eue avec un jeune Allemand, Nicholas, élève de Kant. « Que le naturaliste doit utiliser le concept de *Zweckmässigkeit* comme un fil conducteur dans ses observations empiriques sans se demander l'origine première de l'arrangement des choses qu'il étudie car elle demeurera pour toujours au-delà de la conception purement mécanique d'une cause. »

J'essayais de mieux comprendre le concept de *Zweckmässigkeit* qui me semblait un peu obscur, bien que j'en comprisse le sens. Je tentai de l'expliquer à Béatrix :

– Il veut dire, ce que j'ai d'ailleurs toujours pensé, que la nature a un dessein et qu'elle ne fait rien sans but. A mon avis, le concept des « agents téléologiques » fournirait une bonne traduction, bien qu'il y en ait sans doute une meilleure. Mais il est, vois-tu, impossible de traduire fidèlement en français ce que pense un professeur d'université allemande. Nos deux langues sont séparées depuis trop longtemps. Ses ancêtres, son éducation et ses rêves sont différents des nôtres. Il peut agglutiner des mots pour exprimer un concept difficile alors que je dois de mon côté chercher à les traduire dans des racines latines qui sont trop vieilles pour l'exprimer. Tu vois, Béatrix, mon entendement me dit que le *thalweg* de mes songes n'est pas latin ni français. Mes ancêtres, qui gisent la face contre terre, étaient francs-comtois et, je ne sais pourquoi, la langue allemande est mieux adaptée que le français aux sillons que les songes de mes parents et que mes propres *thalwegs* oniriques ont tracés dans mon cerveau. Le traité de Nimègue et la paix sont encore trop récents pour avoir effacé les atrocités que les Français et les Suédois ont infligées à la Franche-Comté. Je me souviens que ma grand-mère me disait quand j'étais petit :

— Si tu n'es pas sage, je vais appeler les gris, les mercenaires suédois de l'armée de Richelieu qui ont tant massacré de Francs-Comtois !

— Mais tu as le pied droit sur la Principauté de la Dombes et le pied gauche sur la Bresse, me répondit Béatrix.

En effet, Bouligneux était partagé en deux par la frontière.

— Béatrix, nous sommes, toi comme moi, d'anciens sujets (à travers nos songes) du Saint Empire romain germanique. Nous sommes et nous resterons des exilés.

Après un long silence, je lui dis :

— Ecoute, Béatrix, je crois que le professeur Kant a raison. Cela explique nos échecs dans la recherche des causes des songes. Nous avons pensé que l'on pouvait enlever la pituitaire d'un lapin et, ainsi, isoler la cause des songes dans une partie et nous ne l'avons pas trouvée. Nous aurions dû plus méditer ce que Kant a écrit : « Le cerveau est un tout. On ne peut en isoler une partie sans référence à la totalité. D'autre part, ses parties doivent se combiner dans l'unité du cerveau, si bien qu'elles sont à la fois la cause et l'effet réciproques de chacune. »

— Le tout et la partie ? Comment veux-tu alors avancer dans tes expériences ? Si j'enlève les poids de ma pendule, elle ne marche plus. Donc la gravitation est la cause de l'heure, me répondit-elle en jouant avec son collier, une chaîne et un œuf en or gros comme celui d'une caille que je lui avais offerts lors de son retour.

— Et si tu enlèves les aiguilles, comment sauras-tu l'heure ? Béatrix, le cerveau n'est pas une horloge, ni une machine. D'un côté, il faut considérer qu'il existe une « force formative » responsable de l'organisation du cerveau, que nous ne connaissons pas. D'un autre côté, nous employons des méthodes mécaniques, comme la section du cerveau et sa destruction, en essayant de diviser ou de réduire la complexité, pour essayer de la comprendre. Nous agissons comme des mécaniciens devant une machine, une machine qui se construit elle-même. Ce qui est stupide !

— Monsieur le naturaliste, me répondit Béatrix, vous avez trop bu de vin de Champagne. Cela rend vos humeurs bien sombres et éteint vos ardeurs, j'en ai bien peur !

Béatrix avait raison. J'avais certainement un peu trop bu et j'étais découragé, mais je ne savais pas pourquoi. A quoi bon sectionner et partager le cerveau de ces lapins ? A quoi bon chercher dans leur cerveau les traces chimiques des songes ? Je ricanai en pensant aux cornues où j'avais fait chauffer les cerveaux de poules et de lapins songeurs et non songeurs !

Que de temps, d'argent et d'énergie avais-je dépensés pour essayer de calculer le poids des rêves et l'énergie électrique des songes ! Le souvenir amer des mélanges de l'*orgasmon* et de l'*oniron* avec le comte de S... m'envahit tout à coup. Quel échec risible ! Mais ces échecs me montraient la voie en fermant les autres.

— Tu vois, Béatrix, le naturaliste doit être comme un général qui conquiert un continent inconnu, comme Cortés, au Mexique, ou Pizarre, au Pérou. Il doit avoir une stratégie : aller à Mexico, ou à Lima, et y prendre l'or, et une tactique : s'allier à la nature pour la mieux comprendre. Il doit donc envoyer d'abord des éclaireurs dans toutes les directions, comme les chevau-légers. C'est la reconnaissance. Tant pis pour ceux qui tombent dans des embuscades ou qui se perdent ou qui s'embourbent. Comme nous, lorsque nous avons voulu comprendre les songes avec l'alchimie ou l'électricité ! Tu n'étais pas là, heureusement !

— Je sais tout, me répondit Béatrix, tu étais devenu fou !

— Ce n'étaient que des reconnaissances perdues. Comment veux-tu savoir où se trouve le juste chemin si tu n'as pas essayé toutes les voies, même les plus difficiles, même les plus folles ? Crois-tu la nature sage ?

— Je crois que les lois de la nature sont sages, mais que ces lois ne sont pas tracées dans notre cerveau par les songes, me répondit Béatrix.

— D'accord, puisqu'il n'y a pas de rêve prophétique. Comment pourrais-tu d'ailleurs comprendre un songe qui te suggérerait les solutions que l'on aura dans cent ans, ou dans deux cents ans, en 1983 ? Ce serait aussi impénétrable que du chinois !

— A ce moment-là, il y aura longtemps que l'on aura déchiffré le mystère du rêve, répondit Béatrix. Les gens de 1983 iront dans le centre de la terre et auront des ballons pour visiter la lune. Ils pourront interpréter leurs rêves et comprendre les solutions prophétiques pour 2083 !

La lumière de la lune se reflétait maintenant dans l'étang. Y aurait-il toujours un étang en 1983, des grenouilles, le château ? Quelles guerres, ou invasions, ou épidémies, seraient-elles passées par là ?

— Béatrix, une fois que les reconnaissances ont montré où ne pas aller, il faut aller par le seul chemin restant avec toute son armée, les chevaux et l'artillerie. Ruser avec la nature et l'attaquer à son point faible.

— Ou la trahir, par le moyen d'une femme, répondit Béatrix. Comment s'appelait la compagne Indienne de Cortés ?

— Voilà, il faut essayer de conquérir cette femme. Je crois qu'elle s'appelait Malinche. C'est elle qui devrait nous livrer les clefs de la cité des songes, toutes nos reconnaissances ayant échoué. Leur cause n'est pas dans le cerveau des lapins, ni dans l'alchimie, ni dans l'électricité. Elle n'est pas non plus dans le souvenir de mes songes, ni des tiens, que tu ne me livres jamais !

— Je ne veux pas te les raconter, je devrais mentir !

— Nous ne pouvons même pas descendre dans notre cerveau pour le comprendre puisque le cerveau des songes est un autre. Quand tu songes, Béatrix, ce n'est pas toi qui le fais, c'est une autre. Tu ne rêves pas, tu es rêvée par cette force formatrice qui écrit en avance tes gestes. C'est qu'il est faux que l'événement arrive quoi que tu fasses. Il arrivera parce que tu fais ce qui y mène. C'est Leibniz qui l'a écrit, ma chère, il y a déjà bien longtemps !

– Alors, mon cher naturaliste, qu'allez-vous faire de ce semblant de liberté que vous laissent vos songes ?

– Je vais suivre la seule voie qui me reste, car je n'en ai pas d'autre : courir le monde pour rechercher une espèce intelligente qui ne songe point ! Sa nature m'apprendra comment on peut avoir de l'entendement sans songe. Peut-être cette espèce est-elle totalement libre, puisque aucun songe n'écrit en avance ses réactions et ses gestes. Elle n'a pas de *thalwegs* creusés en avance pour guider la marche des excitations de ses esprits animaux, ou de sa force vitale, comme on dit maintenant.

– Pauvre cher fou ! Pauvre rêveur de la Dombes ! Où trouveras-tu cette espèce ? Chez les sirènes ou les licornes ? Si elles existent, ces bêtes sont comme les machines de Vaucanson car elles doivent toujours réagir de la même façon, sans la fantaisie ou l'imprévisibilité que, d'après sa théorie, doivent apporter les sillons creusés par les songes. Ces bêtes doivent toutes se ressembler puisque c'est leur germe qui fabrique, une fois pour toutes, leur cerveau. Suppose que toutes ces bêtes, dont tu présumes l'entende-ment, soient toutes peureuses. Elles fuiront toutes s'il y a un ennemi, aucune d'elles ne l'attaquera et très rapidement leurs ennemis trouveront un moyen de les entraîner dans un piège et les détruiront toutes. De même, si elles sont toutes courageuses, et attaquent un ennemi plus fort !

– Tu as raison, Béatrix, ce qui est important dans ce que le songe doit écrire en avance dans le cerveau, c'est la différence entre chaque individu d'une même espèce. Il faut que certains soient peureux, d'autres courageux, de façon qu'il y en ait quelques-uns qui échappent s'il se produit une grande catastrophe. Le rêve est le gardien de la différence psychologique entre les individus.

– Suppose, mon cher naturaliste, que tes créatures sans songe soient des hommes. Ils seraient alors entièrement soumis, d'après ta théorie, à l'influence du milieu naturel et donc social. Comme le dit ce cher Jean-Jacques, que tu détestes, la société pourrait modeler à loisir le caractère et l'entendement de ces hommes. Suppose toujours, ô mon cher et fou naturaliste et philosophe un peu buveur, que cette société soit dominée par un tyran qui veuille lui imposer ses idées ! Tu aurais alors une société de fourmis, ou d'abeilles, obéissant aveuglément chacune au tyran. Crois-tu que cela peut être possible ?

– Je le crains, ô ma chère, si sage et si sobre philosophe ! Mais heureusement les hommes songent ! Il n'y a pas de société, il n'y a que des individus tous différents, et qui sont maintenus différents tant qu'ils songent. Malgré sa police, ses échevins, ses espions, ses laquais, son armée, ses prisons et ses potences, un tyran ne pourrait pas imposer longtemps sa loi à des individus tous différents. Certains êtres, déterminés en avance par le travail de leurs songes à rester passifs ou obéissants, seront les plus fidèles auxiliaires du tyran. Mais il en restera toujours auxquels les songes auront imprimé des chemins de liberté ou de désobéissance, ou une nature, si tu veux, qui résisteront ouvertement ou secrètement au tyran. Ceux-là finiront par l'emporter car c'est la loi de la nature qu'aucun individu ne peut imposer sa façon de voir, ou ses idées, sur une grande quantité d'autres êtres différents, à moins qu'il ne féconde toutes les femmes et transmette ses germes et ses songes aux générations futures !

– Heureusement que les grenouilles dorment et ne t'entendent point, me répondit Béatrix. Il est vrai que Louis XVI est un despote éclairé, mais ne va pas raconter tout cela à ton Cercle des Curieux de la Nature le jeudi soir. Je me demande toujours où tu vas ensuite passer la nuit.

– Avec la Némésis de la nature de Monsieur Linné, ma chère Béatrix ! Tu as toujours raison. J'ai sommeil. J'espère que mes songes me conduiront au pays des espèces non songeuses !

– Je crois avoir deviné ce qui te rêve, me dit Béatrix, après un long silence. Tu m'as fait lire tes souvenirs de rêve que j'ai presque tous oubliés mais je me souviens bien des premiers parce que tu me les avais fait recopier au début. Tu sais, les trois premiers rêves qui t'avaient si intrigué et qui sont le prologue de ton onirothèque. Tu avais rêvé d'un grand bassin de verre et d'un animal, une loutre je crois, qui pouvait rester sous l'eau très longtemps. Un mammifère qui peut plonger dans l'eau comme le dauphin. Ne crois-tu pas que c'est le signe que tu n'as pas compris à ce moment-là, il y a vingt ans déjà ?

– Peut-être. J'ai oublié ce premier rêve. Il est vrai que lorsque l'homme-chien m'a parlé des dauphins, quelque chose en moi était préparé à recevoir ce message. Quelque chose que je n'ai jamais appris, qui dépend donc de mes germes. Peut-être ai-je eu dans mes ancêtres des pêcheurs de baleine ? Dans ce cas le destin, mon destin, serait la descendance de l'inconscience, pour employer un terme nouveau de ce sacré oviste genevois. Quelque chose me pousse à aller retrouver des dauphins. Sans doute les *thalwegs* causés par ce premier rêve, et bien d'autres à la suite, dont je ne reconnais pas le message au réveil. Mon entendement me persuade que je dois visiter ces mammifères marins parce qu'ils ne rêvent pas, mais ce n'est peut-être qu'une fausse explication que je donne à ce destin qui me pousse vers eux.

– Ainsi, me dit Béatrix, comme pour nos jeux de dés

avant que je parte chez Haller, tu dois faire un choix entre ce que tu es, toi, c'est-à-dire celui qui a été construit par les choses que tu as apprises, et ce qui te rêve, qui dépend de tes ancêtres, et qui ne se livre pas à ton entendement de l'éveil, mais qui te détermine dans tes rêves.

– Oui, Béatrix, ton intuition va toujours plus vite que ma raison. Je crois que la richesse du cerveau de l'homme, ou sa noblesse, tient au fait qu'il doit être le seul animal capable de réaliser sa dépendance par rapport à son destin. C'est à la fois une noblesse, mais un bien lourd fardeau puisque nous devons nous rendre compte qu'il faut faire un choix entre ce que les esprits animaux nous dictent pendant l'éveil, et ce que nos ancêtres impriment encore dans notre cerveau pendant les rêves.

– Alors tu deviens luthérien ?

– Non. Je ne partage pas le pessimisme de Luther concernant la nature de l'homme, ni son espoir dans la foi. Je pense qu'un jour les explorateurs des songes sauront comment la force du rêve transforme notre cerveau, plus que la société où nous vivons, et qu'ils pourront donc s'en servir pour transformer l'homme, et peut-être la société. Mais je dois reconnaître que toutes mes tentations pour trouver la force des rêves ne furent que des échecs lamentables.

– Vas-tu vraiment partir à la recherche des dauphins ? Comment ? Et sur quel navire ? Et où ? Pourquoi ne restes-tu pas avec moi ? Nous serions heureux.

– Bien sûr que je serais heureux avec toi. « Je » mais pas « ce » qui me rêve. C'est lui qui doit être heureux. J'ai entendu parler de l'expédition de La Pérouse, mais elle vient de partir au début du mois d'août sur « la Boussole » et « l'Astrolabe ». Heureusement, il me reste encore quelques amis dans la Marine Royale qui peuvent m'aider à trouver une place de naturaliste sur une frégate partant vers les mers chaudes. Chen m'a confirmé ce que m'avait appris le Frère Boris : les sujets du Royaume de Likeu sont experts en dressage des dauphins et peuvent communiquer avec eux. Peut-être pourrai-je observer et étudier longuement un dauphin nouveau-né chez eux et enfin être sûr qu'il ne rêve pas ?

— Où est ce Royaume des dauphins ?

— Quelque part au nord-est de Formose. Très loin, mais une fois sur un bateau, le temps ne compte guère. Je rêverai sûrement souvent à toi.

— Quand reviendras-tu ? Je t'attendrai.

— Dans deux ou trois ans. En 1789 ou 1790. Ne m'attends pas, Béatrix, je te confierai en partant tous mes cahiers de rêves, nos observations et ce gros article pour l'Académie de Berlin. Garde-le en lieu sûr. C'est notre mémoire... Nous le signerons ensemble et tu pourras rajouter ton chapitre sur le rêve des oiseaux. Si tu n'as plus de nouvelles de moi, envoie-le avant le mois de décembre 1790 à Frédéric II.

CHAPITRE XXVIII

Lettre
du comte de Lesseps à Béatrix [1]

*P*ARIS, 1*er* NOVEMBRE 1788... *C'est avec émotion que je remplis un devoir sacré, Madame, en vous envoyant par ce courrier la lettre que mon ami, Hugues la Scève, me confia il y a déjà plus d'un an en quittant le bord de « la Boussole », à l'est de Formose. Je m'embarquai comme interprète de russe sur cette frégate commandée par Monsieur de la Pérouse, le 1*er* août 1785 à Brest. L'expédition de « la Boussole » et de « l'Astrolabe », commandée par Monsieur de Langle, nous conduisit d'abord en Argentine, puis nous doublâmes le cap Horn pour suivre la côte du Chili et gagner l'île de Pâques, monter au grand Nord jusqu'à la baie des Français, avant que de traverser tout le Pacifique jusqu'à Macao et bientôt enfin à Cavite, à trois lieues dans le sud-est de Manille. C'est au cours de mes nombreuses visites dans cette belle et grande ville, pendant que l'on visitait en entier notre gréement et que l'on décapelait nos haubans, que je fis la connaissance d'Hugues la Scève au cours du mois de mars 1787. Une amitié, vite partagée, me rendit le séjour à Manille fort agréable. Hugues la Scève venait d'arriver de Macao sur la frégate « la Subtile », commandée par Monsieur la Croix de Castries. Il y avait été engagé comme naturaliste. Il nous apportait des nouvelles de France qu'il avait quittée le*

24 avril 1786. Son voyage l'avait mené au cap, puis à Batavia, avant que de faire escale à Macao. Il me confia qu'il avait eu des contacts dans ce port avec des amis chinois de son collaborateur Chen. Son dessein était d'obtenir l'adresse, à Manille, de quelques sujets du Royaume de Likeu qui étaient des plus experts dans l'art de dresser les dauphins et même de communiquer avec eux. Il connaissait le projet de la Pérouse de gagner la mer du Japon et me déclara qu'il aurait aimé embarquer sur « la Boussole ». Je le recommandai alors à Monsieur de la Pérouse qui accepta d'autant plus volontiers que notre aide-chirurgien, Jean Guillou, venait de tomber malade de dysenterie. Le transfert d'Hugues la Scève fut encore aidé par la Providence puisque le chirurgien en chef de « la Boussole », Claude Nicolas Rollin, était un de ses anciens amis qui l'accueillit très chaleureusement. C'est ainsi qu'à la fin de mars 1787, Hugues la Scève monta à bord de « la Boussole » comme aide-chirurgien et naturaliste, en même temps que Monsieur Gayet, un enseigne de vaisseau que nous avait prêté le commandant de « la Subtile ». Avant d'embarquer, Hugues me dit qu'il avait pu rencontrer un indigène du Royaume de Likeu. Il lui avait recommandé de débarquer dans les îles les plus australes de ce grand archipel situé à l'est de Formose.

Nous quittâmes Manille le 10 avril 1787. Monsieur de la Pérouse s'engagea d'abord à l'ouest de Formose, vers les Iles Pescadores, en se rapprochant de la côte de la Chine. Cette route ne permettait pas l'approche des îles de Likeu et Hugues la Scève en fut si dépité et triste qu'il sombra dans la plus extrême mélancolie. Heureusement les relevés des brasses nous apprirent que le canal, entre les Pescadores et Formose, était très étroit, à peine quatre lieues. Il eût été conséquemment dangereux d'y louvoyer pendant la nuit par le vent épouvantable qui s'était levé. Monsieur de la Pérouse décida alors de passer à l'est de Formose.

Comment vous décrire la joie qui illumina alors mon ami qui me sembla avoir rajeuni de dix années. Nous reconnûmes d'abord l'île de Botol Tabaco Xima avant d'apercevoir l'île Kumi, l'une des plus australes de l'archipel de Likeu. Quelques indigènes, en pirogue, vinrent nous aborder. Monsieur de la Pérouse décida d'envoyer un canot pour reconnaître cette île. Hugues la Scève s'offrit d'y monter pour y étudier la flore et la faune. Avant d'embarquer il nous embrassa, Monsieur Rollin et moi-même, en me confiant une lettre pour vous, Madame. Il nous confia secrètement qu'il désirait rester sur cette île pour y apprendre le langage des dauphins. Sa conscience de chirurgien était en paix puisque l'état de santé de Monsieur Jean Guillou s'était considérablement amélioré. Je le revois encore nous saluer debout avec sa canne-épée lorsque le canot l'emporta au soleil levant, sur une mer calme, avec quatre marins. Ceux-ci revinrent au soleil couchant. Ils déclarèrent que Monsieur la Scève avait disparu dans un enchevêtrement de palétuviers et que, malgré leurs appels, il n'était pas réapparu. Comme le courant nous portait au nord avec une extrême vitesse, Monsieur de la Pérouse ne jugea pas utile de mettre en panne pour renvoyer un autre canot le lendemain matin. Nous fîmes ensuite route vers une mer plus vaste, entre le Japon et la Chine. Après avoir fait relâche dans de nombreuses baies sur la côte de Tartarie, nous traversâmes les îles Kouriles et arrivâmes enfin dans la baie d'Avatcha, devant le port de Saint-Pierre et Saint-Paul, en septembre 1787. Monsieur de la Pérouse me confia alors les premiers exemplaires de la relation de son voyage que je devais amener en France par une route fort longue et pénible dans cette Russie dont je connaissais la langue. Je quittai enfin Monsieur de la Pérouse le 7 octobre 1787. Comment vous dire l'émotion de notre séparation ! J'embrassai Monsieur de la Pérouse et Monsieur de Langle, commandant de « l'Astrolabe » (c'était la dernière fois que je le voyais puisque je viens d'apprendre en rentrant à Versailles sa mort tragique à Maoura, dans l'archipel des Navigateurs, par un courrier envoyé de Botany Bay par Monsieur de la Pérouse). Il n'est plus ce brave et loyal marin, l'ami, le compagnon de notre commandant, cet homme que j'aimais et respectais comme un père. Il n'est plus et ma plume se refuse à tracer sa fin déplorable. Je demande au Ciel, pour la gloire de la France, qu'il nous ramène bientôt Monsieur de la Pérouse et ses compagnons. Au moment où j'écris cette lettre, Madame, je prie qu'un vent favorable pousse leurs vaisseaux vers nos côtes et qu'il nous ramène également Hugues la Scève.

Je quittai donc Saint-Pierre et Saint-Paul guidé par Monsieur Kaskoff-Ongressine, gouverneur d'Okhotsk, qui m'accompagna, à travers mille dangers, le long du Kamtchatka. Je me suis attaché à cet homme estimable grâce aux qualités de son âme. Je vous ferai grâce, Madame, de mes aventures mais je vous dois quelques explications concernant l'accident malheureux où je faillis perdre la vie. Cette quasi-noyade a fait malencontreusement mouiller la lettre d'Hugues la Scève que je portais continuellement sur ma poitrine, bien enfermée dans un étui en peau de phoque. C'était le 12 mai 1788 et je venais de quitter le village de la « tête d'ours », à quarante-cinq verstes d'Okhotsk. A moitié chemin, une partie de nos attelages refusa service et nous dûmes descendre une rivière qui semblait nous offrir une voie plus commode. A peine eûmes-nous fait quelques pas qu'un craquement subit se fit entendre sous nos traîneaux. Une minute après, je me sentis enfoncer doucement dans l'eau glacée. Heureusement la profondeur n'était que de quatre pieds et à force de travail, mes gens parvinrent à m'en retirer sauf mais inondé et transi. Nous retournâmes à Okhotsk où je me réchauffai. C'est là que je m'aperçus que l'étui de peau de phoque n'était pas aussi étanche que je le pensais. Je fis donc immédiatement sécher la lettre d'Hugues la Scève auprès du grand feu où je me réchauffais mais ne pus que regretter que l'eau ait rendu certains feuillets illisibles.

Voulez-vous, Madame, excuser le porteur de cette lettre qui, bien involontairement, est responsable de la censure exercée sur elle par l'eau glacée. D'autres aventures, que je conterai dans ma relation de ce voyage, m'attendaient ensuite. Je pus enfin gagner Moscou, puis Saint-Pétersbourg, Riga et Berlin. J'arrivai à Versailles le 17 octobre 1787 et eus l'honneur d'être présenté ce même jour à sa Majesté.

Je souhaite que cette lettre précède de peu le retour d'Hugues la Scève et attends avec impatience la joie de le retrouver et de le serrer dans mes bras. Je ne saurais la finir sans vous renouveler, Madame, les assurances des sentiments pleins d'estime et de considération avec lesquels j'ai l'honneur d'être votre très humble et très obéissant serviteur.

Comte de Lesseps

CHAPITRE XXIX

La dernière lettre
d'Hugues la Scève à Béatrix

JE n'ai retrouvé aucune trace des lettres que HLS aurait
dû envoyer à Béatrix lors de ses escales au Cap, à
Batavia ou à Macao.

La lettre transmise par le comte de Lesseps était encore
pliée dans l'étui en peau de phoque. Elle contenait dix
feuillets en papier épais et bruni par le temps. Les feuillets
1-2 et 9-10 étaient totalement effacés par l'eau. Les
feuillets 3 et 8 me furent assez difficiles à transcrire (et
j'ai mis entre crochets les mots presque illisibles dont j'ai
seulement deviné le sens). Les feuillets 4, 5, 6 et 7 étaient
très lisibles mais effacés sur les bords.

Feuillet n° 3

*... Les environs de Manille. Les fortifications sont en pierre
rouge et la garnison est composée de deux bataillons* [1300]
*hommes d'effectif. Ce régiment est mexicain et sa bravoure, selon
les Espagnols, est* [comparable] *à celle de régiments européens.*
*... Après le départ de Manille, sous une bonne brise du nord-
est, je m'endormis rapidement.* [Voici le rêve] *que j'ai* [eu] *cette
nuit : le château rouge de Bouligneux était éclairé par le soleil*

couchant sur la rade de Manille, à côté du fort. Tu étais sur le château, si belle et désirable dans ta robe verte que je m'éveillai. Est-ce le [souvenir ou image] *de ce fort rouge qui m'a évoqué notre château de Bouligneux que j'ai quitté il y a plus d'une année ?...*

Feuillet n° 4

... Sont sans doute perdus à jamais. Mon échec à trouver quelques explications à ces phénomènes m'a rendu silencieux lorsque nous nous dirigions vers Manille à partir de Macao, sur « la Subtile ». Sans doute, ma rencontre avec Monsieur de Lesseps et mon ami Rollin m'a redonné l'enthousiasme que j'avais perdu. Mais cette route que prend la Pérouse, à l'ouest de Formose, vers les îles Pescadores, va être le dernier maillon d'une longue série d'échecs. Je n'aurai sans doute jamais plus l'occasion de communiquer avec des dauphins. L'homme du Royaume de Likeu que j'ai rencontré à Manille ne ressemblait ni à des Chinois, ni à des Japonais. Il était très grand, avec une tête aussi ronde qu'une boule. Ses cheveux, retroussés sur le sommet de la tête, étaient enroulés autour d'une aiguille d'or. Il me montra comment il pouvait appeler les dauphins en tapant vite sur l'eau avec le plat de sa main. J'ai cru comprendre que les pêcheurs des îles de Likeu s'aventurent sur la mer dans des pirogues creusées dans des troncs d'arbres. Cet homme m'apprit également que la mer qui entoure les îles est dangereuse à certaines heures du matin et du soir à cause de très longs serpents de mer noirs et venimeux.

J'arrête cette lettre maintenant car le vent s'est levé et le roulis m'empêche d'écrire...

Feuillet n° 5

... une nuit agitée, de courtes bordées, et les cris des marins annonçant la profondeur en brasses : 48 – 40 – 12 – 8. Comme la mousson n'avait pas encore changé et que la bourrasque nous empêchait d'y louvoyer, il me semblait que nous changions de cap. La mer était si grosse que chaque fois que nous virions vent arrière, nous avions à craindre d'être couverts par des lames... La Pérouse vient en effet de changer de cap et nous avons encore essuyé une bourrasque aussi forte que celle de cette nuit. Elle fut précédée d'une pluie si abondante qu'on n'en peut voir de pareilles qu'entre les tropiques. Le ciel fut en feu toute la nuit, et nous doublâmes la pointe sud de Formose au lever du jour.

C'est maintenant le calme plat. Monsieur de Lesseps, qui a rencontré la Pérouse, vient de m'annoncer que nous ferions route à l'est de Formose. Enfin la chance me sourit ! D'autant plus que Monsieur Guillou est presque guéri. Il serait même capable d'amputer un blessé d'après ce qu'il vient de me dire. Il faut donc que je prépare ma fuite. J'en ai parlé à Monsieur de Lesseps et à Rollin après leur avoir longuement expliqué mon projet. Je leur ai aussi parlé de toi et de notre amour. Nous avons bu du ratafia et mangé des oranges embarquées à Manille.

Feuillet n° 6

... nous vîmes alors des feux sur l'île de Kumi et des pirogues se détachèrent de la côte pour nous observer. Les indigènes restèrent d'abord prudemment jusqu'à la portée du fusil. Nous fîmes des gestes de bienvenue et leur montrâmes quelques étoffes, si bien que deux pirogues nous abordèrent. Avant d'accoster la frégate, ils avaient posé leurs mains sur la poitrine puis levé

les bras vers le ciel. Ils avaient la même tête ronde que j'avais remarquée chez l'homme du Royaume de Likeu à Manille. La Pérouse leur fit donner à chacun une pièce de Nankin et quelques médailles. Rendus plus confiants, ils nous invitèrent à approcher la terre, nous faisant connaître que nous n'y manquerions de rien. Si la mer reste calme, me prévint la Pérouse, peut-être enverra-t-il demain un canot pour reconnaître cette île de Kumi. Je lui dis que ce serait une excellente occasion pour moi d'y herboriser et d'y chercher une plante fort rare appelée Bruguiera Gymnorhyza.

Feuillet n° 7

... nuit très calme. Tu habites toujours mes rêves : cette nuit, nous volions ensemble. Je t'entraînais par la main gauche. Brusquement, tu as lâché ma main et tu t'es envolée très haut dans les airs. Ce rêve est fort différent de tous ceux que j'ai eus jusque-là (presque 5000 maintenant). Jusqu'à cette nuit, au cours de tous mes rêves de vol, j'étais sûr que j'étais éveillé et m'étonnais de la facilité de voler. Au cours du rêve de cette nuit, j'étais au contraire sûr que je rêvais et j'assistai à notre vol et à ton envolée dans les airs en spectateur émerveillé. Brusquement, une vague plus forte m'a obligé à me retenir sur la couchette et le rêve a disparu. Pourquoi cette nouvelle classe de rêve ? Jamais je n'ai rêvé à ton départ chez Monsieur von Haller, à ton absence et à ton séjour au Jardin du Roy à Paris ni à toutes tes aventures que j'ai essayé d'oublier. Alors « Béatrix en l'air » pourrait-il signifier « Béatrix Haller » ? Crois-tu que le jeu des esprits animaux au cours du rêve soit un jeu de mots ?

Feuillet n° 8

... m'ont promis de garder le silence. Ils comprennent mon projet. Je me perdrai demain dans la forêt de [palétuviers] *pour y chercher les* [   ]. *Je confierai en partant cette lettre à Monsieur de Lesseps qui doit ramener le livre de bord de la Pérouse lors de son escale au Kamtchatka. Je rentrerai dans un an lorsque j'aurai appris la langue des dauphins. Peut-être avec un nouvel alphabet ? Crois-tu que Charles Bonnet me prendra enfin au sérieux ? ... Nous avons parié avec Rollin que je rentrerais avant lui en France, soit par Manille ou Macao, où il me sera facile de trouver des* [bateaux]. *Je sais, mais c'est un secret de ma plume, que l'expédition de la Pérouse doit ensuite gagner le Sud après l'escale du* [Kamtchatka] *pour y surveiller les Anglais en Nouvelle-Hollande...*

... enfin du bonheur que tu m'as donné. Je ne sais plus qui t'écrit ce dernier soir sur « la Boussole » mais je peux te le dire : Ce qui me rêve et moi, nous te désirons plus que tout... Sinon, je t'en prie, envoie notre manuscrit à Berlin...

CHAPITRE XXX

Iriomote yama nekko

LYON, JUIN 1984... On chasse les dauphins à Okinawa depuis des dizaines d'années car ils font des dégâts énormes dans les pêches côtières au filet. Ils y sont exterminés à coups de harpon par centaines, emprisonnés dans des filets, sautant et plongeant dans une mer rouge de sang. Leurs corps dépecés servent à la nourriture des Japonais. Les têtes sont rejetées à la mer.

Nous avons été avertis de leur approche par un télégramme laconique, envoyé par un ancien chercheur du laboratoire, Tetsuro Sakumoto, professeur à l'Université d'Okinawa : « les dauphins arrivent »...

J'avais besoin d'une dizaine d'hypophyses de dauphins. Nous avions en effet remarqué que les extraits totaux d'hypophyse de bœuf peuvent faire réapparaître le rêve chez des rats ou des souris qui ne peuvent plus rêver à la suite de lésions de l'hypothalamus. Or, comme l'a bien montré le professeur Mukhametov, de Moscou, le dauphin ne semble point rêver. Pourrions-nous faire réapparaître le rêve chez nos rats en injectant des extraits d'hypophyse de dauphin ? En d'autres termes, l'absence de rêve des dauphins est-elle provoquée par le défaut d'un facteur « onirogène » au niveau de l'hypophyse ? Alors nous ne pourrions pas rétablir le rêve chez nos rats. Ou bien, si les extraits hypophysaires de dauphin pouvaient rétablir le rêve chez nos rats, il faudrait en conclure que ce sont les structures nerveuses, dites exécutives du rêve, qui ne peuvent pas entrer en jeu chez le dauphin, soit parce qu'elles n'existent pas, soit parce que les conditions de la vie aquatique les empêchent de fonctionner. Il n'est pas facile, aux physiologistes, de trouver des hypophyses de dauphin et la seule voie qui nous était ouverte était celle des pêcheurs japonais à Okinawa.

C'est ainsi que nous sommes arrivés un soir de mai 1984, mes deux amis japonais, T.S., K.K. et moi-même à Okinawa, juste avant le coucher de soleil rouge et bref des mers du Sud.

Dès le lendemain, l'efficacité japonaise nous permit d'obtenir quinze hypophyses de dauphins, prélevées aussi rapidement que possible après la mort et conservées à − 20°C dans des récipients avec de la glace carbonique.

La récolte des hypophyses ayant été plus brève que prévue, nous avons décidé de gagner Iriomote qui est l'île la plus australe de l'archipel des Ryu-Kyu, au sud d'Okinawa. Iriomote est devenue célèbre pour les biologistes depuis qu'on y a découvert une nouvelle espèce de chat : « Iriomote yama nekko », « le chat de la montagne d'Iriomote ». C'est un gros chat à six doigts, qui passe son temps dans l'eau, comme une loutre, pour y attraper des poissons. Il n'en reste qu'une cinquantaine dans cette île, où ils sont surveillés jalousement par des éthologistes nippons. Nous avons visité cette petite île, oubliée des touristes, en parcourant en bateau un fleuve aux eaux noires, bordé d'un enchevêtrement impénétrable de palétuviers. Nous sommes ensuite montés au sommet volcanique de l'île par un sentier escarpé, tandis qu'un guide à la tête ronde nous montrait les espèces locales de papillons, de serpents et de lézards. Nous n'avons pas vu de chat. En redescendant de l'autre côté de l'île, à la fin de la journée, sous un soleil brûlant, nous sommes arrivés devant un temple bouddhique à l'orée d'une petite clairière. C'était une occasion pour boire de l'eau fraîche avec l'écuelle de bois à long manche. Un vieux moine gardait ce temple. J'ai laissé quelques pièces de monnaie devant l'autel de l'année du buffle (celle de ma naissance) et nous sommes allés visiter un petit musée qui occupait l'aile droite du temple. Dans ce musée, mal éclairé, avaient été rassemblés des instruments domestiques en bois d'avant l'ère Meiji (métiers à tisser, paniers, instruments de pêche, etc.). Une collection de sabres de toutes tailles occupait le fond de la salle. Droits ou recourbés, leur acier japonais était encore bleu et luisait sous la pâle lumière du soleil couchant. D'autres sabres, de formes différentes, et dont l'acier était noirci, appartenaient à l'époque d'avant la colonisation nippone. Soudain, au milieu des idéogrammes et symboles chinois, les caractères latins : « HLS » surgirent devant mes yeux. Ils étaient gravés sur le pommeau de ce qui avait dû être une épée ou peut-être une canne-épée, maintenant réduite à l'état d'une espèce de poinçon irrégulier en fer noirci. L'entrelacement des initiales HLS était identique à celui que j'avais remarqué sur le coffre acheté à Villars. D'où venait cette épée ? Le moine, interrogé par mes amis, ne le savait pas. Il avait toujours vu cette relique. Elle devait avoir été apportée lors de la construction (il y a deux cents ans ?) de ce temple qui avait échappé à la guerre ainsi que l'île, épargnée par sa barrière infranchissable de palétuviers.

La nuit était tombée. En rentrant en bateau à l'île voisine d'Ishigaki, je regardais le sillage et les vagues qui engloutissaient les reflets de la lune sur la mer. Brusquement, je me souvins de la dernière lettre d'Hugues la Scève, du détour de La Pérouse à l'est de Formose et je compris pourquoi j'étais venu dans cette île de l'Archipel des Ryu-Kyu. Cet archipel des Ryu-Kyu n'était-il pas celui de Likeu ? Si le destin d'Hugues la Scève avait été programmé par la génétique de son inconscient, le désir de chercher des hypophyses de dauphin n'avait-il pas, de façon souterraine, été aussi guidé par mes rêves ?

Iriomote était-elle l'île de Kumi [1] ? Comment la canne-épée d'Hugues la Scève était-elle venue jusque-là ? Combien de temps était-il resté dans ces parages après avoir envoyé sa dernière lettre à Béatrix ? Reposait-il dans cette île ?

Nous avons quitté Ishigaki le lendemain matin, au soleil levant, par le vol 605 de la SWAL pour retourner à Okinawa, puis à Tokyo et bientôt à Lyon.

Après avoir décollé d'Ishigaki, l'avion vira au-dessus d'Iriomote. J'aperçus alors une dernière fois la silhouette de cette petite île entourée de sa ceinture brisée de coraux, l'eau bleu clair du lagon, les vagues sur les récifs et la forêt impénétrable trouée par la saignée noire du fleuve. Je murmurai un dernier adieu à HLS et restai longtemps la tête appuyée sur le hublot, muet, cachant mal mes larmes.

Quelques instants plus tard, mes amis japonais, avec beaucoup de discrétion, me montrèrent les récipients contenant les hypophyses de dauphins.

Doso, la Scève San, il continue à chercher avec nous !

Notes

Chapitre II

1. HLS s'est peu intéressé aux jeux de mots et au langage de l'« inconscient » au cours de ses rêves (voir cependant le rêve qu'il décrit dans sa dernière lettre à Béatrix, chapitre XVIII, p. 330). En hommage à HLS, voici un rêve récent que j'ai eu le 1er juillet 1990 (n° 4900 de mon onirothèque personnelle). Je suis allé participer au Congrès de l'Association for Psychophysiological Study of Sleep à Minneapolis, le 25 juin 1990, pour en revenir le 28. Sept jours après mon départ, j'eus le rêve suivant : « Sur une route, en voiture, j'aperçois trois gendarmes déguisés avec des peaux de chats. L'un d'eux tient même complètement à l'intérieur d'une peau de chatte (écaille tricolore). Je suis surpris de leur petite taille... » J'écris ce rêve au réveil, intrigué, sans en comprendre la signification. Le soir, en revenant sur l'autoroute, je ralentis prudemment en apercevant des motards de la police et, brusquement, je compris le rébus que mon cerveau droit avait proposé à mon cerveau gauche : les chats de mon rêve étaient des « minets à police ». Souvenir de mon voyage à Minneapolis huit jours auparavant.

2. Apparition de la mémoire des paysages au cours des songes d'Hugues la Scève (d'après ses nombreux brouillons concernant le fleuve du temps au cours de ses songes).

En ordonnées : Fréquence de rêve (en pourcentage) en rapport

avec des paysages différents de la Dombes, au cours des voyages
d'Hugues la Sève.

En abscisses : Le trait gras représente la durée des voyages en
dehors de la Dombes (le plus souvent hors de France). Leur durée
est de 5, 10, 15 ou 20 jours. On peut remarquer l'apparition des
souvenirs de rêves en rapport avec le voyage seulement vers le 7[e]
ou le 8e jour et la persistance des souvenirs de rêves de paysages
étrangers après la fin du voyage et le retour au château de
Bouligneux.

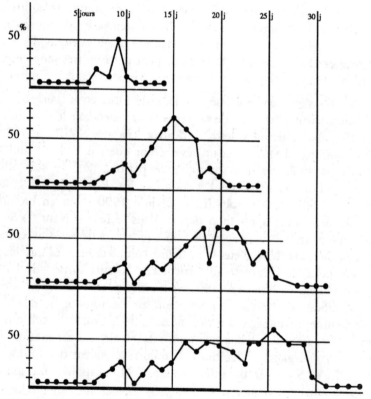

3. Nos rêves ne contiennent que ce qui a d'abord excité nos
sens ou notre intellect.

Chapitre IV

1. Il s'agit probablement du syndrome de Cornelia de Lange (d'Amsterdam), encore appelé Typus Amstellodamiensis. Ces enfants, atteints d'une débilité mentale profonde, présentent cependant un sommeil et des périodes de rêves normaux, comme nous avons pu le constater avec Olga Pêtre-Quadens, en 1965.

2. Les aveugles-nés n'ont pas d'imagerie visuelle au cours de leur rêve mais leur récit onirique est riche de souvenirs auditifs, tactiles, kinesthésiques, gustatifs, olfactifs (en ordre décroissant).

Si la cécité survient pendant ou après l'âge critique de 5 à 7 ans, une imagerie visuelle onirique peut persister très longtemps (20 à 30 ans). Cependant, l'imagerie visuelle tend à diminuer progressivement et devenir plus rare plus de vingt ans après la perte de la vision.

L'étude des mouvements oculaires au cours du rêve des aveugles de naissance apparut au début comme une clef permettant de résoudre l'énigme de la relation entre les mouvements des yeux et la scène du drame onirique. Existe-t-il une relation (hypothèse du balayage) ou non ? Au début, la première hypothèse sembla confirmée puisque Berger *et al.* (1961) ne purent enregistrer de mouvements oculaires (par la méthode électro-oculographique) au cours des rêves chez des aveugles-nés dépourvus de rêve visuel. En fait, la méthode électro-oculographique enregistre le potentiel cornéo-rétinien (qui peut être absent si la rétine est détruite). D'autres méthodes, utilisant des capteurs mécaniques, ont depuis révélé que les rêves d'aveugles-nés sans imagerie visuelle s'accompagnaient bien de mouvements oculaires. La neurophysiologie animale a depuis démontré que ce problème était fort complexe (voir à ce sujet Debru, 1990).

3. Sœur Catherine avait de bons yeux. Bien avant l'ère moderne de l'étude des rêves, Max (1935) eut l'idée d'enregistrer l'activité électromyographique des muscles des doigts au cours du sommeil chez des sourds-muets qui avaient appris le langage par signes. Bien qu'il n'étudiât pas la périodicité nocturne de ces événements,

Max trouva une corrélation étroite entre la quantité de petits mouvements des doigts chez des sourds-muets et la fréquence des souvenirs de rêves appréciés le matin au réveil. Par contre, Max n'observa aucune corrélation chez 11 sujets normaux enregistrés dans les mêmes conditions. Ce travail, presque oublié, servit de base à une théorie motrice de la pensée.

Berger, R., Olley, P. and Oswald, I. : « EEG and eye movements and dreams of the blind », *Electroencephalogr. Clin. Neurophysiol.*, 1961, 13 : 827-833.

Debru, C., *Neurophilosophie du rêve*. Hermann, Paris, 1990.

Max, L.W., « An experimental study of the motor theory of consciousness », *J. Comp. Psychology*, 1935, 19 : 469-486.

Chapitre V

1. L'hypothèse d'HLS pourrait être expliquée de la façon suivante, en 1992 : la reconnaissance d'un visage nécessite la mise en jeu du cortex occipital droit, et la reconnaissance de la parole celle du cortex temporal gauche (chez un sujet droitier). Il faut donc admettre qu'il puisse y avoir, au cours de l'éveil, un échange continu d'informations entre les deux hémisphères (qui s'effectuerait au niveau du corps calleux). Une disconnexion temporaire entre les deux hémisphères pourrait alors rendre compte de la dissociation constatée par HLS.

J'ai redécouvert ces dissociations dans ma propre onirothèque avant d'avoir découvert son manuscrit (Jouvet, 1979). Il semble exister, au cours du rêve (sommeil paradoxal) chez le chat, une inhibition de la transmission des informations entre les hémisphères droit et gauche. Ce phénomène a été mis en évidence par Berlucchi en 1965. Si le même phénomène existe chez l'homme, on peut alors supposer qu'il puisse exister temporairement, au cours du rêve, un état dit de *split brain* ou de « cerveau dédoublé ». Ainsi pourrait s'expliquer la difficulté à mémoriser et à « sémantiser » avec le cerveau gauche l'imagerie onirique qui serait créée par l'activité pariéto-occipitale droite. Bien que le phénomène de l'inhibition calleuse soit crucial à vérifier (avec des méthodes d'investigation plus sophistiquées), il n'a pas été étudié depuis Berlucchi !

Berlucchi, G., « Callosal activity in unrestrained, unanesthetized cats », *Arch. Ital. Biol.,* 1965, 103 : 623-635.

Jouvet, M., « Mémoire et cerveau dédoublé au cours des rêves », *Revue du Praticien,* 1979, 29 : 27-32. (Voir Jouvet, Le Sommeil et le rêve, O. Jacob, 1992.)

Chapitre VIII

1. Aristote et Lucrèce (*De Rerum Natura,* IV, 984-1004) avaient déjà décrit au cours du sommeil des secousses musculaires chez les animaux. Ils les avaient attribuées aux rêves. Fontana, en 1765, décrivit surtout les mouvements oculaires au cours de ce qu'il croyait être du sommeil profond chez le chat et le chien (Tame cosa ho piu volte osservata negli animali immersi in un sonno profondo, e specialmente sui cani) (Fontana, *Dei moti pell'iride,* Giusti, Lucca, 1765).

Il fallut attendre le développement des enregistrements électroencéphalographiques et de la polygraphie, dans la deuxième moitié du XXe siècle, pour que l'on constate que les périodes de mouvements oculaires du chat s'accompagnent d'une activité électrique cérébrale rapide, identique à celle de l'éveil mais différente de celle du sommeil. D'où le nom d'« activated sleep » qui lui fut donné par Dement en 1958. La constatation d'une atonie totale des muscles de la nuque au cours de ces périodes devait me permettre de les baptiser « phase paradoxale » ou sommeil paradoxal en 1959.

Enfin, au début des années 1960, apparut le concept que le sommeil paradoxal était le troisième *état* de fonctionnement du cerveau des mammifères (avec l'éveil et le sommeil) et, depuis cette date, le sommeil paradoxal du chat est devenu le modèle animal le plus étudié (et le mieux connu) de l'activité onirique de l'homme. (Voir Jouvet, *Le Sommeil et le rêve,* 1992.)

Chapitre IX

1. L'observation de Damien fut redécouverte, en Californie et à Bordeaux, dans les années 1956-1958. Dans les bâtiments préfabriqués en bois du Laboratoire de H.W. Magoun, situés au Veteran Hospital de Long Beach, mes amis, Charles Sawyer, de l'Université de Californie à Los Angeles (UCLA), et M. Kawakami, de l'Université de Yokohama, travaillaient sur les interactions entre le cerveau et le contrôle pituitaire de l'activité sexuelle et, bien sûr, comme tous les endocrinologues à cette époque, travaillaient sur la lapine (chez qui le coït déclenche l'ovulation). Ils remarquèrent alors :

« A few minutes after coïtus, the female (rabbit) is seen lying down, with her ears up but her eyes partly closed... The following sequences were photographed several minutes later. The head has dropped to the floor. The ears are retracting. Behavioural depression is complete... A few moments later, the rabbit has stoodup and is extracting a pellet of feces from her anus... We haven seen these behavioral patterns repeatedly in female rabbits post-coïtum in helding cages in the animal quarter at times when cage-cleaning noises and other disturbances have been at a minimum » (C.H. Sawyer and M. Kawakami, « Rabbit after reaction to coïtus », *Endocrinology*, 1959, 65 : 628).

Au cours de la période d'atonie, caractérisée par la chute de la tête sur le sol, par l'affaissement des oreilles, l'activité électrique cérébrale (EEG) était identique à celle d'un éveil très actif. Ils baptisèrent alors ce phénomène « EEG after reaction » ou « hyperarousal » (hyperéveil). Il devint bientôt évident qu'il s'agissait en fait de sommeil paradoxal lorsque cet état fut redécouvert chez le chat.

Ch. Sawyer et M. Kawakami devaient ensuite consacrer de nombreux travaux à essayer de comprendre les mécanismes neurohormonaux mis en jeu entre l'instant du coït (ou de la stimulation vaginale) et le « rêve » de la lapine. Ils montrèrent que l'on pouvait également déclencher ces phénomènes par injections d'extraits hypophysaires (folliculine, prolactine, pitressine, oxytocine) et que le rêve post-coïtal disparaissait après hypophysectomie.

Cependant, comme l'hypophysectomie ne supprimait pas l'apparition du « rêve » au cours du sommeil spontané de la lapine, ces recherches furent abandonnées.

On ne savait pas encore, à cette époque, que les mêmes peptides hormonaux, qui sont délivrés par l'hypophyse aux organes périphériques, sont également libérés à partir de l'hypothalamus au niveau de cibles privilégiées du tronc cérébral.

A Bordeaux, le Professeur Jacques Faure avait décrit, dès 1956, un comportement olfacto-bucco-ano-génito-sexuel (OBAGS) qui survenait après le coït, ou la stimulation de l'hypothalamus et de l'hippocampe. Il poursuivit, avec son élève Jean-Didier Vincent, des études sur les rapports entre l'OBAGS, le « rêve » post-coïtal et le sommeil paradoxal spontané (qu'il baptisa prudemment phénomène particulier au cours du sommeil – PPS). Les schémas de l'école de Bordeaux, concernant le circuit rhombo-mésencéphalo - interpédonculo - mamillo - hypothalamo - septo - habenulo-interpédonculo-mésencéphalo-rhombencéphalique, dessinés par la plume de Jacques Faure, étaient justement célèbres au début des années 1960. Ils traduisaient la tentative héroïque d'expliquer en termes de circuits neuronaux classiques (le lapin neuronal) l'état fluctuant de la biologie des passions, si bien évoqué par Jean-Didier Vincent.

Faure, J., « La phase paradoxale chez le lapin (ses relations neuro-hormonales) », *Revue neurologique*, 1962, 106 : 190-197.

Vincent, J.-D., *Biologie des Passions*, O. Jacob, 1986.

Chapitre X

1. L'entrée du songe en physiologie aurait pu se faire sans doute plus tôt si les physiologistes avaient lu Aristote et Lucrèce. En 1925, des auteurs russes, Denisova et Figurin, ont décrit des phénomènes périodiques survenant toutes les 50 minutes au cours du sommeil des très jeunes enfants (apparition de mouvements oculaires et de variations respiratoires). Ils ne firent pas d'allusion aux rêves et conclurent que ces phénomènes disparaissaient après l'âge de 2 ans. Aserinsky et Kleitman ont redécouvert ce phé-

nomène à peu près 30 ans plus tard (1953). Ils eurent le mérite de prouver que les périodes de mouvements oculaires étaient un phénomène régulier, aussi bien chez les enfants que chez les adultes et ils émirent l'hypothèse que ces périodes pouvaient correspondre aux rêves. Enfin, en 1957, grâce à l'électroencéphalographie, Dement et Kleitman montrèrent, qu'au cours du sommeil, les périodes de mouvements oculaires avaient une durée moyenne de 20 minutes et survenaient toutes les 90 minutes. Elles s'accompagnaient d'une activité électrique cérébrale similaire à celle du sommeil léger de l'endormissement (descending stage I). Le réveil des sujets au cours de ces périodes entraînait presque toujours des souvenirs très précis de rêve, alors que les réveils provoqués en dehors de ces périodes s'accompagnaient rarement de souvenirs estompés de rêve. Ainsi, emergent stage I (considéré comme du sommeil léger) devint le marqueur psychophysiologique du rêve, jusqu'à ce que la physiologie animale assigne au rêve la dignité d'un état (voir la bibliographie in Debru, loc. cit., 1990).

L'érection, qui est pourtant un marqueur périphérique du rêve plus facile à repérer que les mouvements oculaires, ne rentra qu'en 1965 dans le domaine du rêve. Cependant, dès 1944, un Allemand, Ohlmeyer, publia dans les Pflügers Archives une courbe de l'érection chez des sujets masculins au cours d'une nuit de sommeil. Son appareillage était rudimentaire et l'inscription se faisait sur une feuille de papier noircie au noir de fumée. La courbe d'Ohlmeyer démontrait l'apparition d'érection périodique toutes les 90 minutes environ. Le rapport éventuel de ce phénomène avec le rêve ne fut pas évoqué.

Cette question fut abordée vingt ans plus tard par mon ami Charles Fisher, à New York. Fisher était un grand physiologiste qui avait découvert, avec Horace Magoun et W. Ingram, le rôle du diencéphale et de la post-hypophyse dans le diabète insipide. En 1965, Fisher, devenu psychiatre (et psychanalyste) au Mont-Sinaï Hospital à New York, travaillait en étroite collaboration avec William Dement. Fisher se mit à étudier l'érection au cours du rêve chez l'homme. Il démontra, dans des publications devenues classiques, que l'érection accompagne régulièrement les périodes de sommeil paradoxal. Ce travail princeps fut suivi par de nombreux autres. Il est maintenant couramment admis qu'une érection pénienne et clitoridienne accompagne l'activité onirique – du nourrisson au centenaire. Son intensité est maximum chez l'adolescent et au cours des rêves érotiques, mais elle survient également au cours des rêves anxieux et de certains cauchemars, sans aucun contenu érotique.

La neurophysiologie n'a pas encore trouvé d'explication à ce phénomène car les physiologistes ont cherché en vain l'existence d'une érection pénienne au cours du sommeil chez le rat, le chat ou le chien.

Les mécanismes du déclenchement central de l'érection au cours du rêve sont loin d'être connus. Il est probable que « l'horloge » ultradienne (toutes les 24 minutes chez le chat, toutes les 90 minutes chez l'homme), qui commande le début du rêve, est située au niveau du tronc cérébral inférieur. En fait, il semble exister plusieurs « horloges » ou « pacemaker » qui peuvent fonctionner indépendamment et brusquement se « synchroniser ». L'un de ces pacemakers commande le système parasympathique crânien (responsable des larmes et du gonflement de la muqueuse nasale qui est un tissu érectile). Ce pacemaker possède une individualité immuno-histo-chimique particulière (association de neurones cholinergiques et adénosinergiques). Le seul autre endroit du système nerveux ayant la même caractéristique se trouve au niveau du système de commande du parasympathique sacré (qui commande l'érection). S'agit-il aussi d'un pacemaker ? Quelles sont les relations entre le pacemaker bulbaire et le pacemaker sacré ?

La réponse à ces questions est ambiguë : chez des blessés, atteints de section totale de la moelle épinière, il peut persister des « wet dreams », c'est-à-dire des pollutions nocturnes accompagnant des rêves érotiques, alors qu'il n'y a plus de connexions nerveuses entre le bulbe et la moelle sacrée. Quel est le facteur humoral permettant cette liaison ? D'autre part, mon ami Peretz Lavie, d'Haïfa, a eu l'occasion d'enregistrer le sommeil d'un blessé de la guerre du Kippour. Des éclats de schrapnell avaient entraîné une lésion du pont, supprimant complètement le sommeil paradoxal et le rêve. Malgré l'absence de fonctionnement du pacemaker bulbaire, il persistait encore une érection périodique au cours de la nuit !

Chapitre XI

1. Aristote avait remarqué les petits mouvements des chatons ou des chiots nouveau-nés et avait déjà émis l'hypothèse qu'ils rêvaient ! Il soulève même le problème du rêve chez le fœtus.

Dès la redécouverte du sommeil paradoxal chez le chat adulte, Danièle Jouvet-Mounier, Hélène Font et Jean-Louis Valatx commencèrent des recherches sur l'ontogenèse dans mon laboratoire. Les premiers jours de la vie d'un chaton sont marqués par l'alternance entre les deux états comportementaux qui furent bien observés par HLS. Grâce à l'électroencéphalographie et à l'enregistrement de divers groupes musculaires, etc., la période de mouvements fut appelée « sommeil sismique ». L'apparition des signes cardinaux du sommeil paradoxal se fait entre le 7e et le 10e jour après la naissance. Le sommeil sismique et le sommeil paradoxal occupent jusqu'à 50 % du nycthémère d'un chaton ou d'un raton. La distinction et la transition entre « sommeil sismique » et « sommeil paradoxal » est l'un des chapitres les plus passionnants (et les moins étudiés) de la physiologie du rêve. Deux théories principales s'affrontent :

– ou bien le sommeil sismique est déjà du sommeil paradoxal « indifférencié », mais l'immaturité du système nerveux ne permet pas l'expression électrique des signes spécifiques du sommeil paradoxal (par exemple l'activation corticale). En quelque sorte, la machinerie onirique est présente et fonctionne sur un mode quasi permanent mais les rouages et les aiguilles de cette machine sont encore flasques (comme les montres molles de Salvador Dali).

– ou bien le sommeil sismique représente un état « sui generis » qui accompagne la fin de la programmation du cerveau (car il persiste encore une neurogenèse à ce moment-là). Le sommeil sismique serait ainsi le témoin de l'achèvement post-natal de l'architectonie cérébrale (surtout corticale) au moment où les axones gagnent leurs cibles post-synaptiques. Au fur et à mesure de l'achèvement de ce processus, le sommeil sismique disparaîtrait pour donner naissance au véritable sommeil paradoxal qui représenterait une forme nouvelle de programmation itérative.

En faveur de cette théorie, il convient de remarquer que le sommeil sismique ne peut être supprimé par les drogues ou par les lésions qui supprimeront 10 jours plus tard le sommeil paradoxal. D'autre part, le signe électrique particulier (activité dite PGO) qui représenterait l'expression de la programmation itérative du sommeil paradoxal n'existe pas encore au cours du sommeil sismique (voir détail in Jouvet, *Le Sommeil et le rêve*, 1992).

2. Les nouveau-nés présentent un « sommeil sismique » analogue à celui des chatons. La transition entre sommeil sismique et véritable sommeil paradoxal s'effectue en quelques jours après la naissance (alors que le sommeil sismique semble être plus important chez les sujets prématurés).

Au cours du « rêve », un nouveau-né de quelques heures peut présenter « spontanément » des mimiques de sourire, de dégoût ou de tristesse. Une étude éthologique de l'enregistrement vidéo de chaque mimique a montré que leur organisation était identique à celle des mimiques de l'adulte et qu'il existait une discrète latéralisation en faveur de la mise en jeu de l'hémisphère droit. Ainsi, un nouveau-né, incapable de répondre par un sourire à l'image de sa mère au cours de l'éveil, exprime déjà un programme moteur de plaisir ou de tristesse au cours du rêve (consulter à ce sujet, Challamel M.J. et Thirion, M., *Le sommeil, l'enfant et le rêve*, Ramsay, Paris, 1983).

Y a-t-il une relation entre la fréquence du sourire ou de la tristesse et la personnalité future comme le supposait HLS ? Nul ne le sait encore.

3. L'apothicaire de Villars était sans doute atteint d'un syndrome de Pickwick. Ce syndrome s'observe chez des obèses et s'accompagne d'apnées au cours du sommeil nocturne. La mauvaise qualité du sommeil nocturne retentit sur la vigilance diurne et des endormissements subits peuvent survenir. Parfois le sommeil paradoxal survient presque d'emblée. Cette perte subite du tonus musculaire s'observe également au cours de la narcolepsie.

Le système responsable de l'inhibition du tonus musculaire au cours du rêve du chat ou de l'homme n'est connu que depuis 1965. Au XVIIIᵉ siècle, le concept d'« inhibition » n'existait pas

encore et HLS pouvait justement s'étonner devant l'association
étrange de la disparition d'une activité musculaire au niveau de
la nuque avec l'apparition de mouvements oculaires.

Chapitre XIII

1. A. Mosso, Professeur à l'Université de Turin, eut l'occasion,
presque cent ans après HLS, d'observer le cerveau humain à travers
diverses ouvertures du crâne (fracture – nécrose syphilitique). Il
put alors enregistrer directement le pouls cérébral au cours du
sommeil. En 1877, il enregistra un petit garçon de onze ans :
« Un des spectacles les plus intéressants, écrit-il, était d'épier, dans
le silence de la nuit et à la lueur d'une petite lampe, ce qui se
passait dans son cerveau quand aucune cause extérieure ne venait
troubler la vie mystérieuse du sommeil. Le pouls cérébral restait
dix ou vingt minutes très régulier et assez faible puis, tout à coup
et sans raison apparente, les battements devenaient plus forts et
les vaisseaux se gonflaient. A cet état, qui durait un certain temps,
succédait une période de calme puis, de nouveau, le sang se
précipitait dans les circonvolutions pendant que l'appareil enre-
gistreur inscrivait des sinuosités plus accusées... C'était peut-être
les songes qui venaient réjouir le repos de cet infortuné ? L'image
de sa mère ou les souvenirs de la première enfance qui réappa-
raissaient et brillaient dans les ténèbres de son intelligence et
faisaient tressaillir le cerveau » (A. Mosso, *La peur, étude psychophysiologique,* Alcan, Paris, 1893).

2. Les méthodes modernes d'exploration du cerveau (pression
intracrânienne, débit cérébral, consommation de glucose ou d'oxy-
gène), soit chez l'animal (méthode du $C^{14}D$.oxyglucose), soit chez
l'homme (caméra à positrons), ont permis de confirmer les observations de HLS et de Mosso concernant l'hémodynamique cérébrale.

Par rapport au sommeil qui le précède, le rêve s'accompagne
d'une élévation importante du débit sanguin cérébral. Ce phénomène est responsable de la hernie du cerveau constatée par HLS
sur Monsieur Monthieu. Ainsi, le sommeil paradoxal peut être
dangereux chez des blessés crâniens ou des sujets atteints de tumeur

cérébrale car l'œdème cérébral peut encore augmenter et provoquer des hernies cérébrales internes (engagement). C'est pourquoi l'emploi de drogues supprimant le rêve peut être indiqué si un risque d'œdème cérébral existe.

3. Le traitement des plaies par le miel, employé par HLS, fut oublié à l'ère des antiseptiques et des antibiotiques. Il est redevenu d'actualité. Le miel contient plus de 181 substances. Son action bactéricide n'est plus à prouver. Le principe actif, inhiline, serait l'eau oxygénée produite par la glucose oxydase du miel (N. Drouet, « L'utilisation du sucre et du miel dans le traitement des plaies infectées », *Presse médicale,* 1983, 12, 38, pp. 2355-2356).

Chapitre XVI

1. C'est Béatrix qui avait raison. Le sommeil paradoxal est présent chez tous les oiseaux. Il se caractérise par son extrême brièveté (10 à 20 secondes) mais ses caractéristiques polygraphiques sont similaires à celles des mammifères (mouvements oculaires, relâchement du tonus, activation de l'activité électrique cérébrale). Sa durée ne dépasse pas 2 à 3 % de la durée totale du sommeil. Ces périodes de rêve sont plus faciles à observer chez le poussin après l'éclosion. Elles ont même été observées *in ovo* dans mon laboratoire. On peut supprimer le rêve chez des oiseaux pendant plusieurs jours ; il tend ensuite à augmenter au cours de la période de récupération. La privation de sommeil chez le faucon entraîne sûrement une privation de rêve. Cette suppression de rêve rend-elle le faucon plus familier ?

2. Dans l'ensemble, l'arbre phylogénétique du rêve établi par HLS et Béatrix est correct (mis à part les oiseaux). HLS a eu tort de disqualifier l'observation du furet. Cet animal rêve en effet environ 400 minutes par 24 heures. Il est le champion toute catégorie des rêveurs et a détrôné le chat (200 minutes par 24 heures) et l'opossum (300 minutes par 24 heures). L'homme ne rêve que 100 minutes.

3. Il existe une exception notable à cette règle, voir plus loin.

Chapitre XVII

1. HLS conservait de nombreux brouillons des lettres importantes qu'il envoyait.

2. Je n'ai pas retrouvé la lettre de Diderot dans les papiers d'HLS. Diderot a repris cette critique de Marat dans ses *Eléments de Physiologie* qui furent écrits entre 1765 et 1780. Ces *Eléments de Physiologie* ne furent publiés qu'en 1875 dans la collection des œuvres complètes de Diderot (Diderot, *Œuvres complètes,* Paris, Garnier, 1875-1877, 20 vol. in-8°).

3. Diderot écrivit *Le Rêve de d'Alembert* en septembre 1769. D'Alembert, qui craignait de se voir attribuer les propos dangereux qu'il tenait dans le rêve, intervint énergiquement auprès de Diderot qui brûla son manuscrit et, peut-être, la copie que Grimm en avait déjà fait prendre. Miraculeusement, après le retour de Diderot de Russie en 1774, réapparut une copie intacte du manuscrit de 1769. HLS, qui était ami de Diderot, lui rendit visite en 1770 et prit connaissance du manuscrit (voir plus bas, chapitre XIX). Celui-ci fut ensuite publié en 1782 de façon confidentielle dans une revue manuscrite, *La correspondance littéraire,* réservée aux Princes des Cours de l'Europe. Il est possible que Charles Bonnet, qui était aussi ami de Diderot, ait eu connaissance de ce texte. Il fallut attendre 1830 pour que *Le Rêve de d'Alembert,* redécouvert dans la bibliothèque de Catherine II à Saint-Pétersbourg, parût pour la première fois (Diderot, *Le Rêve de d'Alembert,* Chronologie et Introduction par J. Roger, Garnier, Flammarion, 1965).

4. John Norris (1632-1704). *Practical Discourses* (Cursory Reflections).

5. G.C. Lichtenberg (1742-1799). *Deutsche National Literatur* (vol. 141, pp. 47-89).

6. E. Platner (1744-1818). *Philosophische Aphorismen,* 1776.

7. « Les idées non accompagnées de conscience » : HLS aurait pu inventer le concept d'inconscient. Il n'a pu le faire car il était prisonnier, sans le savoir, du dualisme cartésien. Platner a opposé

le conscient et l'inconscient dès 1776. Le mot « unconscious », employé comme adjectif, apparaît en anglais en 1751. En France, le mot « inconscient » (adjectif ou substantif) ne fut pas employé avant 1850 environ et, essentiellement, pour traduire les termes allemands. Le *Dictionnaire de l'Académie Française,* qui consacre l'usage, n'a admis ce mot qu'en 1878 (Lancelot Whyte, *L'Inconscient avant Freud,* Payot, Paris, 1971). Il est donc probable que Charles Bonnet ait été le premier à employer le mot « inconscience » pour traduire « Unbewußtsein » dans sa réponse à la lettre de Hughes la Scève (voir chapitre suivant).

Chapitre XVIII

1. L'hallucinose des ophtalmopathes est appelée « Syndrome de Charles Bonnet ». Elle est souvent attribuée, à tort, à une auto-observation du naturaliste genevois.

2. On sait maintenant que le somnambulisme n'appartient pas au royaume des songes comme le supposait logiquement Charles Bonnet. Il a fallu attendre 1965 pour que des enregistrements polygraphiques démontrent que l'accès de somnambulisme survient toujours au cours des stades de sommeil profond (appelés stades III et IV) qui précèdent le rêve. Il n'y a pas encore d'explication physio-pathologique satisfaisante à ce phénomène (Jacobson, A., Kales, A., Lehmann, D. et Zweizig, J.R., « Somnambulism : all night electroencephalographic studies », *Science,* 1965, 148 : 975-977).

3. La Mettrie (Julien Offroy de) (1709-1751), médecin et philosophe iatro-mécanicien. Auteur célèbre de l'*Histoire naturelle de l'âme* (1745) et de l'*Homme-machine* (1748) qu'il dédia insidieusement à Albrecht von Haller. Il se réfugia à la Cour de Frédéric II de Prusse où il fut protégé par Maupertuis. Il mourut d'une indigestion de pâté corrompu. Frédéric II écrivit un *Eloge de la Mettrie* en 1752, qui parut dans l'*Histoire de l'Académie de Berlin.*

4. Voir note 7, chapitre précédent.

Chapitre XIX

1. Sanctorius, nom latin de Santorio (1560-1636), célèbre inventeur de la médecine statique, occupa la première chaire de Médecine théorique à l'Université de Padoue en 1611. Il découvrit la perspiration insensible. Sanctorius avait l'esprit d'invention en mécanique. Il imagina également des instruments pour extraire des calculs urinaires, un sphygmomètre et un thermomètre (Sanctorii Sanctorii, *De Medicinâ Staticâ Aphorisqui*. Trad. par P. Noguez, Paris, 1725, in 12, 2 vol.).

2. Bordeu, Théophile de (1722-1776). Il doit être considéré comme le père un peu oublié de l'endocrinologie. Alors que Haller fut conduit à fonder une physiologie réduite à la fibre irritable et à la fibre sensitive, Bordeu fut le précurseur de la partie humorale ou physico-chimique de la physiologie. Dans ses *Recherches anatomiques* sur la position des glandes et sur leur action (1751), Bordeu a tenté de classer les glandes d'après leur forme et les distinguait en actives et passives. Il fit faire un progrès fondamental aux problèmes des « actions glandulaires » en substituant à la conception d'excrétion, fondée sur un mécanisme physique, la notion de sécrétion qui situe dans la glande une activité psychologique. Il influença Diderot, autant par son amitié et sa conversation que par ses écrits. Diderot le rendit célèbre dans son *Rêve de d'Alembert*. Médecin réputé, Bordeu devait susciter la jalousie et les calomnies de Bouvart (élu Professeur de Médecine au Collège de France en 1747). Son voyage à Lyon, en avril 1776, a précédé de peu sa mort par attaque d'apoplexie le 23 novembre 1776.

Chapitre XX

1. Albrecht von Haller, ou Albert de Haller (1708-1777), né à Berne. Haller poursuivit ses études à Tübingen, Leyde où il se lia d'amitié avec le grand iatro-mécanicien, son maître Boerhaave, Londres et enfin Paris où il assista au cours de Winslow, l'un des

grands anatomistes de l'époque... Il rentre ensuite à Bâle, herborise et taquine la muse. En 1729, Haller s'installe à Berne comme médecin. Il est ensuite nommé Professeur à l'Université de Göttingen où, entre 1736 et 1753, il va devenir le physiologiste le plus célèbre d'Europe. Son œuvre écrite est considérable et s'étend de la physiologie (découverte de l'irritabilité des tissus) à l'anatomie et à la botanique. Ami et correspondant de Charles Bonnet, il est élu à l'Académie des Sciences de Paris. Il rentre à Berne en 1758 et reprend des expériences sur le système nerveux qui font de lui le Père de la Neurologie. Quand Béatrix lui rendit visite en 1777, le grand Haller était déjà malade. Il prenait de l'opium pour essayer de vaincre ses insomnies et scruta minutieusement l'effet de cette drogue sur son organisme, notant jour après jour ses observations. Il mourut le 13 décembre 1777. Après sa mort, Joseph II, Empereur d'Autriche, acheta à sa famille son immense bibliothèque et il fallut 80 mulets pour la transporter, à travers les cols alpins, à Milan, Pavie et Padoue.

Chapitre XXI

1. J'ai pu à nouveau vérifier l'exactitude de l'observation d'HLS à l'occasion de la rencontre de jumeaux monozygotes, dont l'un était Académicien, au cours d'une réception fort mondaine. Le souvenir d'un rêve d'enfance que me racontait le premier fut continué par le second qui venait d'arriver. Ils n'avaient jamais évoqué ce souvenir de rêve auparavant !

2. Les velus, atteints d'hypertrichose de la face, étaient célèbres aux XVIIᵉ et XVIIIᵉ siècles. Horace Gonzalès fut le plus connu. Il habitait Rome et son portrait fut immortalisé par le graveur florentin Stéphano Della Bella (1610-1666). On pensait autrefois que les velus descendaient de Nabuchodonosor et ils étaient assimilés au lycanthrope ou au loup-garou. Certains velus descendaient des Ambras, une famille de velus qui vivait en Autriche. Boris devait sans doute descendre d'une branche de cette famille qui émigra en Russie au milieu du XVIIIᵉ siècle.

3. La physiologie, grâce aux travaux de mon ami, le professeur Mukhametov à Moscou, a résolu l'énigme du sommeil du dauphin. Cette énigme se pose de la façon suivante : 1) La respiration du dauphin est volontaire (un dauphin anesthésié s'arrête de respirer). 2) Comment concilier sommeil et respiration volontaire : c'est le problème de la « Malédiction d'Ondine ». Certains malades atteints de lésions nerveuses ont perdu leur automatisme respiratoire. Ils doivent donc être éveillés constamment pour respirer et ils finissent par mourir lorsque le sommeil finit par l'emporter. « Ne pas dormir ou mourir. » C'est le choix du dauphin. L'évolution a résolu ce dilemme de façon très élégante : en effet, le dauphin peut contrôler son activité respiratoire à partir de ses cortex cérébraux droit ou gauche (c'est-à-dire qu'un seul hémisphère peut contrôler les centres bulbaires respiratoires droit *et* gauche). Ainsi, le dauphin peut dormir avec un seul hémisphère et rester éveillé avec l'autre. Les périodes de sommeil sont facilement repérables par l'apparition d'ondes lentes corticales. Chaque 20-30 minutes apparaît un sommeil hémisphérique droit, suivi d'un sommeil gauche. En même temps le dauphin ferme l'œil correspondant. Il ne dort donc que d'un œil et d'un cerveau à la fois.

Et le rêve ? Le rêve, ou sommeil paradoxal, s'accompagne d'une activité corticale similaire à celle de l'éveil. Les autres critères (abolition du tonus musculaire, mouvements rapides oculaires, variations de l'activité du bulbe olfactif) ne sont pas valables chez le dauphin (qui ne bouge pas les yeux et n'a pas de bulbe olfactif). L'enregistrement de la température cérébrale n'est pas non plus un critère pertinent. Le professeur Mukhametov admet que le dauphin ne présente pas de sommeil paradoxal. Cette absence de preuve est-elle la preuve d'une absence ? Ou peut-il y avoir rêve à droite et éveil à gauche et vice versa ? L'absence possible du « rêve » chez une espèce dont le cerveau est aussi développé a déjà constitué une énigme pour HLS. Elle nous a conduit, en 1984, à chercher si les peptides hypophysaires du dauphin étaient dépourvus de vertu « onirogène » (voir épilogue). Ces recherches n'ont pas été « couronnées de succès ». Peut-être l'absence de rêve chez le dauphin est le plus grand obstacle qui se trouve sur la voie royale de l'étude de l'inconscient. HLS avait sans doute raison de s'attaquer à ce problème à la fin du XVIIIe siècle. Plus de 200 ans plus tard, nous ne pouvons que constater : *Ignoramus.*

Chapitre XXII

1. Ce joueur de foire devait avoir appris ce tour d'un de ses compères qui fut observé par Winslow en 1722. Afin d'essayer d'expliquer ce surprenant « tour d'adresse », Winslow, aidé de deux anatomistes, Petit et Verdier, essaya de repérer le trajet des clous sur un crâne. Il s'aperçut que l'on pouvait ainsi enfiler le tuyau d'une plume à écrire depuis le creux interne d'une narine jusqu'à la partie antérieure de l'os occipital. « Les clous étant introduits jusqu'à l'os occipital et leurs têtes étant près du nez, il est aisé de juger que si on met quelque fardeau sur les têtes de ces clous, ils appuieront en bas sur le bord osseux de l'ouverture des narines pendant que leurs extrémités ou pointes s'élèvent contre l'allongement de l'os occipital, qui fait comme la voûte du gosier..... On me dira que cela ne peut se faire sans causer une contusion très considérable aux parties molles qui couvrent ces deux endroits. Je réponds que l'accoutumance les rend avec le temps comme calleuses et presque insensibles à ces impressions »... (*Mémoire de l'Académie Royale des Sciences,* 1772, p. 320-324).

2. *Le sommeil du fœtus* (voir aussi la note 1, chapitre XI). Chez le cobaye, le sommeil du fœtus a été étudié *in utero* grâce à des enregistrements polygraphiques. Le cobaye, étant un mammifère « nidifuge », présente un cerveau presque entièrement mature dès la naissance. Les dernières étapes de la maturation, qui s'effectue *ex utero* (post-natale) chez le chaton ou le raton (mammifère nidicole), ont alors lieu *in utero* et l'on peut enregistrer, entre le quarantième et le soixantième jour, le passage du sommeil sismique au sommeil paradoxal *in utero*. Il n'existe pas de corrélation entre le sommeil paradoxal de la mère et celui des fœtus.

Chez l'homme, la réalité du sommeil paradoxal *in utero* a été vérifiée par des enregistrements échographiques (qui montrent bien les mouvements oculaires). Etant donné que le sommeil du fœtus est un sommeil sismique, l'enregistrement des mouvements du fœtus permet de le repérer facilement au cours du sommeil de la mère. Jeannerod (1979) et Sterman *et al.* (1977) ont confirmé l'observation princeps d'HLS. Il existe en effet une relation très significative entre l'apparition du rêve chez la mère et le sommeil sismique du fœtus. Cette relation n'est cependant pas absolue puisqu'il peut apparaître des périodes de mouvements du fœtus en dehors du rêve de la mère et vice versa.

La liaison entre le rêve de la mère et celui de son fœtus a fait l'objet de nombreuses spéculations. L'existence d'un facteur humoral maternel traversant le placenta et la barrière hémato-méningée du fœtus est une hypothèse plausible. Cette hypothèse ne s'appliquerait pas, cependant, au cobaye et rend difficile toute vérification expérimentale.

3. *Transmission sanguine du sommeil.* Chez l'homme, il n'existe que deux observations au cours desquelles le sommeil de jumeaux siamois a pu être enregistré depuis la découverte des signes EEG du rêve. Lenard et Schulte (1972) ont noté l'indépendance du sommeil et du rêve le quatrième et le dix-septième jour postnatal chez des jumeaux crâniopages. Webb (1978) a observé des jumeaux thoracopages, Christopher et Timothy (dont la circulation sanguine était commune) le quatorzième et quinzième jour postnatal. Il a vérifié également une totale indépendance du sommeil et du rêve chez les deux jumeaux. Ainsi l'observation d'HLS chez les sœurs siamoises reste isolée et non confirmée mais personne n'a encore (et n'aura sans doute plus) l'occasion d'étudier des jumeaux siamois adultes.

Jeannerod, M., « Les mouvements du fœtus pendant le sommeil de la mère », *Comptes Rendus de la Société de Biologie,* 1969, 163 : 1843-1847.

Sterman, M.B., « Relationship of intra uterine foetal activity to maternal sleep stage », *Exper. Neurol., 1967, 19 : 18-106.*

Lenard, H.G. and Schulte F.J., « Polygraphic sleep study in craniopagus twins », *J. Neurol. Neurosurg. Psychiat.,* 1972, 35 : 756-762.

Webb, W.B., « The sleep of conjoined twins », *Sleep,* 1978, 1 : 205-211.

Chapitre XXIII

1. Mauduyt, « Premier mémoire sur l'électricité, considérée relativement à l'économie animale, et à l'utilité dont elle peut être en médecine », *Histoire et Mémoires de la Société Royale de Médecine,* 1776, publié en 1778, pp. 41-513.

Voir Delieu, Louis, « L'Abbé Bertholon », in *Cahiers Lyonnais d'Histoire de la Médecine,* 1961, 6 : 3-26.

Chapitre XXVI

1. Voir Eloge de M. Homberg, *Histoire de l'Académie Royale des Sciences,* 1715, pp. 82-93.

2. Hensing, Johann Thomas, *Cerebri Examen Chemicum, ex eodemque Phosphorum singularem omnia inflammabilia accendentem.* Giessen, J.R. Vulpius, 1719.

Chapitre XXVIII

1. Lesseps, de, *Journal Historique du Voyage de M. de Lesseps,* Consul de France, employé dans l'Expédition de M. le comte de la Pérouse, en qualité d'interprète du Roy. Depuis l'instant où il a quitté les frégates françaises au port de Saint-Pierre et Saint-Paul du Kamtchatka jusqu'à son arrivée en France le 17 octobre 1788. Imprimerie Royale, 1790, 2 vol.

Chapitre XXX

1. Rentré à Lyon, j'ai consulté le *Voyage* de Lapérouse. L'île de Kumi, où a disparu HLS, avait les coordonnées suivantes :

120°6 de longitude orientale et 24°3 de latitude nord prise avec un quart de cercle de trois pieds de rayon. D'après les cartes actuelles, les coordonnées d'Iriomote sont les suivantes : 123°4 de longitude est et 24°2 de latitude nord. Or Lapérouse avait remarqué à Manille les imperfections de son « garde-temps n° 19 », responsable d'erreur de longitude de l'ordre de 4′32″. Il apparaît ainsi fort probable que la dernière étape de HLS ait bien été Iriomote.

Table des matières

CET OUVRAGE
A ÉTÉ TRANSCODÉ
ET ACHEVÉ D'IMPRIMER
PAR L'IMPRIMERIE FLOCH À MAYENNE
EN MARS 1992